रामेश्वरम से राष्ट्रपति भवन तक

डॉ. ए.पी.जे. अब्दुल कलाम

रामेश्वरम से राष्ट्रपति भवन तक

डॉ. ए.पी.जे. अब्दुल कलाम

डॉ. रणजीत कुमार सिंह, IAS

प्रकाशक
प्रभात प्रकाशन प्रा. लि.
4/19 आसफ अली रोड, नई दिल्ली-110002
फोन : 011-23289777 • हेल्पलाइन नं. : 7827007777
इ-मेल : prabhatbooks@gmail.com ❖ वेब ठिकाना : www.prabhatbooks.com

संस्करण
2025

पेपरबैक मूल्य
तीन सौ रुपए

मुद्रक
आर-टेक ऑफसेट प्रिंटर्स, दिल्ली

———— ★ ————

RAMESWARAM SE RASHTRAPATI BHAVAN TAK
DR. A.P.J. ABDUL KALAM
by Dr. Ranjit Kumar Singh, IAS

Published by **PRABHAT PRAKASHAN PVT. LTD.**
4/19 Asaf Ali Road, New Delhi-110002

ISBN 978-93-5521-516-1

₹ 300.00 (PB)

मेरी बात

मेरे आदर्श ए.पी.जे. अब्दुल कलाम का जीवन इस बात का एक चमकदार उदाहरण है कि कड़ी मेहनत, दृढ़ संकल्प और दूसरों की सेवा करने की प्रतिबद्धता से क्या हासिल किया जा सकता है। विनम्र परिस्थितियों में जनमे कलाम, भारत के सबसे प्रिय और सम्मानित नेताओं में से एक बन गए, जिन्हें विज्ञान, प्रौद्योगिकी, शिक्षा और सार्वजनिक सेवा में उनके योगदान के लिए जाना जाता है।

यह पुस्तक इस असाधारण व्यक्ति के प्रारंभिक वर्षों से लेकर भारत के राष्ट्रपति के रूप में उनके जीवन और विरासत को सँजोने का एक प्रयास है। यह तमिलनाडु के एक छोटे से शहर रामेश्वरम में कलाम के जन्म से लेकर विज्ञान और प्रौद्योगिकी में उनकी शिक्षा और मिसाइल प्रौद्योगिकी के क्षेत्र में उनके अभूतपूर्व कार्य तक की यात्रा का पता लगाती है।

यह पुस्तक इस आकर्षक कहानी को उजागर करती है कि कैसे कलाम, जो हमेशा विज्ञान और इंजीनियरिंग में रुचि रखते थे, भारत के मिसाइल कार्यक्रम में शामिल हो गए। यह इस बात की पड़ताल करती है कि कैसे उनकी दृष्टि, नेतृत्व और तकनीकी विशेषज्ञता ने भारत को मिसाइल प्रौद्योगिकी में आत्मनिर्भरता हासिल करने और रणनीतिक रक्षा के क्षेत्र में एक प्रमुख खिलाड़ी के रूप में अपनी स्थिति स्थापित करने में मदद की।

विज्ञान और प्रौद्योगिकी में उनके योगदान के अलावा, कलाम का जीवन और कार्य शिक्षा के प्रति उनके जुनून और वंचितों के उत्थान के लिए उनकी प्रतिबद्धता से भी चिह्नित था। पुस्तक विशेष रूप से ग्रामीण क्षेत्रों में शिक्षा को बढ़ावा देने के उनके प्रयासों और युवाओं को सशक्त बनाने तथा उन्हें विज्ञान और प्रौद्योगिकी में कॅरियर बनाने के लिए प्रोत्साहित करने की उनकी पहल पर प्रकाश डालती है।

यह पुस्तक भारत के राष्ट्रपति के रूप में कलाम के समय पर भी प्रकाश डालती है, एक ऐसी अवधि, जिसके दौरान उन्होंने एक विकसित और समृद्ध भारत के अपने दृष्टिकोण से राष्ट्र को प्रेरित करना जारी रखा। यह विदेश नीति में उनके योगदान, स्वच्छ ऊर्जा की उनकी वकालत और विज्ञान और प्रौद्योगिकी को बढ़ावा देने के उनके प्रयासों की जाँच करती है।

पूरी पुस्तक द्वारा पाठकों को कलाम के व्यक्तित्व, उनके मूल्यों और उनकी मान्यताओं के बारे में अंतर्दृष्टि प्राप्त होती है। उनकी विनम्रता, सरलता और सत्यनिष्ठा सभी उम्र और पृष्ठभूमि के लोगों के लिए उन्हें एक आदर्श बनाती हैं।

यह पुस्तक उन लोगों के व्यापक शोध और साक्षात्कार पर आधारित है, जो कलाम को व्यक्तिगत रूप से जानते थे, जिनमें उनके परिवार, दोस्तों और सहयोगियों को शामिल किया गया था। यह एक ऐसे शख्स को श्रद्धांजलि है, जो अपनी कई उपलब्धियों और प्रशंसाओं के बावजूद, भारत के लोगों की सेवा करने के लिए जमीन पर केंद्रित रहा।

हमें आशा है कि यह पुस्तक पाठकों को कलाम के पदचिह्नों पर चलने और एक बेहतर, अधिक समृद्ध और अधिक समावेशी भारत बनाने की दिशा में काम करने के लिए प्रेरित करेगी। हम यह भी उम्मीद करते हैं कि यह भारत के महानतम सपूतों में से एक और एक सच्चे दूरदर्शी के लिए उपयुक्त श्रद्धांजलि होगी।

—रणजीत कुमार सिंह

अनुक्रम

1

ए.पी.जे. अब्दुल कलाम : प्रारंभिक जीवन

"एक सफल व्यक्ति और दूसरों के बीच का अंतर ताकत की कमी नहीं है, ज्ञान की कमी नहीं है, बल्कि इच्छाशक्ति की कमी है।"

अवुल पकिर जैनुलाब्दीन अब्दुल कलाम, जिन्हें ए.पी.जे. अब्दुल कलाम के नाम से जाना जाता है, का जन्म 15 अक्तूबर, 1931 को भारतीय राज्य तमिलनाडु के एक छोटे से शहर रामेश्वरम में हुआ था। वे पाँच भाई-बहनों में सबसे छोटे थे, जिनका जन्म जैनुलाब्दीन और आशियम्मा से हुआ था। कलाम का परिवार धनी नहीं था, लेकिन वे समुदाय में बहुत सम्मानित थे और उनके पिता एक खाँटी मुसलिम थे, जिनके पास एक नाव थी, जो तीर्थयात्रियों को रामेश्वरम और धनुषकोडी के पास के द्वीप के बीच ले जाती थी।

कलाम का बचपन गरीबी से व्याप्त था, लेकिन सीखने के गहरे प्यार से भी। उनके माता-पिता ने उनमें एक मजबूत कार्यनीति और शिक्षा के महत्त्व में विश्वास पैदा किया। कलाम ने रामनाथपुरम के श्वार्ट्ज हायर सेकेंडरी स्कूल में पढ़ाई की, जहाँ उन्होंने विज्ञान और गणित में उत्कृष्ट प्रदर्शन किया। उनके शिक्षकों ने उनकी प्रतिभा को पहचाना और उन्हें इंजीनियरिंग में कॅरियर बनाने के लिए प्रोत्साहित किया।

1950 में कलाम मद्रास इंस्टीट्यूट ऑफ टेक्नोलॉजी में इंजीनियरिंग का अध्ययन करने के लिए मद्रास चले गए, जिसे अब 'चेन्नई' के रूप में जाना जाता है। वे कॉलेज जाने वाले अपने समुदाय के कुछ छात्रों में से एक थे और उनके परिवार ने उनकी शिक्षा का समर्थन करने के लिए कई त्याग किए। कलाम ने कड़ी मेहनत की और 1954 में एयरोनॉटिकल इंजीनियरिंग में डिग्री के साथ स्नातक की उपाधि प्राप्त की।

अपनी डिग्री पूरी करने के बाद कलाम ने भारतीय रक्षा मंत्रालय में नौकरी कर ली। उन्होंने भारत के पहले स्वदेशी होवरक्राफ्ट के विकास सहित सैन्य विमानों से संबंधित कई परियोजनाओं पर काम किया। 1962 में उन्हें भारतीय अंतरिक्ष अनुसंधान संगठन (आईएसआरओ) में स्थानांतरित कर दिया गया, जहाँ उन्होंने उपग्रह प्रक्षेपण यान कार्यक्रम के निदेशक के रूप में कार्य किया।

इसरो में कलाम का काम 1975 में भारत के पहले उपग्रह, 'आर्यभट्ट' को लॉन्च करने में सहायक था। उन्होंने भारत के उपग्रह और मिसाइल कार्यक्रमों के विकास में महत्त्वपूर्ण भूमिका निभाई, अपने योगदान के लिए 'मिसाइल मैन ऑफ इंडिया' उपनाम अर्जित किया। 1980 में उन्हें इंटीग्रेटेड गाइडेड मिसाइल डेवलपमेंट प्रोग्राम (आईजीएमडीपी) का मुख्य कार्यकारी नियुक्त किया गया, जिसने पाँच मिसाइल प्रणालियों के विकास की देखरेख की।

अपने व्यस्त कार्यक्रम के बावजूद, कलाम ने सीखने के प्रति अपने प्रेम को कभी नहीं खोया। उन्होंने जीवन भर लगातार पढ़ना और नए विचारों की खोज करना जारी रखा। वे अपने परिवार और अपने समुदाय के लिए भी गहराई से प्रतिबद्ध रहे। सन् 2002 में वे भारत के राष्ट्रपति चुने गए और इस पद को धारण करने वाले पहले वैज्ञानिक बने।

रामेश्वरम में लालन-पालन

ए.पी.जे. अब्दुल कलाम का जन्म और पालन-पोषण दक्षिण भारतीय राज्य तमिलनाडु में स्थित एक छोटे से द्वीप शहर रामेश्वरम में हुआ। रामेश्वरम अपने सुरम्य परिदृश्य, सुंदर समुद्र तटों और ऐतिहासिक मंदिरों के लिए जाना जाता था, लेकिन यह गरीबी और संघर्ष का स्थान भी था। चुनौतियों के बावजूद, रामेश्वरम में कलाम की परवरिश ने उनके चरित्र, मूल्यों और विश्वदृष्टि को आकार देने में महत्त्वपूर्ण भूमिका निभाई।

कलाम पाँच भाई-बहनों में सबसे छोटे थे और उनके माता-पिता, जैनुलाब्दीन और आशियम्मा, गहरे धार्मिक और धर्मनिष्ठ मुसलमान थे। उन्होंने कलाम और उनके भाई-बहनों में एक मजबूत कार्य नैतिकता, अनुशासन और शिक्षा के लिए गहरा सम्मान पैदा किया। कलाम के पिता के पास एक नौका थी, जो तीर्थयात्रियों को धनुषकोडी के पास के द्वीप तक ले जाती थी, जो हिंदुओं के लिए एक पवित्र स्थल है। कलाम विभिन्न धर्मों और संस्कृतियों के लोगों के बीच

पले-बढ़े और उन्हें छोटी उम्र से ही भारत की विरासत की समृद्धि और विविधता से अवगत कराया गया।

कलाम का बचपन गरीबी से भरा हुआ था और उनका परिवार गुजारा करने के लिए संघर्ष करता रहा। कलाम ने अकसर अपने पिता की उनके फेरी व्यवसाय में मदद की और अपने परिवार का समर्थन करने के लिए अखबार बाँटने जैसे छोटे-मोटे काम भी किए। वित्तीय चुनौतियों के बावजूद, कलाम ने इंजीनियर बनने के अपने सपने को कभी नहीं छोड़ा। वे एक उत्कृष्ट छात्र थे और उनके शिक्षकों ने उनकी प्रतिभा को पहचाना और उन्हें अपने लक्ष्यों का पीछा करने के लिए प्रोत्साहित किया।

रामेश्वरम में कलाम के प्रारंभिक वर्ष भी उनके माता-पिता और समुदाय के प्रभाव से चिह्नित थे। उनके पिता समुदाय के एक सम्मानित सदस्य थे, जो अपनी ईमानदारी, सत्यनिष्ठा और दयालुता के लिए जाने जाते थे। वे स्थानीय मामलों में गहराई से शामिल थे और अकसर जरूरतमंद लोगों की मदद करते थे। कलाम की माँ एक सौम्य और प्यार करने वाली महिला थीं, जिन्होंने अपने परिवार की देखभाल की और उन्हें करुणा और सहानुभूति के मूल्यों की शिक्षा दी। कलाम ने अपने माता-पिता के उदाहरण से सीखा और सामाजिक जिम्मेदारी और सामुदायिक सेवा की एक मजबूत भावना विकसित की।

कलाम के पालन-पोषण में रामेश्वरम के समुदाय ने भी महत्त्वपूर्ण भूमिका निभाई। यह शहर विभिन्न धार्मिक और सांस्कृतिक समूहों के सामंजस्यपूर्ण सह-अस्तित्व के लिए जाना जाता था और कलाम आपसी सम्मान और सहिष्णुता के माहौल में बड़े हुए। वे अकसर विभिन्न धर्मों के धार्मिक समारोहों और त्योहारों में शामिल होते थे और उन्होंने भारतीय संस्कृति की विविधता और समृद्धि की सराहना करना सीखा। कलाम के समुदाय ने भी उन्हें अपनेपन और समर्थन की भावना प्रदान की और उन्होंने अपनी जड़ों से गहरा जुड़ाव महसूस किया।

रामेश्वरम में कलाम के प्रारंभिक वर्षों का भी उनके व्यक्तित्व और चरित्र पर गहरा प्रभाव पड़ा। वे आध्यात्मिकता और विश्वास की गहरी भावना के साथ एक सरल और विनम्र व्यक्ति थे। वे अपनी ईमानदारी और अपने काम के प्रति समर्पण के लिए जाने जाते थे। एक छोटे से कस्बे में पले-बढ़े कलाम ने उन्हें कड़ी मेहनत, दृढ़ता और लचीलेपन का महत्त्व सिखाया। उन्होंने अपने जीवन में कई चुनौतियों का सामना किया, लेकिन उन्होंने कभी हार नहीं मानी और हमेशा आशावादी बने रहे।

जिज्ञासा से भरा बचपन

ए.पी.जे. अब्दुल कलाम एक जिज्ञासु बच्चे थे, जो हमेशा सीखने और तलाशने के लिए उत्सुक रहते थे। उनका बचपन उनके आसपास की दुनिया के साथ आश्चर्य और आकर्षण की भावना से भरा था। एक वैज्ञानिक और इंजीनियर के रूप में उनकी बाद की उपलब्धियों के पीछे कलाम की अतृप्त जिज्ञासा एक प्रेरक शक्ति थी।

कलाम की ज्ञान की प्यास छोटी उम्र से ही स्पष्ट हो गई थी। वे एक होनहार और जिज्ञासु छात्र थे, हमेशा सवाल पूछते और जवाब माँगते। उनके शिक्षकों ने उनकी बुद्धिमत्ता को पहचाना और उनकी जिज्ञासा को प्रोत्साहित किया, जिससे सीखने के लिए उनके जुनून को बढ़ावा मिला। कलाम की विशेष रूप से गणित और विज्ञान में रुचि थी और उन्होंने अनगिनत घंटे अध्ययन और प्रयोग में बिताए।

कलाम का विज्ञान के प्रति प्रेम प्राकृतिक दुनिया के प्रति उनके आकर्षण से जगमगा उठा। पक्षियों के उड़ने के तरीके से लेकर चींटियों के व्यवहार तक, वे हमेशा अपने आसपास की चीजों का निरीक्षण और विश्लेषण कर रहे थे। कलाम को विशेष रूप से विमानों में रुचि थी और उन्होंने कई घंटे विमानों को ऊपर उड़ते हुए देखने में बिताए। उड़ान के बारे में उनकी जिज्ञासा ने उन्हें इस विषय पर विस्तार से पढ़ने और एक दिन पायलट बनने का सपना देखने के लिए प्रेरित किया।

कलाम की जिज्ञासा प्राकृतिक दुनिया तक ही सीमित नहीं थी, वे मशीनों और प्रौद्योगिकी के कामकाज से भी मोहित थे। वह गैजेट्स को अलग करने और फिर से जोड़ने में घंटों बिताते थे, यह समझने की कोशिश करते थे कि वे कैसे काम करते हैं। मशीनों में कलाम की रुचि ने उन्हें इंजीनियरिंग का अध्ययन करने के लिए प्रेरित किया और वे भारत के सबसे प्रसिद्ध इंजीनियरों और वैज्ञानिकों में से एक बन गए।

कलाम की जिज्ञासा अकादमिक जगत् तक ही सीमित नहीं थी। उन्हें अध्यात्म और ब्रह्मांड के रहस्यों में भी गहरी दिलचस्पी थी। वे एक गहरे आध्यात्मिक व्यक्ति थे और उनके विश्वास ने उनके जीवन में महत्त्वपूर्ण भूमिका निभाई। कलाम का मानना था कि विज्ञान और आध्यात्मिकता परस्पर अनन्य नहीं हैं और उन्होंने उन्हें दुनिया को समझने के पूरक तरीकों के रूप में देखा। आध्यात्मिकता के बारे में उनकी जिज्ञासा ने उन्हें विभिन्न धर्मों का पता लगाने और अस्तित्व के मूलभूत प्रश्नों के उत्तर खोजने के लिए प्रेरित किया।

कलाम का बचपन प्रयोग और नवीनता की भावना से भी चिह्नित था। वह

हमेशा नए विचारों और आविष्कारों के साथ आने की कोशिश करते थे। उनके शुरुआती आविष्कारों में से एक होममेड अलार्म सिस्टम था, जिसे उन्होंने अपने परिवार की फसलों को चोरों से बचाने के लिए बनाया था। कलाम की नवीनता और प्रयोग की भावना बाद में उन्हें भारत की कुछ सबसे महत्त्वपूर्ण तकनीकी उपलब्धियों को विकसित करने के लिए प्रेरित करेगी, जैसे कि देश का पहला उपग्रह प्रक्षेपण वाहन और इसका मिसाइल कार्यक्रम।

कलाम की जिज्ञासा उनके व्यक्तिगत कार्यों तक ही सीमित नहीं थी। वे बड़े पैमाने पर अपने समुदाय और दुनिया के कल्याण के बारे में भी चिंतित थे। उन्होंने विज्ञान और प्रौद्योगिकी को लोगों के जीवन को बेहतर बनाने के लिए शक्तिशाली उपकरण के रूप में देखा और उन्होंने अपने कॅरियर को इन उपकरणों का उपयोग करने के लिए समर्पित कर दिया। विज्ञान के प्रति कलाम के जुनून और उनकी सामाजिक जिम्मेदारी की भावना ने बाद में उन्हें भारत की सबसे प्रिय सार्वजनिक शख्सियतों में से एक बना दिया, जो शिक्षा, गरीबी उन्मूलन और पर्यावरणीय स्थिरता के प्रति अपनी प्रतिबद्धता के लिए जाने जाते थे।

प्रारंभिक शिक्षा और प्रभाव

ए.पी.जे. अब्दुल कलाम की प्रारंभिक शिक्षा ने एक वैज्ञानिक और इंजीनियर के रूप में उनके बाद के कॅरियर को आकार देने में महत्त्वपूर्ण भूमिका निभाई। यह अध्याय कलाम के प्रारंभिक वर्षों, उनकी शिक्षा और उन्हें प्रभावित करने वाले लोगों की पड़ताल करता है।

कलाम की प्रारंभिक शिक्षा तमिलनाडु के एक छोटे से शहर रामेश्वरम में हुई। उन्होंने श्वार्ट्ज हायर सेकेंडरी स्कूल में पढ़ाई की, जहाँ उन्होंने विज्ञान और गणित में एक ठोस आधार प्राप्त किया। कलाम के शिक्षकों ने उनकी असाधारण प्रतिभा को पहचाना और उन्हें विज्ञान और प्रौद्योगिकी में अपनी रुचियों को आगे बढ़ाने के लिए प्रोत्साहित किया।

कलाम की प्रारंभिक शिक्षा पर सबसे महत्त्वपूर्ण प्रभाव उनके पिता जैनुलाब्दीन का था। जैनुलाब्दीन ने अपने बेटे को आध्यात्मिकता और नैतिक मूल्यों की गहरी समझ दी। वे एक प्रगतिशील विचारक भी थे, जो शिक्षा के महत्त्व में विश्वास करते थे और अपने बच्चों को अपने सपनों को आगे बढ़ाने के लिए प्रोत्साहित करते थे। कलाम के जीवन पर जैनुलाब्दीन के प्रभाव को कम करके नहीं आँका जा सकता

और बाद में कलाम ने अपनी सफलता का श्रेय अपने पिता के मार्गदर्शन और समर्थन को दिया।

कलाम की प्रारंभिक शिक्षा पर एक और महत्त्वपूर्ण प्रभाव उनके चचेरे भाई शम्सुद्दीन का था। शम्सुद्दीन ने कलाम को उड्डयन की दुनिया से परिचित कराया और उड़ान के लिए उनके जुनून को प्रोत्साहित किया। उन्होंने कलाम को अपनी पहली विमानन पुस्तक 'मॉडल एरोप्लेन' दी, जिसने वैमानिकी में उनकी रुचि जगाई। कलाम के जीवन पर शम्सुद्दीन के प्रभाव ने बाद में उन्हें विमानन और एयरोस्पेस में कॅरियर बनाने के लिए प्रेरित किया।

कलाम की प्रारंभिक शिक्षा भी उस समय के सामाजिक-राजनीतिक माहौल से प्रभावित थी। भारत अपनी स्वतंत्रता के बाद के वर्षों में महत्त्वपूर्ण परिवर्तनों के दौर से गुजर रहा था और देश के नेताओं ने इसके विकास में विज्ञान और प्रौद्योगिकी के महत्त्व को पहचाना। कलाम उन युवाओं की एक पीढ़ी का हिस्सा थे, जो एक आधुनिक, तकनीकी रूप से उन्नत भारत की दृष्टि से प्रेरित थे। इस दृष्टि ने बाद में एक वैज्ञानिक और इंजीनियर के रूप में कलाम के काम और लोगों के जीवन को बेहतर बनाने के लिए विज्ञान और प्रौद्योगिकी का उपयोग करने की उनकी प्रतिबद्धता को आगे बढ़ाया।

अपनी माध्यमिक शिक्षा पूरी करने के बाद कलाम ने सेंट जोसेफ कॉलेज, तिरुचिरापल्ली में दाखिला लिया, जहाँ उन्होंने भौतिकी का अध्ययन किया। उन्होंने अपनी पढ़ाई में उत्कृष्ट प्रदर्शन किया और मद्रास इंस्टीट्यूट ऑफ टेक्नोलॉजी में वैमानिकी इंजीनियरिंग में डिग्री हासिल करने के लिए उन्हें छात्रवृत्ति से सम्मानित किया गया।

मद्रास इंस्टीट्यूट ऑफ टेक्नोलॉजी में कलाम की शिक्षा उनके लिए एक प्रारंभिक अनुभव था। वे समान विचारधारा वाले व्यक्तियों से घिरे हुए थे। जिन्होंने विज्ञान और प्रौद्योगिकी के लिए अपने जुनून को साझा किया था और उन्हें भारत के कुछ प्रमुख वैज्ञानिकों और इंजीनियरों द्वारा सलाह दी गई थी। कलाम भारत के अंतरिक्ष कार्यक्रम के जनक 'विक्रम साराभाई' के काम से बहुत प्रभावित थे और वे सामाजिक कल्याण के लिए विज्ञान और प्रौद्योगिकी का उपयोग करने के साराभाई के दृष्टिकोण से प्रेरित थे।

मद्रास इंस्टीट्यूट ऑफ टेक्नोलॉजी में कलाम की शिक्षा भी विभिन्न पाठ्येतर गतिविधियों में उनकी भागीदारी से चिह्नित थी। वे राष्ट्रीय कैडेट कोर (एनसीसी)

और तमिलनाडु मुसलिम लीग के एक सक्रिय सदस्य थे, जिसने उन्हें सामाजिक और राजनीतिक मुद्दों की एक विस्तृत शृंखला से अवगत कराया। इन अनुभवों ने कलाम की विश्वदृष्टि को आकार देने में मदद की और उन्हें सामाजिक जिम्मेदारी की भावना दी, जिसने बाद में एक सार्वजनिक व्यक्ति के रूप में उनके काम को आगे बढ़ाया।

मद्रास इंस्टीट्यूट ऑफ टेक्नोलॉजी में कलाम की शिक्षा 1960 में उनके स्नातक स्तर पर समाप्त हुई। वे बैंगलोर में वैमानिकी विकास प्रतिष्ठान (एडीई) में शामिल होने के लिए गए, जहाँ उन्होंने भारत के पहले स्वदेशी उपग्रह प्रक्षेपण वाहन, एसएलवी-3 पर काम किया। एसएलवी-3 पर कलाम के काम ने एयरोस्पेस और रॉकेट प्रौद्योगिकी में उनके शानदार कॅरियर की शुरुआत की, जिसने बाद में उन्हें भारत के सबसे प्रसिद्ध वैज्ञानिकों और इंजीनियरों में से एक बना दिया।

□

2

एमआईटी चेन्नई में इंजीनियरिंग

"एक अच्छी किताब सौ अच्छे दोस्तों के बराबर होती है, लेकिन एक अच्छा दोस्त एक पुस्तकालय के बराबर होता है।"

श्वार्ट्ज हायर सेकेंडरी स्कूल में अपनी माध्यमिक शिक्षा पूरी करने के बाद ए.पी. जे. अब्दुल कलाम ने तिरुचिरापल्ली के सेंट जोसेफ कॉलेज में दाखिला लेकर इंजीनियर बनने के अपने सपने को पूरा किया। भौतिकी में डिग्री प्राप्त करने के बाद कलाम चेन्नई में मद्रास इंस्टीट्यूट ऑफ टेक्नोलॉजी (एमआईटी) में वैमानिकी इंजीनियरिंग में डिग्री हासिल करने के लिए चले गए। यह अध्याय एमआईटी चेन्नई में इंजीनियरिंग के दौरान कलाम के अनुभवों और उपलब्धियों की पड़ताल करता है।

एमआईटी चेन्नई में इंजीनियरिंग करने का कलाम का निर्णय वैमानिकी के लिए उनके जुनून और भारत के अंतरिक्ष और रक्षा कार्यक्रमों में योगदान करने की उनकी इच्छा से प्रेरित था। एमआईटी चेन्नई उस समय भारत के प्रमुख इंजीनियरिंग कॉलेजों में से एक था और इसके संकाय में देश के कुछ सबसे सम्मानित वैज्ञानिक और इंजीनियर शामिल थे। कलाम इन विशेषज्ञों से सीखने और उनके शोध में योगदान देने की संभावना को लेकर उत्साहित थे।

एमआईटी चेन्नई में कलाम का समय उनकी शैक्षणिक उपलब्धियों और विभिन्न पाठ्येतर गतिविधियों में उनकी भागीदारी से चिह्नित था। वे एक उत्कृष्ट छात्र थे, लगातार अपनी कक्षा में शीर्ष पर रहते थे और वाद-विवाद, क्विज और अन्य प्रतियोगिताओं में लगातार भाग लेते थे। कलाम की अकादमिक उपलब्धियों और पाठ्येतर भागीदारी से उन्होंने अपने साथियों और प्रोफेसरों का सम्मान और प्रशंसा अर्जित की।

एमआईटी चेन्नई में कलाम के समय की सबसे महत्त्वपूर्ण घटनाओं में से एक

भारतीय वायुसेना के लिए एक निम्न-स्तरीय हमले वाले विमान को डिजाइन करने की परियोजना में उनकी भागीदारी थी। इस परियोजना का नेतृत्व एक सम्मानित एयरोस्पेस इंजीनियर डॉ. एस. श्रीनिवासन ने किया, जिन्होंने कलाम की प्रतिभा और क्षमता को पहचाना। कलाम को विमान के वायुगतिकीय विन्यास को डिज़ाइन करने का काम सौंपा गया था और उनके काम ने परियोजना की सफलता में महत्त्वपूर्ण भूमिका निभाई थी। इस परियोजना ने कलाम को वास्तविक दुनिया की इंजीनियरिंग का स्वाद दिया और उन्हें मूल्यवान अनुभव प्रदान किया, जो बाद में उनके कॅरियर में उनकी अच्छी सेवा करेगा।

पाठ्येतर गतिविधियों में कलाम की भागीदारी भी एमआईटी चेन्नई में उनके अनुभव का एक अनिवार्य हिस्सा थी। वह राष्ट्रीय कैडेट कोर (एनसीसी) के एक सक्रिय सदस्य थे, जिसने उन्हें नेतृत्व कौशल और अनुशासन की भावना विकसित करने में मदद की। कलाम तमिलनाडु मुसलिम लीग में भी शामिल थे, जिसने उन्हें सामाजिक और राजनीतिक मुद्दों की एक विस्तृत श्रृंखला से अवगत कराया। इन अनुभवों ने कलाम की विश्वदृष्टि को आकार देने में मदद की और उन्हें सामाजिक जिम्मेदारी की भावना दी, जिसने बाद में एक सार्वजनिक व्यक्ति के रूप में उनके काम को आगे बढ़ाया।

एमआईटी चेन्नई में कलाम की शिक्षा चुनौतियों से भरी थी। पाठ्यक्रम कठिन था और संकाय ने अपने छात्रों के लिए उच्च उम्मीदें रखीं। हालाँकि कलाम चुनौती के लिए तैयार थे। वे विशेष रूप से वायुगतिकी और प्रणोदन जैसे विषयों में रुचि रखते थे, जो बाद में उनके शोध का केंद्र बन गए।

एमआईटी चेन्नई में कलाम के अनुभव 1960 में उनके स्नातक स्तर पर समाप्त हुए। वे अपनी कक्षा के शीर्ष छात्रों में से एक थे और उन्हें संयुक्त राज्य अमेरिका में 'मैसाचुसेट्स इंस्टीट्यूट ऑफ टेक्नोलॉजी' (एमआईटी) में वैमानिकी इंजीनियरिंग में आगे की पढ़ाई करने के लिए छात्रवृत्ति प्रदान की गई थी। हालाँकि कलाम ने छात्रवृत्ति को ठुकरा दिया और इसके बजाय बैंगलोर में वैमानिकी विकास प्रतिष्ठान (एडीई) में शामिल होने का विकल्प चुना, जहाँ उन्होंने भारत के पहले स्वदेशी उपग्रह प्रक्षेपण वाहन, एसएलवी-3 पर काम किया। एसएलवी-3 पर कलाम के काम ने एयरोस्पेस और रॉकेट प्रौद्योगिकी में उनके शानदार कॅरियर की शुरुआत की, जिसने बाद में उन्हें भारत के सबसे प्रसिद्ध वैज्ञानिकों और इंजीनियरों में से एक बना दिया।

कलाम के जीवन में परामर्श की भूमिका

अपने पूरे जीवन में, ए.पी.जे. अब्दुल कलाम को विभिन्न व्यक्तियों के

मार्गदर्शन और सलाह से बहुत फायदा हुआ, जिन्होंने उनके व्यक्तिगत और व्यावसायिक विकास को आकार देने में मदद की। अपने माता-पिता और शिक्षकों से लेकर सहकर्मियों और राजनीतिक नेताओं तक, कलाम के पास एक मजबूत समर्थन प्रणाली थी, जिसने उन्हें अपने जीवन के विभिन्न चरणों में चुनौतियों और अवसरों का सामना करने में मदद की।

कलाम के शुरुआती गुरुओं में से एक उनके पिता जैनुलाब्दीन थे, जिन्होंने उनमें सीखने के प्रति प्रेम और एक मजबूत कार्यनीति का संचार किया। एक धर्मनिष्ठ मुसलमान के रूप में, जो एक स्व-शिक्षित विद्वान् भी थे, जैनुलाब्दीन ने शिक्षा और बौद्धिक जिज्ञासा के महत्त्व पर जोर देकर कलाम के लिए एक मिसाल कायम की। उन्होंने कलाम को व्यापक रूप से पढ़ने और हर चीज पर सवाल उठाने के लिए प्रोत्साहित किया, जिससे उनमें आत्म-चिंतन और आलोचनात्मक सोच की आजीवन आदत पैदा हुई।

अपने पिता के अलावा, कलाम को अपने शिक्षकों की सलाह से भी लाभ हुआ, जिनमें से कई ने उनकी बौद्धिक क्षमता को पहचाना और उन्हें विज्ञान तथा इंजीनियरिंग में अपनी रुचियों को आगे बढ़ाने के लिए प्रोत्साहित किया। कलाम के सबसे प्रभावशाली शिक्षकों में से एक शिव सुब्रमनिया अय्यर थे, जिन्होंने उन्हें भौतिकी विषय पढ़ाया और इस विषय के लिए उनमें जुनून पैदा किया। अय्यर ने कलाम की प्रतिभा को जल्दी ही पहचान लिया और उन्हें अपनी पढ़ाई को आगे बढ़ाने के लिए प्रोत्साहित किया, उन्हें किताबें और संसाधन प्रदान किए, जो अन्यथा उनके पास नहीं होते।

एमआईटी चेन्नई में कलाम के अनुभव को भी उनके प्रोफेसरों की सलाह से आकार मिला, जिनमें से कई अपने क्षेत्र के अग्रणी विशेषज्ञ थे। कलाम विशेष रूप से अपने मैकेनिकल इंजीनियरिंग के प्रोफेसर, प्रो. स्पोंडर से प्रभावित थे, जिन्होंने उन्हें रचनात्मक रूप से सोचने और जो संभव था, उसकी सीमाओं को आगे बढ़ाने की चुनौती दी। स्पोंडर ने कलाम को वास्तविक दुनिया की इंजीनियरिंग परियोजनाओं पर काम करने के अवसर भी प्रदान किए, जिससे उन्हें व्यावहारिक कौशल विकसित करने में मदद मिली, जो उनके बाद के कॅरियर में अमूल्य साबित हुई।

जैसे-जैसे कलाम अपने कॅरियर के बाद के चरणों में चले गए, उन्हें विभिन्न गुरुओं के मार्गदर्शन का लाभ मिलता रहा, जिन्होंने उन्हें भारत के जटिल सामाजिक और राजनीतिक परिदृश्य को नेविगेट करने में मदद की। उनके सबसे महत्त्वपूर्ण गुरुओं में से एक राजा रमन्ना थे, जो एक प्रसिद्ध भौतिक विज्ञानी थे, जिन्होंने रक्षा

अनुसंधान और विकास संगठन (डीआरडीओ) में अपने समय के दौरान कलाम के बॉस और संरक्षक के रूप में कार्य किया था। रमन्ना ने कलाम की प्रतिभा को जल्दी ही पहचान लिया और उन्हें 'अग्नि मिसाइल' के विकास जैसी महत्त्वपूर्ण रक्षा परियोजनाओं पर काम करने के अवसर प्रदान किए।

'अग्नि मिसाइल' परियोजना पर काम करने का कलाम का अनुभव उनके कॅरियर का एक महत्त्वपूर्ण मोड़ था और यह रमन्ना और अन्य सलाहकारों के मार्गदर्शन और समर्थन के बिना संभव नहीं था। जैसा कि कलाम ने स्वयं स्वीकार किया, "मेरे कई उस्ताद थे, लेकिन राजा रमन्ना मेरे गुरु थे।" रमन्ना की सलाह ने कलाम को भारतीय रक्षा नीति के जटिल राजनीतिक परिदृश्य को नेविगेट करने में मदद की और उन्हें भारत के मिसाइल कार्यक्रम को विकसित करने के अपने सपने को हासिल करने में सक्षम बनाया।

रमन्ना के अलावा कलाम को भारत के पूर्व प्रधानमंत्री अटल बिहारी वाजपेयी जैसे विभिन्न राजनीतिक नेताओं की सलाह का भी लाभ मिला, जिन्होंने उन्हें भारत सरकार के मुख्य वैज्ञानिक सलाहकार के रूप में नियुक्त किया। वाजपेयी ने एक वैज्ञानिक नेता के रूप में कलाम की प्रतिभा और क्षमता को पहचाना तथा उनकी सलाह ने कलाम को भारत के वैज्ञानिक और तकनीकी परिदृश्य पर एक स्थायी प्रभाव बनाने के लिए आवश्यक समर्थन और संसाधन प्रदान किए।

निष्कर्षतः ए.पी.जे. अब्दुल कलाम के जीवन और कॅरियर में परामर्श की भूमिका एक महत्त्वपूर्ण कारक थी। अपने पूरे जीवन में कलाम भाग्यशाली थे कि उन्हें विभिन्न व्यक्तियों का मार्गदर्शन और समर्थन मिला, जिन्होंने उनके व्यक्तिगत और व्यावसायिक विकास को आकार देने में मदद की। उनके माता-पिता और शिक्षकों से लेकर सहकर्मियों और राजनीतिक नेताओं तक, कलाम के गुरुओं ने उनके सामने आने वाली चुनौतियों और अवसरों को नेविगेट करने में मदद करने में महत्त्वपूर्ण भूमिका निभाई। उनके मार्गदर्शन और सलाह ने उन्हें अपने सपनों को हासिल करने, बाधाओं को दूर करने और भारतीय समाज पर स्थायी प्रभाव डालने में सक्षम बनाया। जैसा कि कलाम ने स्वयं स्वीकार किया है, वह अपने सभी गुरुओं के ऋणी थे और उनके जीवन और कॅरियर पर उनके प्रभाव को कम करके नहीं आँका जा सकता। भविष्य के नेताओं के जीवन को आकार देने में सलाह के महत्त्व को कम करके नहीं आँका जा सकता और कलाम की कहानी हम सभी के लिए प्रेरणा का काम करती है।

□

3

भारत के पहले सैटेलाइट पर काम

"यदि आप असफल होते हैं, तो कभी हार न मानें, क्योंकि 'फेल' का अर्थ है, सीखने में पहला प्रयास।"

1960 के दशक की शुरुआत में भारत का अंतरिक्ष कार्यक्रम अभी भी अपनी प्रारंभिक अवस्था में था। देश को अभी ब्रिटिश शासन से आजादी मिली थी और सरकार अपने नागरिकों के जीवन स्तर में सुधार लाने पर ध्यान केंद्रित कर रही थी। हालाँकि कुछ दूरदर्शी व्यक्ति थे, जिन्होंने भारत की तकनीकी क्षमताओं को आगे बढ़ाने और इसकी राष्ट्रीय प्रतिष्ठा को बढ़ाने के साधन के रूप में एक अंतरिक्ष कार्यक्रम के विकास के महत्त्व को पहचाना।

इन व्यक्तियों में से एक प्रसिद्ध भौतिक विज्ञानी और अंतरिक्ष वैज्ञानिक विक्रम साराभाई थे, जिन्हें अकसर 'भारतीय अंतरिक्ष कार्यक्रम का जनक' कहा जाता है। साराभाई ने संचार, मौसम पूर्वानुमान और संसाधन प्रबंधन जैसी भारत की कुछ सबसे गंभीर समस्याओं को हल करने में मदद करने के लिए अंतरिक्ष प्रौद्योगिकी की क्षमता को पहचाना।

इस दृष्टि को वास्तविकता में बदलने में मदद करने के लिए साराभाई ने 1962 में 'इंडियन नेशनल कमेटी फॉर स्पेस रिसर्च' (आईएनसीओएसपीएआर) की स्थापना की। इस संगठन को सामाजिक लाभ के लिए अंतरिक्ष प्रौद्योगिकी के शांतिपूर्ण उपयोग पर ध्यान देने के साथ भारत के लिए एक अंतरिक्ष कार्यक्रम विकसित करने का काम सौंपा गया था।

इनकोस्पार द्वारा शुरू की गई प्रमुख परियोजनाओं में से एक भारत के पहले उपग्रह का विकास था। प्राचीन भारतीय गणितज्ञ और खगोलविद् के नाम पर इस

परियोजना का नाम 'आर्यभट्ट' रखा गया, जिन्होंने गणित और खगोल विज्ञान के क्षेत्र में महत्त्वपूर्ण योगदान दिया।

इस महत्त्वाकांक्षी परियोजना का नेतृत्व करने के लिए साराभाई ने ए.पी.जे. अब्दुल कलाम नामक एक युवा वैज्ञानिक की ओर रुख किया। कलाम ने हाल ही में मद्रास इंस्टीट्यूट ऑफ टेक्नोलॉजी (एमआईटी) में एयरोस्पेस इंजीनियरिंग में अपनी पढ़ाई पूरी की थी और हैदराबाद में रक्षा अनुसंधान और विकास प्रयोगशाला (डीआरडीएल) में एक वरिष्ठ वैज्ञानिक सहायक के रूप में काम कर रहे थे।

कलाम शुरू में इस परियोजना को स्वीकार करने में हिचकिचा रहे थे, क्योंकि उन्हें लगा कि उनके पास आवश्यक अनुभव और विशेषज्ञता की कमी है। हालाँकि, साराभाई ने कलाम में काफी संभावनाएँ देखीं और उन्हें यकीन हो गया कि वे इस काम के लिए सही व्यक्ति हैं।

कलाम के नेतृत्व में वैज्ञानिकों और इंजीनियरों की एक टीम ने 'आर्यभट्ट' उपग्रह के डिजाइन और निर्माण के लिए अथक प्रयास किया। परियोजना को कई तकनीकी और तार्किक चुनौतियों का सामना करना पड़ा, लेकिन कलाम की दृढ़ता और समर्पण ने टीम को प्रेरित और केंद्रित रखा।

उपग्रह को 19 अप्रैल, 1975 को रूस में कपुस्टिन यार प्रक्षेपण स्थल से एक सोवियत रॉकेट द्वारा प्रक्षेपित किया गया। प्रक्षेपण एक शानदार सफलता थी और आर्यभट्ट कक्षा में स्थापित होने के लिए एक भारतीय टीम द्वारा निर्मित पहला उपग्रह बन गया।

आर्यभट्ट का सफल प्रक्षेपण भारत के अंतरिक्ष कार्यक्रम के लिए एक ऐतिहासिक उपलब्धि थी। इसने देश की तकनीकी क्षमताओं का प्रदर्शन किया और भारत को वैश्विक अंतरिक्ष दौड़ में एक खिलाड़ी के रूप में मानचित्र पर स्थापित किया। इसके अलावा इसने भविष्य के अंतरिक्ष मिशनों के लिए मार्ग प्रशस्त किया और एक प्रमुख अंतरिक्ष यात्री राष्ट्र के रूप में भारत की वर्तमान स्थिति की नींव रखी।

परियोजना में कलाम की भूमिका महत्त्वपूर्ण थी। परियोजना निदेशक के रूप में उन्होंने टीम के सामने आने वाली कई चुनौतियों को दूर करने के लिए आवश्यक नेतृत्व, तकनीकी विशेषज्ञता और प्रेरणा प्रदान की। अंतरिक्ष प्रौद्योगिकी के प्रति उनके समर्पण और जुनून ने टीम को प्रेरित करने और उन्हें अपने लक्ष्य पर केंद्रित रखने में महत्त्वपूर्ण भूमिका निभाई।

इसके अलावा आर्यभट्ट पर काम करने के कलाम के अनुभव ने उन्हें अमूल्य अंतर्दृष्टि और सबक प्रदान किए, जिसने अंतरिक्ष उद्योग में उनके भविष्य के काम को सूचित किया। वे आगे चलकर भारत के मिसाइल कार्यक्रम को विकसित करने में महत्त्वपूर्ण भूमिका निभाते रहे और बाद में 1994 से 1996 तक भारतीय अंतरिक्ष अनुसंधान संगठन (आईएसआरओ) के अध्यक्ष के रूप में कार्य किया।

'आर्यभट्ट परियोजना' की सफलता दूरदर्शी नेतृत्व की शक्ति, समर्पित टीमवर्क और उत्कृष्टता के प्रति प्रतिबद्धता का प्रमाण है। यह अनुसंधान और विकास में निवेश करने और नवाचार और रचनात्मकता की संस्कृति को बढ़ावा देने के महत्त्व को भी रेखांकित करता है।

भारत के पहले उपग्रह पर काम करना ए.पी.जे. अब्दुल कलाम के कॅरियर का एक महत्त्वपूर्ण क्षण था और भारत के अंतरिक्ष कार्यक्रम में एक मील का पत्थर था। कलाम के नेतृत्व और तकनीकी विशेषज्ञता ने परियोजना की सफलता में महत्त्वपूर्ण भूमिका निभाई। तकनीकी क्षमता और राष्ट्रीय प्रतिष्ठा दोनों के मामले में आर्यभट्ट का सफल प्रक्षेपण भारत के लिए एक महत्त्वपूर्ण उपलब्धि का प्रतिनिधित्व करता है। इसने वैश्विक स्तर पर प्रतिस्पर्धा करने की भारत की क्षमता का प्रदर्शन किया और अंतरिक्ष प्रौद्योगिकी में कॅरियर बनाने के लिए वैज्ञानिकों और इंजीनियरों की एक नई पीढ़ी को प्रेरित किया।

इसके अलावा आर्यभट्ट परियोजना ने कलाम के जीवन में परामर्श के महत्त्व का उदाहरण दिया। विक्रम साराभाई के मार्गदर्शन और समर्थन के बिना, कलाम को इतनी कम उम्र में इतनी महत्त्वाकांक्षी परियोजना का नेतृत्व करने का अवसर कभी नहीं दिया गया होता। कलाम की क्षमता में साराभाई के विश्वास, उनके अपने अनुभव और विशेषज्ञता के साथ, कलाम को वह नींव प्रदान की जिसकी उन्हें अपने भविष्य के प्रयासों में सफल होने के लिए आवश्यकता थी।

परामर्श और मार्गदर्शन पर यह जोर कलाम के जीवन भर एक आवर्ती विषय बना रहा। उन्हें विशेष रूप से विज्ञान और प्रौद्योगिकी के क्षेत्र में युवाओं को सलाह देने और प्रेरित करने की उनकी इच्छा के लिए जाना जाता था। उनका मानना था कि वैज्ञानिकों और इंजीनियरों की अगली पीढ़ी का पोषण भारत के भविष्य के विकास के लिए महत्त्वपूर्ण है और उन्होंने अपना अधिकांश समय और ऊर्जा इस उद्देश्य के लिए समर्पित कर दिया।

भारत के मिसाइल कार्यक्रम का जन्म

भारत के मिसाइल कार्यक्रम में ए.पी.जे. अब्दुल कलाम की भागीदारी ने उनके कॅरियर में एक महत्त्वपूर्ण मोड़ दिया। इस क्षेत्र में उनके काम से न केवल उन्हें अंतरराष्ट्रीय स्तर पर पहचान मिली, बल्कि भारत की सामरिक रक्षा क्षमताओं की नींव भी पड़ी।

भारत में स्वदेशी मिसाइल कार्यक्रम की आवश्यकता कुछ समय से महसूस की जा रही थी। अंतरराष्ट्रीय हथियारों की दौड़ के साथ-साथ देश की सुरक्षा चिंताओं ने भारत के लिए अपनी मिसाइल तकनीक विकसित करना अनिवार्य बना दिया। हालाँकि यह कार्य आसान नहीं था, क्योंकि भारत को महत्त्वपूर्ण तकनीकी और वित्तीय बाधाओं का सामना करना पड़ा था। इन चुनौतियों के बावजूद, कलाम भारत के मिसाइल कार्यक्रम के अपने प्रयास में अडिग रहे।

मिसाइल प्रौद्योगिकी में कलाम की यात्रा 1960 के दशक में शुरू हुई, जब उन्हें भारत के पहले स्वदेशी उपग्रह प्रक्षेपण यान (एसएलवी-तृतीय) कार्यक्रम के लिए परियोजना निदेशक के रूप में नियुक्त किया गया। एसएलवी-3 कार्यक्रम की सफलता ने कलाम को मिसाइल प्रौद्योगिकी में अधिक महत्त्वाकांक्षी परियोजनाओं को आगे बढ़ाने का विश्वास दिलाया।

1983 में कलाम को भारत के रक्षा अनुसंधान और विकास संगठन (डीआरडीओ) के निदेशक के रूप में नियुक्त किया गया, जहाँ उन्होंने भारत के मिसाइल कार्यक्रम की देखरेख की। उनके नेतृत्व में, भारत ने पृथ्वी, अग्नि और आकाश मिसाइलों सहित कई मिसाइलों का विकास किया। इन मिसाइलों ने भारत की रणनीतिक क्षमताओं में एक महत्त्वपूर्ण कदम का प्रतिनिधित्व किया और देश को संभावित खतरों के खिलाफ एक विश्वसनीय रक्षा प्रदान की।

मिसाइल तकनीक में कलाम के काम ने उन्हें अंतरराष्ट्रीय स्तर पर पहचान दिलाई। 1997 में उन्हें भारत के मिसाइल कार्यक्रम में उनके योगदान के लिए भारत के सर्वोच्च नागरिक सम्मान 'भारत रत्न' से सम्मानित किया गया। उन्हें 1998 में संयुक्त राष्ट्र को संबोधित करने के लिए भी आमंत्रित किया गया था, जहाँ उन्होंने शांति और विकास को बढ़ावा देने में विज्ञान और प्रौद्योगिकी की भूमिका के बारे में बात की थी।

हालाँकि, मिसाइल तकनीक में कलाम का काम विवादों से भरा था। भारत के मिसाइल कार्यक्रम की कुछ घटकों ने आलोचना की, कई लोगों ने तर्क दिया कि

यह क्षेत्र में हथियारों की अनावश्यक वृद्धि का प्रतिनिधित्व करता है। इसके अलावा, कार्यक्रम की लागत और दुर्घटनाओं या मिसफायर की संभावना ने कार्यक्रम की सुरक्षा और व्यवहार्यता के बारे में चिंता जताई।

इन आलोचनाओं के बावजूद, कलाम भारत के मिसाइल कार्यक्रम के प्रति प्रतिबद्ध रहे, यह तर्क देते हुए कि यह भारत की सुरक्षा और संप्रभुता सुनिश्चित करने के लिए आवश्यक था। उनका मानना था कि भारत के पास संभावित खतरों के खिलाफ खुद को बचाने का अधिकार है और देश का मिसाइल कार्यक्रम किसी भी संभावित आक्रमण के खिलाफ एक निवारक का प्रतिनिधित्व करता है।

मिसाइल प्रौद्योगिकी के क्षेत्र में कलाम का काम भी नवाचार और समस्या समाधान के प्रति उनकी प्रतिबद्धता का उदाहरण है। उनका मानना था कि विज्ञान और प्रौद्योगिकी में समाज को बदलने और लोगों के जीवन को बेहतर बनाने की शक्ति है। उन्होंने तर्क दिया कि भारत का मिसाइल कार्यक्रम केवल रक्षा के बारे में नहीं है, बल्कि आत्मनिर्भरता और तकनीकी विकास को बढ़ावा देने के बारे में भी है।

कहा जा सकता है, भारत के मिसाइल कार्यक्रम में ए.पी.जे. अब्दुल कलाम का काम उनके कॅरियर और भारत की रक्षा क्षमताओं में एक महत्त्वपूर्ण मील का पत्थर साबित हुआ। उनके नेतृत्व और तकनीकी विशेषज्ञता ने कार्यक्रम की सफलता में एक महत्त्वपूर्ण भूमिका निभाई तथा नवाचार और समस्या-समाधान के प्रति उनकी प्रतिबद्धता ने भारत के भविष्य के विकास का मार्ग प्रशस्त किया। मिसाइल प्रौद्योगिकी में उनकी विरासत भारत और दुनिया भर में युवा वैज्ञानिकों और इंजीनियरों को प्रेरित करती रही है।

अग्नि मिसाइल कार्यक्रम की सफलता

अग्नि मिसाइल कार्यक्रम भारत की मिसाइल प्रौद्योगिकी में एक ऐतिहासिक उपलब्धि थी और इसने भारत की रक्षा क्षमताओं को मजबूत करने में महत्त्वपूर्ण भूमिका निभाई। ए.पी.जे. अब्दुल कलाम अग्नि मिसाइल कार्यक्रम के विकास में एक प्रमुख व्यक्ति थे और कार्यक्रम की सफलता में उनका नेतृत्व और तकनीकी विशेषज्ञता महत्त्वपूर्ण थी।

अग्नि मिसाइल कार्यक्रम 1980 के दशक के अंत में शुरू किया गया था, जिसका उद्देश्य एक लंबी दूरी की बैलिस्टिक मिसाइल विकसित करना था, जो परमाणु वारहेड ले जाने में सक्षम थी। कार्यक्रम को तकनीकी और वित्तीय बाधाओं

सहित कई चुनौतियों का सामना करना पड़ा, साथ-ही-साथ कुछ घटकों से विरोध भी हुआ, जिन्होंने तर्क दिया कि यह क्षेत्र में हथियारों की अनावश्यक वृद्धि का प्रतिनिधित्व करता है।

इन चुनौतियों के बावजूद, कलाम अग्नि मिसाइल कार्यक्रम के अपने प्रयास में अडिग रहे। उनका मानना था कि यह कार्यक्रम भारत की सुरक्षा और संप्रभुता के लिए आवश्यक है और यह भारत की मिसाइल प्रौद्योगिकी में एक महत्त्वपूर्ण कदम का प्रतिनिधित्व करता है।

अग्नि मिसाइल कार्यक्रम की सफलता में कलाम का नेतृत्व और तकनीकी विशेषज्ञता महत्त्वपूर्ण थी। उन्होंने शुरुआत से ही कार्यक्रम के विकास की देखरेख की और उन्होंने मिसाइल के डिजाइन तथा परीक्षण में महत्त्वपूर्ण भूमिका निभाई। कलाम कार्यक्रम के प्रबंधन के लिए भी जिम्मेदार थे और उन्होंने यह सुनिश्चित करने के लिए वैज्ञानिकों, इंजीनियरों और तकनीशियनों के साथ मिलकर काम किया ताकि कार्यक्रम ट्रैक पर रहे।

अग्नि मिसाइल को विकसित करने में प्रमुख चुनौतियों में से एक ऐसी मार्गदर्शन प्रणाली को डिजाइन करना था, जो मिसाइल को सटीक रूप से लक्षित कर सके। कलाम और उनकी टीम ने एक अद्वितीय मार्गदर्शन प्रणाली विकसित की जिसने जड़त्वीय मार्गदर्शन और जीपीएस तकनीक के संयोजन का उपयोग किया ताकि यह सुनिश्चित किया जा सके कि मिसाइल उच्च सटीकता के साथ अपने लक्ष्य को भेद सके। यह प्रणाली मिसाइल प्रौद्योगिकी में एक महत्त्वपूर्ण सफलता थी और इसने क्षेत्र में भविष्य के विकास का मार्ग प्रशस्त किया।

अग्नि मिसाइल कार्यक्रम को रास्ते में कई बाधाओं का सामना करना पड़ा। मिसाइल को विकसित करने के लिए सबसे महत्त्वपूर्ण चुनौतियों में से एक आवश्यक धन और संसाधनों को हासिल करना था। हालाँकि कलाम के नेतृत्व और दृढ़ संकल्प ने इन बाधाओं को दूर करने में मदद की और कठिनाइयों के बावजूद कार्यक्रम पटरी पर रहा।

अग्नि मिसाइल की पहली परीक्षण उड़ान 1989 में हुई और यह एक महत्त्वपूर्ण सफलता थी। मिसाइल ने 2000 किमी. से अधिक की यात्रा की और इसने भारत की मिसाइल प्रौद्योगिकी की क्षमता का प्रदर्शन किया। इस परीक्षण उड़ान ने भारत की रक्षा क्षमताओं में एक नए युग की शुरुआत की और इसने मिसाइल प्रौद्योगिकी में आगे के विकास का मार्ग प्रशस्त किया।

इन वर्षों में अग्नि मिसाइल कार्यक्रम का विकास और सुधार जारी रहा। कार्यक्रम ने अग्नि–1, अग्नि–2, अग्नि–3 और अग्नि–5 सहित मिसाइलों की एक शृंखला विकसित की, जिनमें से प्रत्येक की अपनी अनूठी क्षमताएँ और रेंज हैं। इन मिसाइलों ने भारत की रणनीतिक क्षमताओं में एक महत्त्वपूर्ण कदम का प्रतिनिधित्व किया और देश को संभावित खतरों के खिलाफ एक विश्वसनीय रक्षा प्रदान की।

अग्नि मिसाइल कार्यक्रम की सफलता में कलाम का नेतृत्व और तकनीकी विशेषज्ञता महत्त्वपूर्ण थी। उनका मानना था कि यह कार्यक्रम भारत की सुरक्षा और संप्रभुता के लिए आवश्यक था और इसके सामने आने वाली बाधाओं के बावजूद वे इसके विकास के लिए प्रतिबद्ध रहे। मिसाइल प्रौद्योगिकी में कलाम की विरासत भारत और दुनिया भर में युवा वैज्ञानिकों और इंजीनियरों को प्रेरित करती है तथा अग्नि मिसाइल कार्यक्रम में उनके काम को भारत की रक्षा क्षमताओं में एक महत्त्वपूर्ण मील के पत्थर के रूप में याद किया जाएगा।

ए.पी.जे. अब्दुल कलाम कार्यक्रम के विकास में एक प्रमुख व्यक्ति थे, उनकी सफलता में उनका नेतृत्व और तकनीकी विशेषज्ञता महत्त्वपूर्ण थी। मिसाइल प्रौद्योगिकी में कलाम की विरासत युवा वैज्ञानिकों और इंजीनियरों को प्रेरित करती रही है और अग्नि मिसाइल कार्यक्रम में उनके काम को भारत की रक्षा क्षमताओं में महत्त्वपूर्ण योगदान के रूप में याद किया जाएगा।

□

4

रक्षा अनुसंधान और विकास का नेतृत्व

"युवा शक्ति एक बेहतर दुनिया बना सकती है। आइए, हम इसका उपयोग एक ऐसे भविष्य के निर्माण के लिए करें जिस पर हम सभी गर्व कर सकें।"

भारत के मिसाइल और रक्षा कार्यक्रमों में ए.पी.जे. अब्दुल कलाम के योगदान ने उन्हें राष्ट्रीय नायक बना दिया था। वे भारत की बैलिस्टिक मिसाइल प्रणालियों को डिजाइन और विकसित करने में महत्त्वपूर्ण भूमिका निभा चुके थे, जिसने देश को अपने दुश्मनों के खिलाफ एक प्रभावी प्रतिरोध प्रदान किया। क्षेत्र में अपने अद्वितीय अनुभव और विशेषज्ञता के साथ, कलाम को 1992 में रक्षा अनुसंधान और विकास संगठन (डीआरडीओ) का नेतृत्व करने के लिए चुना गया था। यह अध्याय डीआरडीओ के महानिदेशक के रूप में कलाम के कार्यकाल और भारत की रक्षा क्षमताओं को विकसित करने में उनकी भूमिका का पता लगाएगा।

डीआरडीओ के प्रमुख के रूप में कलाम की नियुक्ति भारत के रक्षा अनुसंधान और विकास कार्यक्रम में एक महत्त्वपूर्ण मोड़ थी। वे अपने साथ भारत को रक्षा प्रौद्योगिकी में आत्मनिर्भर बनाने और विदेशों पर निर्भरता कम करने का दृष्टिकोण लेकर आए थे। उनके नेतृत्व में डीआरडीओ ने उन्नत मिसाइल प्रणाली, विमान और रडार तकनीक विकसित करने में महत्त्वपूर्ण प्रगति की। उनका मानना था कि भारत को एक तकनीकी महाशक्ति बनने का प्रयास करना चाहिए और देश की रक्षा क्षमता दुनिया में सर्वश्रेष्ठ के बराबर होनी चाहिए।

डीआरडीओ के महानिदेशक के रूप में कलाम की पहली पहल में से एक संगठन के अनुसंधान और विकास प्रक्रियाओं को सुव्यवस्थित करना था।

उन्होंने डीआरडीओ और भारतीय सशस्त्र बलों, रक्षा मंत्रालय और परमाणु ऊर्जा विभाग जैसी अन्य सरकारी एजेंसियों के बीच घनिष्ठ सहयोग की आवश्यकता पर जोर दिया। कलाम का मानना था कि यह सहयोगी दृष्टिकोण डीआरडीओ को अत्याधुनिक तकनीकों को विकसित करने में मदद करेगा, जो भारत की विशिष्ट आवश्यकताओं के अनुरूप थीं।

कलाम स्वदेशीकरण के प्रबल पक्षधर थे, जिसका अर्थ था अन्य देशों से आयात पर निर्भर रहने के बजाय देश के भीतर रक्षा तकनीकों का विकास करना। उनका मानना था कि भारत के पास विश्वस्तरीय रक्षा प्रणालियों को विकसित करने की प्रतिभा और संसाधन हैं और उन्होंने नवाचार और उद्यमिता को बढ़ावा देने वाले वातावरण को बनाने के लिए इसे अपना मिशन बना लिया। कलाम ने डीआरडीओ के वैज्ञानिकों और इंजीनियरों को लीक से हटकर सोचने और तकनीकी रूप से उन्नत और लागत प्रभावी समाधान खोजने के लिए प्रोत्साहित किया।

कलाम के नेतृत्व में डीआरडीओ ने भारत की रक्षा क्षमताओं को विकसित करने में कई महत्त्वपूर्ण मील के पत्थर हासिल किए। सबसे उल्लेखनीय उपलब्धियों में से एक 1999 में अग्नि मिसाइल का सफल परीक्षण-फायरिंग था। अग्नि मिसाइल भारत की पहली मध्यम दूरी की बैलिस्टिक मिसाइल थी, इसके सफल परीक्षण-फायरिंग ने भारत को विकसित राष्ट्रों के कुलीन क्लब का सदस्य बना दिया था। कलाम ने अग्नि मिसाइल के विकास में एक महत्त्वपूर्ण भूमिका निभाई थी और इसकी सफलता उनकी दृष्टि और नेतृत्व का प्रमाण थी।

अग्नि मिसाइल के अलावा कलाम के नेतृत्व में डीआरडीओ ने पृथ्वी और आकाश जैसी अन्य मिसाइल प्रणालियों को विकसित करने में महत्त्वपूर्ण प्रगति की थी। पृथ्वी मिसाइल कम दूरी की बैलिस्टिक मिसाइल थी, जबकि आकाश सतह से हवा में मार करने वाली मिसाइल थी। इन दोनों प्रणालियों का सफलतापूर्वक परीक्षण किया गया था और भारतीय सशस्त्र बलों द्वारा तैनात किया जा रहा था। कलाम ने ब्रह्मोस मिसाइल के विकास की पहल भी की थी, जो भारत और रूस के बीच एक संयुक्त उद्यम था। ब्रह्मोस मिसाइल एक सुपरसोनिक क्रूज मिसाइल थी, जिसे जमीन, हवा या समुद्र से लॉन्च किया जा सकता था और यह दुनिया की सबसे उन्नत मिसाइल प्रणालियों में से एक थी।

कलाम ने भारत के स्वदेशी विमान कार्यक्रम के विकास में भी महत्त्वपूर्ण भूमिका निभाई थी। उन्होंने लाइट कॉम्बैट एयरक्राफ्ट (एलसीए) परियोजना के

विकास की पहल की थी, जिसका उद्देश्य चौथी पीढ़ी के लड़ाकू विमान को विकसित करना था, जो पूरी तरह से भारत में डिजाइन और निर्मित किया गया था। एलसीए परियोजना को देरी और लागत में वृद्धि सहित कई चुनौतियों का सामना करना पड़ा, लेकिन कलाम इसकी सफलता के लिए प्रतिबद्ध रहे। पहले एलसीए प्रोटोटाइप ने 2001 में अपनी पहली उड़ान भरी थी और विमान को अंततः 2016 में भारतीय वायुसेना में शामिल किया गया था। भारत को रक्षा प्रौद्योगिकी में आत्मनिर्भर बनाने का कलाम का दृष्टिकोण एक लंबा सफर तय कर चुका था और एलसीए परियोजना उस यात्रा में एक महत्त्वपूर्ण मील का पत्थर थी।

मिसाइल और विमान के अलावा डीआरडीओ के कलाम के नेतृत्व ने संगठन में महत्त्वपूर्ण परिवर्तन और प्रगति की। उनके नेतृत्व में, डीआरडीओ ने भारत का पहला स्वदेशी विमान, लाइट कॉम्बैट एयरक्राफ्ट (एलसीए) विकसित किया, जिसे भारतीय वायुसेना में मिग-21 के पुराने बेड़े को बदलने के लिए डिजाइन किया गया था। एलसीए कार्यक्रम डीआरडीओ के लिए एक महत्त्वपूर्ण उपलब्धि थी, क्योंकि इसने उन्नत सैन्य विमानों को डिजाइन करने और विकसित करने में संगठन की क्षमताओं का प्रदर्शन किया।

एलसीए के अलावा, कलाम ने डीआरडीओ में कई अन्य कार्यक्रम भी शुरू किए, जो भारत की रक्षा जरूरतों के लिए उन्नत तकनीकों के विकास पर केंद्रित थे। इनमें नई मिसाइल प्रणाली, इलेक्ट्रॉनिक युद्ध प्रणाली और निगरानी प्रणाली का विकास शामिल था। कलाम राष्ट्रीय विकास और सुरक्षा के लिए प्रौद्योगिकी की शक्ति का उपयोग करने के प्रबल समर्थक थे और उन्होंने डीआरडीओ को एक विश्व स्तरीय अनुसंधान संगठन बनाने के लिए अथक प्रयास किया।

कलाम के नेतृत्व और दृष्टि ने डीआरडीओ को वैश्विक रक्षा उद्योग में एक प्रमुख खिलाड़ी बनने में मदद की। संगठन और भारत की रक्षा क्षमताओं में उनके योगदान को व्यापक रूप से मान्यता दी गई है और उन्हें अपने काम के लिए कई पुरस्कार और सम्मान प्राप्त हुए हैं। 1997 में उन्हें विज्ञान और प्रौद्योगिकी में उनके उत्कृष्ट योगदान के लिए प्रतिष्ठित 'भारत रत्न', भारत के सर्वोच्च नागरिक पुरस्कार से सम्मानित किया गया।

डीआरडीओ के प्रमुख के रूप में कलाम का कार्यकाल महत्त्वपूर्ण प्रगति और उपलब्धियों से चिह्नित था। वह संगठन में एक अनूठी दृष्टि और नेतृत्व शैली लेकर आए, जिसने डीआरडीओ को एक विश्वस्तरीय अनुसंधान संगठन में बदलने

में मदद की। भारत की रक्षा क्षमताओं में उनका योगदान बहुत अधिक रहा है तथा उन्होंने रक्षा अनुसंधान और विकास के क्षेत्र में एक स्थायी विरासत छोड़ी है।

कलाम का जीवन और कार्य भारत और दुनिया भर में लाखों लोगों के लिए प्रेरणा का काम करता है। वे एक सच्चे दूरदर्शी और एक नेता थे, जो समाज को बदलने और लोगों के जीवन को बेहतर बनाने के लिए प्रौद्योगिकी की शक्ति में विश्वास करते थे। उनकी विरासत जीवित है और आने वाली पीढ़ियों के लिए विज्ञान और प्रौद्योगिकी में उनके योगदान को याद किया जाएगा।

□

5

नवाचार में असफलता का महत्त्व

"केवल एक चीज, जो आपको रोक रही है, वह आप हैं।"

अपने पूरे जीवन और कॅरियर में ए.पी.जे. अब्दुल कलाम को कई असफलताओं, झटकों और चुनौतियों का सामना करना पड़ा। हालाँकि इन असफलताओं ने उन्हें पराजित नहीं होने दिया। इसके बजाय उन्होंने उन्हें सीखने, बढ़ने और नया करने के अवसरों के रूप में इस्तेमाल किया। कलाम का दृढ़ विश्वास था कि असफलता नवाचार प्रक्रिया का एक अनिवार्य हिस्सा है और यह कि सफलता प्राप्त करने के लिए व्यक्तियों और संगठनों के लिए विफलता को गले लगाना आवश्यक है।

नवप्रवर्तन में असफलता के महत्त्व में कलाम के विश्वास को उनके पूरे कॅरियर के अनुभवों से आकार मिला। अपने कॅरियर की शुरुआत में उन्होंने भारत के मिसाइल कार्यक्रम पर काम करते हुए कई चुनौतियों और असफलताओं का सामना किया। अग्नि मिसाइल कार्यक्रम, जिसका उन्होंने नेतृत्व किया, को अपने शुरुआती चरणों में कई तकनीकी चुनौतियों और विफलताओं का सामना करना पड़ा। हालाँकि कलाम ने इन असफलताओं से स्वयं को हतोत्साहित नहीं होने दिया। इसके बजाय उन्होंने उन्हें मिसाइल तकनीक सीखने और सुधारने के अवसरों के रूप में इस्तेमाल किया।

अग्नि मिसाइल कार्यक्रम ने अंततः सफलता हासिल की और यह भारत की सबसे महत्त्वपूर्ण मिसाइल प्रणालियों में से एक बन गया। अग्नि मिसाइल कार्यक्रम के साथ कलाम के अनुभव ने उन्हें दृढ़ता, कड़ी मेहनत और असफलता से सीखने की क्षमता का महत्त्व सिखाया। उन्होंने माना कि नवाचार एक रैखिक प्रक्रिया नहीं है, ये असफलताएँ और बाधाएँ यात्रा का एक अनिवार्य हिस्सा हैं।

बाद में अपने कॅरियर में कलाम ने नवाचार में विफलता के महत्त्व पर जोर देना जारी रखा। भारत के राष्ट्रपति के रूप में उन्होंने युवाओं को नवाचार और उद्यमिता को आगे बढ़ाने के लिए प्रोत्साहित किया। उन्होंने नवाचार प्रक्रिया के एक आवश्यक भाग के रूप में विफलता को गले लगाने की आवश्यकता पर जोर दिया। उन्होंने अकसर प्रसिद्ध कहावत को उद्धृत किया, 'विफलताएँ सफलता की सीढ़ियाँ हैं,' और उन्होंने युवाओं को अपनी असफलताओं से सीखने तथा उन्हें सुधारने और नया करने के अवसरों के रूप में उपयोग करने के लिए प्रोत्साहित किया।

कलाम का मानना था कि असफलता का डर नवाचार की सबसे बड़ी बाधाओं में से एक है। उन्होंने माना कि कई लोग और संगठन जोखिम लेने तथा नई चीजों को आजमाने से डरते हैं, क्योंकि वे असफलता से डरते हैं। हालाँकि उनका मानना था कि यह डर नवाचार और प्रगति को रोक रहा था, जिससे उन्होंने व्यक्तियों और संगठनों को विफलता को गले लगाने तथा इसे नवाचार के लिए एक उपकरण के रूप में उपयोग करने के लिए प्रोत्साहित किया।

कलाम ने असफलता के प्रति सकारात्मक दृष्टिकोण के महत्त्व पर भी जोर दिया। उनका मानना था कि व्यक्तियों और संगठनों को असफलता को नकारात्मक परिणाम के रूप में नहीं देखना चाहिए, बल्कि सीखने के अवसर के रूप में देखना चाहिए। उन्होंने लोगों को विकास की मानसिकता के साथ विफलता का सामना करने और इसे सफलता की राह पर एक आवश्यक कदम के रूप में देखने के लिए प्रोत्साहित किया।

नवाचार में विफलता के महत्त्व पर कलाम के जोर का भारत के नवाचार पारिस्थितिकी तंत्र पर महत्त्वपूर्ण प्रभाव पड़ा है। उनके शब्दों और विचारों ने अनगिनत युवाओं को नवाचार और उद्यमिता को आगे बढ़ाने और विफलता को नवाचार प्रक्रिया के एक अनिवार्य हिस्से के रूप में देखने के लिए प्रेरित किया है। आज भारत एक जीवंत और गतिशील नवाचार पारिस्थितिकी तंत्र का घर है, जहाँ हजारों स्टार्टअप और उद्यमी अत्याधुनिक तकनीकों और समाधानों पर काम कर रहे हैं।

ए.पी.जे. अब्दुल कलाम का जीवन और कॅरियर नवाचार में विफलता के महत्त्व के एक शक्तिशाली अनुस्मारक के रूप में कार्य करता है। उनके शब्द और विचार दुनिया भर के युवाओं को नवाचार और उद्यमिता को आगे बढ़ाने तथा विफलता को प्रगति और सफलता के अवसर के रूप में देखने के लिए प्रेरित करते हैं।

□

6

टीमवर्क की शक्ति

"महान् लोगों के बीच एक ही चीज समान होती है कि उनका एक सपना होता है।"

विज्ञान और प्रौद्योगिकी के क्षेत्र में ए.पी.जे. अब्दुल कलाम के काम की परिभाषित विशेषताओं में से एक टीमवर्क पर उनका जोर था। अपने पूरे कॅरियर के दौरान उन्होंने वैज्ञानिकों, इंजीनियरों और शोधकर्ताओं की टीमों के साथ मिलकर काम किया, ताकि वे महत्त्वपूर्ण तकनीकों को विकसित कर सकें और एयरोस्पेस, रक्षा और दूरसंचार जैसे क्षेत्रों में प्रगति कर सकें। कलाम ने सहयोग के महत्त्व को पहचाना और जटिल समस्याओं को हल करने के लिए विविध कौशल और दृष्टिकोण वाले व्यक्तियों को एक साथ लाने में मूल्य देखा।

इस अध्याय में हम विज्ञान और प्रौद्योगिकी में टीमवर्क की शक्ति पर कलाम के विचारों का पता लगाएँगे कि कैसे उन्होंने सफलता प्राप्त करने के लिए सहयोग के वातावरण को बढ़ावा दिया।

सहयोग का महत्त्व

कलाम सहयोग की शक्ति में दृढ़ विश्वास रखते थे। उन्होंने माना कि किसी एक व्यक्ति के पास सभी उत्तर नहीं थे तथा विज्ञान और प्रौद्योगिकी में प्रगति करने के लिए दूसरों के साथ मिलकर काम करना आवश्यक था। उन्होंने अकसर एक सामान्य लक्ष्य की दिशा में एक साथ काम करने के लिए विविध पृष्ठभूमि और विशेषज्ञता के क्षेत्रों वाले व्यक्तियों से बनी अंत:विषय टीमों की आवश्यकता के बारे में बात की।

सहयोग पर कलाम के जोर का एक उदाहरण सन् 1980 के दशक में 'इंटीग्रेटेड गाइडेड मिसाइल डेवलपमेंट प्रोग्राम' (आईजीएमडीपी) पर उनका काम था। जैसा कि हमने अध्याय 8 में देखा, आईजीएमडीपी अग्नि मिसाइल सहित भारत में मिसाइल प्रौद्योगिकियों की एक श्रृंखला विकसित करने के लिए एक प्रमुख पहल थी। कलाम आईजीएमडीपी के परियोजना निदेशक थे, उन्होंने माना कि कार्यक्रम की सफलता विभिन्न विषयों के वैज्ञानिकों और इंजीनियरों के सहयोग पर निर्भर करेगी।

इसे प्राप्त करने के लिए कलाम ने परियोजना के भीतर टीमवर्क और सहयोग की संस्कृति स्थापित की। उन्होंने खुले संचार और बहस को प्रोत्साहित किया तथा एक ऐसा वातावरण बनाया, जहाँ विचारों को स्वतंत्र रूप से साझा किया जा सके। कलाम ने अपनी भूमिका या अनुभव के स्तर की परवाह किए बिना टीम के प्रत्येक सदस्य के योगदान को पहचानने और महत्त्व देने पर भी जोर दिया।

आईजीएमडीपी एक शानदार सफलता थी, जिसमें अग्नि मिसाइल कार्यक्रम भारत की रक्षा रणनीति का एक प्रमुख तत्त्व बन गया था। कलाम ने इस सफलता का श्रेय परियोजना में शामिल वैज्ञानिकों और इंजीनियरों के टीमवर्क और सहयोग को दिया तथा विज्ञान और प्रौद्योगिकी में सफलता हासिल करने में सहयोग के महत्त्व पर प्रकाश डाला।

अनुशासन के बीच पुल का निर्माण

कलाम विज्ञान और प्रौद्योगिकी में विभिन्न विषयों के बीच सेतु बनाने के भी प्रबल पक्षधर थे। उन्होंने माना कि आज समाज के सामने सबसे अधिक दबाव वाली चुनौतियों में से कई ऐसे समाधानों की आवश्यकता है, जो कई क्षेत्रों से ज्ञान और विशेषज्ञता प्राप्त करें।

उदाहरण के लिए—कलाम का मानना था कि एयरोस्पेस प्रौद्योगिकी में प्रगति कृषि और स्वास्थ्य देखभाल जैसे क्षेत्रों में महत्त्वपूर्ण अनुप्रयोग हो सकती है। उन्होंने वैज्ञानिकों और इंजीनियरों को अपने काम के संभावित अनुप्रयोगों के बारे में व्यापक रूप से सोचने और अन्य क्षेत्रों के शोधकर्ताओं के साथ सहयोग करने के लिए प्रोत्साहित किया।

कलाम के अंत:विषय दृष्टिकोण का एक उदाहरण 1990 के दशक में 'टेलीमेडिसिन प्रोजेक्ट' पर उनका काम था। इस परियोजना का उद्देश्य दूरसंचार प्रौद्योगिकी का उपयोग करके भारत के दूरस्थ क्षेत्रों में चिकित्सा देखभाल प्रदान करने

के लिए एक प्रणाली विकसित करना था। कलाम ने माना कि इस परियोजना के लिए चिकित्सा, इंजीनियरिंग और दूरसंचार जैसे क्षेत्रों में विशेषज्ञता की आवश्यकता होगी और उन्होंने परियोजना पर सहयोग करने के लिए इनमें से प्रत्येक क्षेत्र के विशेषज्ञों की टीमों को एक साथ लाने का काम किया।

टेलीमेडिसिन प्रोजेक्ट एक बड़ी सफलता थी, इस प्रणाली का उपयोग भारत भर के दूरदराज के क्षेत्रों में चिकित्सा देखभाल देने के लिए किया जा रहा था। कलाम ने इस परियोजना को सफल बनाने में अंत:विषय सहयोग के महत्त्व पर प्रकाश डाला और इसे एक उदाहरण के रूप में देखा कि कैसे विज्ञान और प्रौद्योगिकी का उपयोग सबसे दूरस्थ क्षेत्रों में भी लोगों के जीवन को बेहतर बनाने के लिए किया जा सकता है।

नवाचार की संस्कृति बनाना

कलाम का मानना था कि विज्ञान और प्रौद्योगिकी में नवाचार की संस्कृति बनाने के लिए सहयोग और टीमवर्क आवश्यक है। उन्होंने माना कि नवाचार अकसर विभिन्न दृष्टिकोणों और विचारों वाले व्यक्तियों के बीच रचनात्मक बातचीत से उत्पन्न होता है और सहयोग के वातावरण को बढ़ावा देना इस क्षमता को अनलॉक करने के लिए महत्त्वपूर्ण था।

इसके लिए कलाम अकसर संगठनों के भीतर नवाचार की संस्कृति बनाने के महत्त्व के बारे में बात करते थे।

कलाम का मानना था कि एक महान् टीम वह है, जो ऐसे व्यक्तियों से बनी होती है, जिनके पास पूरक कौशल होते हैं और एक समान लक्ष्य के लिए एक साथ काम करते हैं। उन्होंने एक साझा दृष्टि के महत्त्व पर जोर दिया, जहाँ टीम का प्रत्येक सदस्य परियोजना के उद्देश्य को समझता है और उसमें विश्वास करता है। यह सामान्य लक्ष्य टीम को बड़ी तसवीर पर ध्यान केंद्रित करने और एक साथ सफलता की ओर बढ़ने में सक्षम बनाता है।

कलाम भी टीमों में विविधता की शक्ति में विश्वास करते थे। उनका मानना था कि विविध पृष्ठभूमि और अनुभव वाले लोग समस्या-समाधान के लिए अद्वितीय दृष्टिकोण ला सकते हैं। उन्होंने हमेशा विज्ञान और प्रौद्योगिकी के क्षेत्र में महिलाओं को शामिल करने के लिए प्रोत्साहित किया और उनका मानना था कि वे जिस भी टीम का हिस्सा हैं, उसमें महत्त्वपूर्ण योगदान दे सकती हैं।

टीमवर्क के कलाम के दर्शन को भारत के राष्ट्रपति के रूप में उनके कार्यकाल के दौरान उदाहरण के तौर पर पेश किया गया था। उन्होंने देश में विज्ञान और प्रौद्योगिकी के विकास को बढ़ावा देने के लिए अपने सलाहकारों, कैबिनेट मंत्रियों और अन्य अधिकारियों के साथ मिलकर काम किया। उन्होंने अनुसंधान और नवाचार को आगे बढ़ाने में शिक्षा, उद्योग और सरकार के बीच सहयोग के महत्त्व पर जोर दिया।

अपनी अध्यक्षता के दौरान कलाम की प्रमुख पहलों में से एक 'विजन 2020' दस्तावेज का विकास था, जिसका उद्देश्य वर्ष 2020 तक भारत को एक विकसित राष्ट्र में बदलना था। इस महत्त्वाकांक्षी लक्ष्य के लिए कई हितधारकों के प्रयासों की आवश्यकता थी और कलाम ने उन्हें एक साथ इस सामान्य उद्देश्य की ओर लाने के लिए अथक प्रयास किया।

टीमवर्क की शक्ति में कलाम का विश्वास एक शिक्षक और संरक्षक के रूप में उनके काम में भी झलकता था। उन्होंने अपने छात्रों और सहकर्मियों को एक समान लक्ष्य की दिशा में एक साथ काम करने के लिए प्रोत्साहित किया तथा वे हमेशा सबकी मदद करने के लिए तैयार रहते थे। उनका मानना था कि व्यक्ति अपने दम पर जितना हासिल कर सकते हैं, उससे कहीं अधिक एक साथ काम करने से हासिल कर सकते हैं।

ए.पी.जे. अब्दुल कलाम का जीवन और कार्य विज्ञान और प्रौद्योगिकी में टीमवर्क की शक्ति का उदाहरण है। वह सफलता प्राप्त करने में एक साझा दृष्टि, विविध टीमों और कई हितधारकों के बीच सहयोग के महत्त्व में विश्वास करते थे। उनके नेतृत्व और सलाह ने कई व्यक्तियों को समान लक्ष्यों की दिशा में एक साथ काम करने के लिए प्रेरित किया तथा उनकी विरासत वैज्ञानिकों और नवप्रवर्तकों की अगली पीढ़ी को प्रेरित करती रही है।

□

7

जनप्रौद्योगिकी की अवधारणा

"महान् लोगों के लिए, धर्म दोस्त बनाने का एक तरीका है; छोटे लोग धर्म को लड़ाई का हथियार बनाते हैं।"

ए. पी.जे. अब्दुल कलाम जनता के लिए प्रौद्योगिकी की अवधारणा में दृढ़ विश्वास रखते थे। उनका मानना था कि प्रौद्योगिकी को कुछ विशेषाधिकार प्राप्त लोगों तक ही सीमित नहीं रखा जाना चाहिए, बल्कि इसे सभी के लिए सुलभ बनाया जाना चाहिए, विशेष रूप से ग्रामीण और अविकसित क्षेत्रों में। अपने पूरे जीवन में, उन्होंने प्रौद्योगिकी के विकास को बढ़ावा देने के लिए अथक रूप से काम किया, जिससे भारत के आम लोगों को लाभ हो।

जनता के लिए कलाम की प्रौद्योगिकी में रुचि रामेश्वरम में उनके बचपन के दौरान शुरू हुई। वे सीमित संसाधनों वाले एक छोटे से शहर में पले-बढ़े और उन्होंने पहली बार ग्रामीण समुदायों के संघर्षों को देखा। जैसे-जैसे उन्होंने विज्ञान और प्रौद्योगिकी में अपनी शिक्षा और कॅरियर को आगे बढ़ाया, वे इन समुदायों के लोगों के जीवन को बेहतर बनाने हेतु अपने कौशल का उपयोग करने के लिए दृढ़ संकल्पित हो गए।

जनता के लिए प्रौद्योगिकी में कलाम की शुरुआती पहलों में से एक 1975 में 'सैटेलाइट इंस्ट्रक्शनल टेलीविजन एक्सपेरिमेंट' (एसआईटीई) का विकास था। इस परियोजना का उद्देश्य उपग्रह प्रौद्योगिकी के माध्यम से ग्रामीण समुदायों को शिक्षा और प्रशिक्षण प्रदान करना था। प्रयोग सफल रहा और इसने ग्रामीण क्षेत्रों के लाभ के लिए प्रौद्योगिकी का उपयोग करने के उद्देश्य से अन्य पहलों के विकास का मार्ग प्रशस्त किया।

रक्षा अनुसंधान और विकास संगठन (डीआरडीओ) के निदेशक के रूप में

अपने कार्यकाल के दौरान जनता के लिए कलाम के प्रौद्योगिकी के प्रयास जारी रहे। उनके नेतृत्व में डीआरडीओ ने कई तकनीकों का विकास किया, जिससे भारत के आम लोगों को लाभ हुआ। उदाहरण के लिए, डीआरडीओ ने 1983 में 'किसान उपग्रह' विकसित किया, जो ग्रामीण क्षेत्रों में किसानों को कृषि संबंधी जानकारी प्रदान करता था। इस तकनीक ने किसानों को फसल प्रबंधन के बारे में उचित निर्णय लेने और उनकी पैदावार में सुधार करने में सक्षम बनाया।

1998 में कलाम ने भारत के सफल परमाणु परीक्षणों का नेतृत्व किया, जिसने भारत को परमाणु शक्ति के रूप में विश्व मंच पर ला खड़ा किया। हालाँकि उन्होंने जनता के लिए प्रौद्योगिकी के अपने दृष्टिकोण को नहीं खोया। उनका मानना था कि भारत के आम लोगों के लाभ के लिए परमाणु प्रौद्योगिकी का उपयोग किया जा सकता है। इस संबंध में उनकी प्रमुख पहलों में से एक 2001 में 'एकीकृत ग्रामीण ऊर्जा कार्यक्रम' (आईआरईपी) का विकास था। कार्यक्रम का उद्देश्य सौर और पवन ऊर्जा जैसे नवीकरणीय ऊर्जा स्त्रोतों के उपयोग के माध्यम से ग्रामीण समुदायों को बिजली तक पहुँच प्रदान करना था।

जनता के लिए प्रौद्योगिकी पर कलाम का ध्यान 2002 से 2007 तक भारत के राष्ट्रपति के रूप में उनके कार्यकाल के दौरान जारी रहा। उन्होंने प्रौद्योगिकी के विकास को बढ़ावा देने के लिए अपने पद का उपयोग किया, जिससे भारत के आम लोगों को लाभ हो। उनकी प्रमुख पहलों में से एक 'पुरा' (ग्रामीण क्षेत्रों में शहरी सुविधाएँ प्रदान करना) कार्यक्रम था, जिसका उद्देश्य ग्रामीण समुदायों को पानी, बिजली और स्वास्थ्य जैसी बुनियादी सुविधाएँ प्रदान करना था। यह कार्यक्रम 'ज्ञान संपर्क' की अवधारणा पर आधारित था, जहाँ ग्रामीण क्षेत्रों को शहरी केंद्रों से जोड़ने के लिए प्रौद्योगिकी का उपयोग किया जाएगा।

अंततः ए.पी.जे. अब्दुल कलाम का जीवन और कार्य जनता के लिए प्रौद्योगिकी की अवधारणा का उदाहरण है। उनका मानना था कि प्रौद्योगिकी को सभी के लिए सुलभ बनाया जाना चाहिए, विशेष रूप से ग्रामीण और अविकसित क्षेत्रों में। अपने पूरे कॅरियर के दौरान, उन्होंने ऐसी तकनीकों को विकसित करने के लिए अथक प्रयास किया, जिससे भारत के आम लोगों को लाभ हो। उनकी विरासत दुनिया भर के लोगों के जीवन को बेहतर बनाने के लिए अपने कौशल का उपयोग करने के लिए अगली पीढ़ी के वैज्ञानिकों और नवप्रवर्तकों को प्रेरित करती है।

□

8

प्रधान वैज्ञानिक सलाहकार

"मैं एक सुंदर लड़का नहीं हूँ, लेकिन मैं किसी ऐसे व्यक्ति को अपना हाथ दे सकता हूँ, जिसे मदद की जरूरत है। सुंदरता दिल में होती है, चेहरे में नहीं।"

एक वैज्ञानिक और इंजीनियर के रूप में एक लंबे और शानदार कॅरियर के बाद, डॉ. ए.पी.जे. अब्दुल कलाम 1999 में भारत सरकार के प्रधान वैज्ञानिक सलाहकार बने। कलाम के लिए यह एक महत्त्वपूर्ण क्षण था, क्योंकि इसने उन्हें देश की वैज्ञानिक और तकनीकी प्रगति का मार्गदर्शन करने के लिए अपने ज्ञान और विशेषज्ञता का उपयोग करने की अनुमति दी।

प्रधान वैज्ञानिक सलाहकार के रूप में कलाम की भूमिका वैज्ञानिक और तकनीकी मामलों पर प्रधानमंत्री और अन्य सरकारी अधिकारियों को सलाह देने की थी। वे वैज्ञानिक अनुसंधान और विकास तथा नीतियों और रणनीतियों के विकास के लिए जिम्मेदार थे और यह सुनिश्चित करने के लिए कि वैज्ञानिक प्रगति देश की आर्थिक, सामाजिक और राष्ट्रीय सुरक्षा नीतियों में एकीकृत थी।

प्रमुख वैज्ञानिक सलाहकार के रूप में कलाम की मुख्य प्राथमिकताओं में से एक भारत में नवाचार और उद्यमिता की संस्कृति को बढ़ावा देना था। उनका मानना था कि भारत में विज्ञान और प्रौद्योगिकी में एक वैश्विक नेता बनने की क्षमता है और देश के युवा इसके सबसे बड़े संसाधन हैं। उन्होंने अगली पीढ़ी के वैज्ञानिकों तथा इंजीनियरों को प्रेरित और प्रोत्साहित करने के लिए अथक प्रयास किया, उन्हें अपने सपनों को आगे बढ़ाने और दुनिया में बदलाव लाने के लिए प्रोत्साहित किया।

कलाम यह सुनिश्चित करने के लिए भी गहराई से प्रतिबद्ध थे कि विज्ञान

और प्रौद्योगिकी सभी भारतीयों के लिए सुलभ हो, भले ही उनकी सामाजिक या आर्थिक स्थिति कुछ भी हो। उनका मानना था कि प्रौद्योगिकी का उपयोग आम लोगों के जीवन को बेहतर बनाने के लिए किया जाना चाहिए और यह वैज्ञानिकों और इंजीनियरों की जिम्मेदारी है कि वे ऐसी तकनीकों को विकसित करें, जो सस्ती और प्रभावी दोनों हों।

प्रधान वैज्ञानिक सलाहकार के रूप में अपने कार्यकाल के दौरान कलाम ने भारत के अंतरिक्ष कार्यक्रम को आकार देने में महत्त्वपूर्ण भूमिका निभाई। उन्होंने ध्रुवीय उपग्रह प्रक्षेपण यान (पीएसएलवी) के विकास में महत्त्वपूर्ण भूमिका निभाई थी, जो दुनिया के सबसे विश्वसनीय और लागत प्रभावी प्रक्षेपण वाहनों में से एक बन गया है। उन्होंने चंद्रयान-1 के सफल प्रक्षेपण का भी निरीक्षण किया, जिसने भारत को चंद्रमा पर अंतरिक्ष यान भेजने वाला दुनिया का चौथा देश बना दिया।

कलाम भारत में स्वास्थ्य सेवा में सुधार के लिए प्रौद्योगिकी के उपयोग के अथक हिमायती थे। उनका मानना था कि चिकित्सा प्रौद्योगिकी में प्रगति देश की कुछ सबसे गंभीर स्वास्थ्य चुनौतियों, जैसे शिशु मृत्यु दर और संचारी रोगों को दूर करने में मदद कर सकती है। उन्होंने नई चिकित्सा तकनीकों को विकसित करने और यह सुनिश्चित करने के लिए स्वास्थ्य पेशेवरों और शोधकर्ताओं के साथ मिलकर काम किया कि वे उन लोगों के लिए सुलभ हों, जिन्हें उनकी सबसे ज्यादा जरूरत थी।

प्रमुख वैज्ञानिक सलाहकार के रूप में अपने पूरे कार्यकाल के दौरान, कलाम इस विचार के प्रति प्रतिबद्ध रहे कि विज्ञान और प्रौद्योगिकी एक बेहतर दुनिया के निर्माण के लिए आवश्यक उपकरण हैं। उनका मानना था कि नवाचार और कड़ी मेहनत के माध्यम से, भारत विज्ञान और प्रौद्योगिकी में एक वैश्विक नेता बन सकता है और इससे लोग जीवन की बेहतर गुणवत्ता का आनंद उठा सकते हैं। उन्होंने अनगिनत युवाओं को विज्ञान और इंजीनियरिंग में कॅरियर बनाने के लिए प्रेरित किया और उनकी विरासत आज भी भारत की वैज्ञानिक और तकनीकी प्रगति को आकार दे रही है।

अंत में भारत सरकार के प्रधान वैज्ञानिक सलाहकार के रूप में डॉ. ए.पी. जे. अब्दुल कलाम का कार्यकाल भारत में नवाचार और उद्यमिता की संस्कृति को बढ़ावा देने की उनकी प्रतिबद्धता, आम लोगों के जीवन को बेहतर बनाने के

लिए प्रौद्योगिकी की शक्ति में उनके विश्वास के रूप में चिह्नित किया गया था। भारत की वैज्ञानिक और तकनीकी प्रगति को आकार देने के उनके अथक प्रयास, उनकी विरासत दुनिया भर के युवाओं को अपने सपनों का पीछा करने और दुनिया में सकारात्मक बदलाव लाने हेतु अपने ज्ञान और विशेषज्ञता का उपयोग करने के लिए प्रेरित करती है।

टेक्नोलॉजी विजन 2020 प्रोग्राम की स्थापना

जैसा कि डॉ. ए.पी.जे. अब्दुल कलाम ने भारत सरकार के प्रधान वैज्ञानिक सलाहकार के रूप में अपना काम जारी रखा, वह देश की तकनीकी क्षमताओं को आगे बढ़ाने के अपने मिशन के प्रति समर्पित रहे। 1996 में उन्होंने प्रौद्योगिकी विजन 2020 कार्यक्रम के रूप में जानी जाने वाली एक नई पहल का प्रस्ताव रखा, जिसका उद्देश्य वर्ष 2020 तक भारत को एक विकसित राष्ट्र में बदलना था।

टेक्नोलॉजी विजन 2020 कार्यक्रम एक महत्त्वाकांक्षी योजना थी, जो पाँच प्रमुख क्षेत्रों पर केंद्रित थी—कृषि, उद्योग, बुनियादी ढाँचा, शिक्षा और स्वास्थ्य सेवा। कलाम का मानना था कि इन क्षेत्रों में निवेश करके और प्रौद्योगिकी का लाभ उठाकर भारत वैश्विक मंच पर एक प्रमुख खिलाड़ी बन सकता है।

कृषि कार्यक्रम का एक प्रमुख फोकस था, क्योंकि अधिकांश भारतीय आबादी ग्रामीण क्षेत्रों में रहती है और अपनी आजीविका के लिए खेती पर निर्भर है। कलाम ने स्वीकार किया कि प्रौद्योगिकी कृषि उत्पादकता बढ़ाने और किसानों के जीवन की गुणवत्ता में सुधार करने में मदद कर सकती है। इस कार्यक्रम का उद्देश्य कृषि उत्पादकता में सालाना 4 प्रतिशत की वृद्धि करना और 2020 तक किसानों की आय को दोगुना करना था।

उद्योग फोकस का एक अन्य प्रमुख क्षेत्र था, क्योंकि कलाम का मानना था कि अन्य विकसित देशों के साथ प्रतिस्पर्धा करने के लिए भारत को अपनी विनिर्माण क्षमताओं को विकसित करने की आवश्यकता है। इस कार्यक्रम का उद्देश्य 2020 तक भारत के सकल घरेलू उत्पाद में विनिर्माण के योगदान को 16 प्रतिशत से बढ़ाकर 25 प्रतिशत करना था, जबकि छोटे और मध्यम आकार के उद्यमों के विकास को भी बढ़ावा देना था।

इंफ्रास्ट्रक्चर भी कार्यक्रम का एक प्रमुख फोकस था, क्योंकि कलाम ने माना कि आर्थिक विकास का समर्थन करने के लिए भारत को परिवहन, ऊर्जा और

संचार बुनियादी ढाँचे में निवेश करने की आवश्यकता है। इस कार्यक्रम का उद्देश्य 2020 तक सभी भारतीय गाँवों को बिजली की सुविधा प्रदान करना, साथ ही एक हाई-स्पीड रेल नेटवर्क विकसित करना तथा देश के बंदरगाहों और हवाई अड्डों का आधुनिकीकरण करना था।

शिक्षा फोकस का एक अन्य प्रमुख क्षेत्र था, क्योंकि कलाम का मानना था कि ज्ञान आधारित अर्थव्यवस्था के विकास के लिए शिक्षा आवश्यक थी। कार्यक्रम का उद्देश्य 2020 तक भारत में 100 प्रतिशत साक्षरता हासिल करना था, साथ ही व्यावसायिक और तकनीकी शिक्षा कार्यक्रमों के विकास को बढ़ावा देना था।

अंत में, स्वास्थ्य सेवा कार्यक्रम का एक महत्त्वपूर्ण फोकस था, क्योंकि कलाम ने माना कि आर्थिक विकास के लिए एक स्वस्थ जनसंख्या आवश्यक है। कार्यक्रम का उद्देश्य 2020 तक स्वास्थ्य सेवा तक सार्वभौमिक पहुँच प्रदान करना और साथ ही उन्नत चिकित्सा प्रौद्योगिकियों के विकास को बढ़ावा देना था।

इन लक्ष्यों को प्राप्त करने के लिए टेक्नोलॉजी विजन 2020 कार्यक्रम ने कई तरह की पहल और निवेश प्रस्तावित किए, जिनमें शामिल हैं—

- जैव प्रौद्योगिकी, नैनो प्रौद्योगिकी और सूचना प्रौद्योगिकी जैसे प्रमुख क्षेत्रों में अनुसंधान और विकास में निवेश करना।
- कर प्रोत्साहन और अन्य नीतियों के माध्यम से अनुसंधान और विकास में निजी क्षेत्र के निवेश को प्रोत्साहित करना।
- अभिनव स्टार्टअप के विकास का समर्थन करने के लिए प्रौद्योगिकी पार्कों और इनक्यूबेटरों के विकास को बढ़ावा देना।
- एक कुशल कार्यबल विकसित करने के लिए शिक्षा और प्रशिक्षण कार्यक्रमों में निवेश करना, जो तकनीकी नवाचार का समर्थन कर सके।
- जीवाश्म ईंधन पर भारत की निर्भरता को कम करने के लिए सौर और पवन ऊर्जा जैसे नवीकरणीय ऊर्जा स्रोतों के उपयोग को बढ़ावा देना।
- ई-कॉमर्स और अन्य ऑनलाइन गतिविधियों के विकास का समर्थन करने के लिए एक राष्ट्रीय सूचना अवसंरचना का विकास करना।
- अवसंरचना विकास को समर्थन देने के लिए सार्वजनिक-निजी भागीदारी के विकास को प्रोत्साहित करना।

टेक्नोलॉजी विजन 2020 कार्यक्रम एक साहसिक और महत्त्वाकांक्षी पहल थी, लेकिन इसमें महत्त्वपूर्ण चुनौतियों का सामना करना पड़ा। भारत की अर्थव्यवस्था

अभी भी अपेक्षाकृत कमजोर थी और देश को महत्त्वपूर्ण सामाजिक और राजनीतिक चुनौतियों का सामना करना पड़ा। कलाम ने स्वीकार किया कि कार्यक्रम की सफलता भारतीय लोगों की परिवर्तन को अपनाने और नई तकनीकों को अपनाने की इच्छा पर निर्भर करेगी।

इन चुनौतियों के बावजूद, टेक्नोलॉजी विजन 2020 कार्यक्रम ने कुछ महत्त्वपूर्ण सफलताएँ हासिल कीं। 1997 और 2002 के बीच भारत का सकल घरेलू उत्पाद 7 प्रतिशत की औसत दर से बढ़ा और इसी अवधि के दौरान देश का विनिर्माण क्षेत्र 8 प्रतिशत की औसत दर से बढ़ा। 1997 और 2002 के बीच कृषि उत्पादकता में सालाना 3.3 प्रतिशत की वृद्धि के साथ भारत के कृषि क्षेत्र में भी उल्लेखनीय वृद्धि हुई।

कार्यक्रम का वर्ष 2020 तक विकसित राष्ट्र पर भी महत्त्वपूर्ण प्रभाव पड़ा। इस कार्यक्रम में एक बहुआयामी दृष्टिकोण था, जो कृषि, शिक्षा, स्वास्थ्य देखभाल, परिवहन और संचार सहित कई क्षेत्रों पर केंद्रित था। इसका उद्देश्य भारत के सभी नागरिकों को प्रौद्योगिकी तक पहुँच प्रदान करना और नवाचार और उद्यमिता की संस्कृति बनाना था।

इस कार्यक्रम का भारत के आर्थिक विकास पर भी महत्त्वपूर्ण प्रभाव पड़ा। इसने एक मजबूत अनुसंधान और विकास अवसंरचना बनाने, प्रौद्योगिकी हस्तांतरण को प्रोत्साहित करने और उद्यमिता को बढ़ावा देने पर ध्यान केंद्रित किया। इसका उद्देश्य ज्ञान आधारित अर्थव्यवस्था बनाना और भारत को वैश्विक प्रौद्योगिकी केंद्र में बदलना था।

इन लक्ष्यों को प्राप्त करने के लिए कार्यक्रम में कई महत्त्वपूर्ण पहलें थीं। प्रमुख पहलों में से एक देशभर में कई प्रौद्योगिकी पार्कों और बिजनेस इनक्यूबेटरों का निर्माण था। इन सुविधाओं को उद्यमियों और नवप्रवर्तकों को उनके विचारों और उत्पादों को विकसित करने के लिए आवश्यक बुनियादी ढाँचा और संसाधन प्रदान करने के लिए डिजाइन किया गया था।

कार्यक्रम ने प्रौद्योगिकी में शिक्षा और प्रशिक्षण के महत्त्व पर भी जोर दिया। इसने विभिन्न क्षेत्रों में छात्रों और पेशेवरों को उच्च गुणवत्ता वाली शिक्षा और प्रशिक्षण कार्यक्रम प्रदान करने पर ध्यान केंद्रित किया। इसका उद्देश्य एक कुशल कार्यबल तैयार करना था, जो तेजी से बढ़ते प्रौद्योगिकी उद्योग की माँगों को पूरा कर सके।

कार्यक्रम की एक अन्य महत्त्वपूर्ण पहल एक राष्ट्रीय सूचना अवसंरचना का निर्माण था। इस बुनियादी ढाँचे का उद्देश्य संचार और सूचना प्रणाली के नेटवर्क के माध्यम से भारत के सभी नागरिकों को जोड़ना है। इसका उद्देश्य भारत के सभी नागरिकों को स्वास्थ्य सेवा, शिक्षा और सरकारी सेवाओं जैसी आवश्यक सेवाओं तक पहुँच प्रदान करना है।

टेक्नोलॉजी विजन 2020 कार्यक्रम एक महत्त्वपूर्ण सफलता थी और इसका भारत के आर्थिक और तकनीकी विकास पर महत्त्वपूर्ण प्रभाव पड़ा। इसने नवाचार और उद्यमिता की संस्कृति बनाने, प्रौद्योगिकी हस्तांतरण को बढ़ावा देने तथा भारत को एक वैश्विक प्रौद्योगिकी केंद्र में बदलने में मदद की। इसने एक कुशल कार्यबल भी बनाया, जो तेजी से बढ़ते प्रौद्योगिकी उद्योग की माँगों को पूरा कर सके।

□

9

परमाणु क्षमताओं का विकास

"मेरा संदेश, विशेष रूप से युवा लोगों के लिए, अलग तरह से सोचने का साहस, आविष्कार करने का साहस, अनछुए रास्ते पर चलने का साहस, असंभव को खोजने का साहस तथा समस्याओं पर विजय प्राप्त करने और सफल होने का साहस है। ये महान् गुण हैं, जिनके लिए उन्हें काम करना चाहिए। यह युवाओं के लिए मेरा संदेश है।"

अपने पूरे कॅरियर के दौरान ए.पी.जे. अब्दुल कलाम परमाणु प्रौद्योगिकी के क्षेत्र सहित भारत की वैज्ञानिक और तकनीकी क्षमताओं को आगे बढ़ाने में गहराई से शामिल थे। इस अध्याय में हम परमाणु परीक्षण कार्यक्रम के विकास और परमाणु कमांड अथॉरिटी की स्थापना में उनके योगदान सहित भारत की परमाणु क्षमताओं को आगे बढ़ाने में कलाम की भूमिका का पता लगाएँगे।

1940 के दशक की शुरुआत में भारत के परमाणु कार्यक्रम की जड़ें मुंबई में टाटा इंस्टीट्यूट ऑफ फंडामेंटल रिसर्च में शोध के साथ थीं। हालाँकि, 1970 के दशक तक ऐसा नहीं था कि भारत ने परमाणु हथियार विकसित करने की दिशा में ठोस कदम उठाना शुरू किया। कलाम, जिन्होंने पहले भारत के मिसाइल कार्यक्रम पर काम किया था, भारत के परमाणु कार्यक्रम के विकास में एक प्रमुख व्यक्ति थे।

1970 के दशक के अंत और 1980 के दशक की शुरुआत में कलाम ने एकीकृत निर्देशित मिसाइल विकास कार्यक्रम के विकास का नेतृत्व किया, जिसमें अग्नि मिसाइल का विकास शामिल था। अग्नि मिसाइल भारत के परमाणु कार्यक्रम का एक प्रमुख घटक था, क्योंकि इसने भारत को लंबी दूरी पर परमाणु हथियार

पहुँचाने की क्षमता प्रदान की थी। मिसाइल प्रौद्योगिकी में कलाम की विशेषज्ञता अग्नि मिसाइल के विकास में सहायक थी और कार्यक्रम में उनके योगदान ने उन्हें 'भारत के मिसाइल मैन' का उपनाम दिया।

भारत के परमाणु कार्यक्रम में कलाम की भागीदारी 1990 के दशक तक जारी रही, जब भारत ने परमाणु परीक्षण करने की दिशा में कदम उठाना शुरू किया। मई 1998 में भारत ने प्रधानमंत्री अटल बिहारी वाजपेयी के नेतृत्व में थर्मोन्यूक्लियर डिवाइस सहित कई परमाणु परीक्षण किए। कलाम ने थर्मोन्यूक्लियर डिवाइस के डिजाइन सहित परमाणु परीक्षण कार्यक्रम के विकास में महत्त्वपूर्ण भूमिका निभाई।

परमाणु परीक्षणों के बाद भारत को महत्त्वपूर्ण अंतरराष्ट्रीय प्रतिक्रिया का सामना करना पड़ा, जिसमें संयुक्त राज्य अमेरिका और अन्य देशों द्वारा आर्थिक प्रतिबंध लगाना शामिल था। हालाँकि कलाम ने तर्क दिया कि भारत को अपनी परमाणु क्षमताओं को विकसित करने का अधिकार था और भारत की सुरक्षा सुनिश्चित करने के लिए परीक्षण आवश्यक थे। उन्होंने यह भी तर्क दिया कि भारत का परमाणु कार्यक्रम प्रकृति में शांतिपूर्ण था और यह कि भारत परमाणु हथियारों का पहले उपयोग न करने की नीति को बनाए रखने के लिए प्रतिबद्ध था।

2000 में कलाम को भारत सरकार के प्रधान वैज्ञानिक सलाहकार के रूप में नियुक्त किया गया था, जिस पद पर वे 2001 तक रहे। इस भूमिका में कलाम भारत की परमाणु क्षमताओं को आगे बढ़ाने में महत्त्वपूर्ण भूमिका निभाते रहे। वह न्यूक्लियर कमांड अथॉरिटी की स्थापना में शामिल थे, जो भारत के परमाणु हथियारों की कमान और नियंत्रण के लिए जिम्मेदार है। न्यूक्लियर कमांड अथॉरिटी की स्थापना भारत के परमाणु कार्यक्रम में एक महत्त्वपूर्ण कदम था, क्योंकि इसने परमाणु हथियारों के उपयोग के लिए कमांड की एक स्पष्ट श्रृंखला प्रदान की थी।

कलाम भारत के परमाणु सिद्धांत के विकास में भी शामिल थे, जो उन परिस्थितियों को रेखांकित करता है, जिनके तहत भारत परमाणु हथियारों का उपयोग करेगा। सिद्धांत, जिसे पहली बार 1999 में जारी किया गया था, में कहा गया है कि भारत परमाणु हथियारों का उपयोग केवल परमाणु हमले या बड़े पैमाने पर विनाश के अन्य हथियारों का उपयोग करने वाले बड़े हमले के जवाब में करेगा। यह सिद्धांत परमाणु हथियारों के पहले उपयोग न करने की नीति के प्रति भारत की प्रतिबद्धता पर भी जोर देता है।

भारत के परमाणु कार्यक्रम पर अपने काम के अलावा, कलाम अंतरराष्ट्रीय

परमाणु निःशस्त्रीकरण के मुखर समर्थक थे। उन्होंने तर्क दिया कि परमाणु हथियार वैश्विक सुरक्षा के लिए खतरा थे और उन्होंने सभी परमाणु हथियारों को खत्म करने का आह्वान किया। परमाणु निःशस्त्रीकरण के लिए कलाम की वकालत ने उन्हें 'परमाणु संत' का उपनाम दिया। परमाणु तकनीक के लिए कलाम का दृष्टिकोण न केवल सैन्य अनुप्रयोगों पर केंद्रित था, बल्कि बिजली पैदा करने जैसे शांतिपूर्ण उद्‌देश्यों के लिए परमाणु ऊर्जा का उपयोग करने पर भी था। उनके नेतृत्व और समर्पण के माध्यम से, भारत अपने परमाणु कार्यक्रम में बड़ी प्रगति करने में सक्षम था और कलाम की विरासत भारत और दुनिया भर में युवा वैज्ञानिकों और इंजीनियरों को प्रेरित करती रही है।

भारत की मिसाइल प्रौद्योगिकी : राष्ट्रीय गौरव का एक बिंदु

"मनुष्य को जीवन में कठिनाइयों की आवश्यकता होती है, क्योंकि सफलता का आनंद लेने के लिए ये आवश्यक हैं।"

भारत की मिसाइल प्रौद्योगिकी कई वर्षों से राष्ट्रीय गौरव का स्रोत रही है, यह काफी हद तक ए.पी.जे. अब्दुल कलाम के योगदान के लिए आभारी है। एक वैज्ञानिक और इंजीनियर के रूप में, कलाम ने भारत के मिसाइल कार्यक्रम के विकास में महत्त्वपूर्ण भूमिका निभाई और उनके नेतृत्व और दृष्टि ने भारत को वैश्विक मिसाइल क्षेत्र में एक प्रमुख खिलाड़ी के रूप में स्थापित करने में मदद की।

मिसाइल प्रौद्योगिकी पर कलाम का काम 1970 के दशक में शुरू हुआ, जब वह उस टीम का हिस्सा थे, जो भारत के पहले उपग्रह प्रक्षेपण यान के विकास पर काम कर रही थी। इस अनुभव ने कलाम को रॉकेट प्रौद्योगिकी की जटिलताओं को समझने और क्षेत्र में सटीक इंजीनियरिंग के महत्त्व की सराहना करने में मदद की।

इसके बाद के वर्षों में, कलाम मिसाइल प्रौद्योगिकी के विकास में तेजी से दिलचस्पी लेने लगे और उन्होंने अनुसंधान के इस क्षेत्र पर अपने प्रयासों पर ध्यान केंद्रित करना शुरू कर दिया। 1980 के दशक की शुरुआत में, कलाम को रक्षा अनुसंधान और विकास संगठन (डीआरडीओ) के निदेशक के रूप में नियुक्त किया गया था और उन्होंने जल्दी से भारत के मिसाइल कार्यक्रम को बदलने की ठान ली।

कलाम के नेतृत्व में डीआरडीओ ने लंबी दूरी की मिसाइलों के विकास पर ध्यान केंद्रित करना शुरू किया और पहली बड़ी सफलता 1989 में मिली, जब

अग्नि मिसाइल का सफल परीक्षण किया गया। अग्नि मिसाइल एक मध्यम दूरी की बैलिस्टिक मिसाइल थी, जो परमाणु हथियार ले जाने में सक्षम थी और इसका सफल परीक्षण भारत के मिसाइल कार्यक्रम के लिए एक बड़ी उपलब्धि थी।

अग्नि मिसाइल की सफलता के बाद कलाम ने अधिक उन्नत मिसाइल प्रौद्योगिकी के विकास के लिए जोर देना जारी रखा और 1998 में भारत ने अग्नि-2 मिसाइल का सफलतापूर्वक परीक्षण किया, जिसकी सीमा 2,000 किलोमीटर से अधिक थी। यह भारत के मिसाइल कार्यक्रम के लिए एक महत्त्वपूर्ण मील का पत्थर था। इसने प्रदर्शित किया कि भारत लंबी दूरी की मिसाइलों को विकसित करने में सक्षम है, जो अपनी सीमाओं से दूर लक्ष्य तक पहुँच सकती हैं।

कलाम के नेतृत्व में भारत के मिसाइल कार्यक्रम की सफलता देश के लिए बहुत गर्व का स्रोत थी और इसने भारत को वैश्विक मिसाइल क्षेत्र में एक प्रमुख खिलाड़ी के रूप में स्थापित करने में मदद की। भारत की मिसाइल प्रौद्योगिकी को देश की तकनीकी शक्ति के प्रतीक के रूप में देखा गया तथा इसने अंतरराष्ट्रीय समुदाय में भारत की स्थिति को ऊँचा करने में मदद की।

मिसाइल तकनीक पर कलाम का काम सिर्फ सैन्य अनुप्रयोगों पर केंद्रित नहीं था। उन्होंने यह भी देखा कि मिसाइल प्रौद्योगिकी का इस्तेमाल शांतिपूर्ण उद्‌देश्यों के लिए किया जा सकता है, जैसे उपग्रहों को कक्षा में लॉन्च करना। वास्तव में, कलाम शांतिपूर्ण उद्‌देश्यों के लिए अंतरिक्ष प्रौद्योगिकी के उपयोग के प्रबल पक्षधर थे, उनका मानना था कि भारत अनुसंधान के इस क्षेत्र में एक प्रमुख खिलाड़ी बन सकता है।

मिसाइल तकनीक पर अपने काम के अलावा, कलाम भारत के अंतरिक्ष कार्यक्रम के विकास के लिए भी गहराई से प्रतिबद्ध थे। उन्होंने भारतीय अंतरिक्ष अनुसंधान संगठन (इसरो) की स्थापना में महत्त्वपूर्ण भूमिका निभाई थी, उन्होंने भारत के पहले उपग्रह आर्यभट्ट के विकास में महत्त्वपूर्ण भूमिका निभाई थी।

अपने पूरे कॅरियर के दौरान, कलाम भारत में विज्ञान और प्रौद्योगिकी की उन्नति के लिए समर्पित रहे, उन्होंने मिसाइल प्रौद्योगिकी और अंतरिक्ष प्रौद्योगिकी के विकास को भारत की तकनीकी प्रगति के प्रमुख घटकों के रूप में देखा। उनके नेतृत्व और दृष्टि ने भारत को इन क्षेत्रों में एक प्रमुख खिलाड़ी के रूप में स्थापित करने में मदद की। उनकी विरासत भारत और दुनिया भर में युवा वैज्ञानिकों और इंजीनियरों को प्रेरित करती रही है।

मिसाइल प्रौद्योगिकी पर कलाम का काम न केवल सैन्य अनुप्रयोगों पर केंद्रित था, बल्कि शांतिपूर्ण उद्देश्यों के लिए मिसाइल प्रौद्योगिकी का उपयोग करने पर भी था, जैसे उपग्रहों को कक्षा में लॉन्च करना। उनकी विरासत भारत और दुनिया भर में युवा वैज्ञानिकों और इंजीनियरों को प्रेरित करती है तथा विज्ञान और प्रौद्योगिकी की उन्नति के लिए उनका समर्पण हमेशा याद किया जाएगा।

पोखरण-2 परमाणु परीक्षण पर कार्य करना

मई 1998 में भारत ने राजस्थान के पोखरण रेगिस्तान में कई परमाणु परीक्षण किए। इन परीक्षणों को पोखरण-2 नाम दिया गया था और इसमें पाँच भूमिगत परमाणु विस्फोट शामिल थे। भारत के इतिहास में यह एक महत्त्वपूर्ण क्षण था, क्योंकि इसने दुनिया के सामने भारत की परमाणु क्षमताओं का प्रदर्शन किया। डॉ. ए.पी.जे. अब्दुल कलाम ने इन परीक्षणों की सफलता में महत्त्वपूर्ण भूमिका निभाई और भारत के परमाणु कार्यक्रम को आकार देने में उनका योगदान महत्त्वपूर्ण था।

भारत में परमाणु परीक्षण करने का विचार नया नहीं था। भारत ने अपना पहला परमाणु परीक्षण 1974 में किया था, जिसका कोड नाम 'स्माइलिंग बुद्धा' था। हालाँकि, परीक्षण गुप्त तरीके से किए गए थे, भारत ने खुद को परमाणु राज्य घोषित नहीं किया था। परीक्षण के कारण अंतरराष्ट्रीय निंदा मिली थी और भारत को कई देशों से आर्थिक प्रतिबंधों का सामना करना पड़ा था।

परीक्षणों के दूसरे दौर की आवश्यकता कई कारणों से उत्पन्न हुई। भारत ने बदलते भू-राजनीतिक परिदृश्य का सामना किया, जिसमें चीन और पाकिस्तान आक्रामक रूप से अपने परमाणु कार्यक्रमों को आगे बढ़ा रहे थे। इन घटनाक्रमों से भारत के सामरिक हितों को भी खतरा था और यह महसूस किया गया कि भारत को किसी भी संभावित खतरे को रोकने के लिए अपनी परमाणु क्षमताओं का प्रदर्शन करने की आवश्यकता है। परीक्षणों के संचालन के निर्णय को हलके में नहीं लिया गया और सरकार ने परीक्षणों की व्यवहार्यता और निहितार्थों की जाँच के लिए एक समिति का गठन किया।

डॉ. कलाम को नवंबर 1999 में सरकार के मुख्य वैज्ञानिक सलाहकार के रूप में नियुक्त किया गया था, उन्होंने परीक्षणों की योजना और निष्पादन में महत्त्वपूर्ण भूमिका निभाई थी। वह परीक्षणों के वैज्ञानिक पहलुओं के समन्वय और पर्यवेक्षण के लिए जिम्मेदार थे। उन्होंने यह सुनिश्चित करने में भी महत्त्वपूर्ण भूमिका निभाई कि परीक्षण सुरक्षित रूप से और बिना किसी पर्यावरणीय क्षति के किए जाएँ।

पोखरण-2 परीक्षण दो चरणों में आयोजित किए गए थे। पहले चरण में 11 मई, 1998 को तीन परमाणु उपकरणों का विस्फोट शामिल था, जबकि दूसरे चरण में 13 मई, 1998 को दो परमाणु उपकरणों का विस्फोट शामिल था।

योजना बनाने के स्तर से लेकर परीक्षण के बाद के विश्लेषण तक, डॉ. कलाम परीक्षणों के हर पहलू में शामिल थे। उन्होंने परमाणु ऊर्जा विभाग और रक्षा अनुसंधान एवं विकास संगठन के वैज्ञानिकों और इंजीनियरों की एक टीम के साथ मिलकर काम किया। उन्होंने परमाणु उपकरणों के डिजाइन और विकास के साथ-साथ परीक्षणों की निगरानी के लिए उपयोग किए जाने वाले उपकरण और माप प्रणालियों का भी निरीक्षण किया।

परीक्षणों में डॉ. कलाम की भूमिका केवल तकनीकी पहलुओं तक ही सीमित नहीं थी। उन्होंने परीक्षणों के अंतरराष्ट्रीय नतीजों के प्रबंधन में भी महत्त्वपूर्ण भूमिका निभाई। परीक्षणों की कई देशों ने कड़ी निंदा की और भारत को कई देशों से आर्थिक प्रतिबंधों का सामना करना पड़ा। डॉ. कलाम ने भारत की स्थिति को समझाने और दक्षिण एशिया में परमाणु हथियारों की दौड़ के डर को दूर करने के लिए बड़े पैमाने पर यात्रा की।

पोखरण-2 परीक्षणों की सफलता भारत के लिए एक महत्त्वपूर्ण मील का पत्थर थी। इसने भारत की परमाणु क्षमताओं का प्रदर्शन किया और क्षेत्र में एक प्रमुख शक्ति के रूप में अपनी स्थिति का दावा किया। परीक्षणों का भारत में व्यापक रूप से जश्न मनाया गया, और डॉ. कलाम को एक राष्ट्रीय नायक के रूप में सम्मानित किया गया।

परीक्षणों की सफलता का भारत की रक्षा क्षमताओं पर भी महत्त्वपूर्ण प्रभाव पड़ा। परीक्षणों ने परमाणु हथियारों और वितरण प्रणालियों की एक श्रृंखला के विकास का मार्ग प्रशस्त किया। भारत का परमाणु सिद्धांत भी विकसित हुआ, जिसमें देश ने 'नो फर्स्ट यूज' नीति अपनाई, जिसका अर्थ था कि भारत तब तक परमाणु हथियारों का उपयोग नहीं करेगा, जब तक कि उसे परमाणु हमले का सामना नहीं करना पड़ता।

हालाँकि परीक्षणों में आलोचनाओं का भी हिस्सा था। अंतरराष्ट्रीय समुदाय दक्षिण एशिया में परमाणु हथियारों की दौड़ की संभावना के बारे में चिंतित था और परीक्षणों से भारत और पाकिस्तान के बीच हथियारों के निर्माण का एक नया दौर शुरू हुआ। परीक्षणों का पर्यावरणीय प्रभाव भी चिंता का विषय था, कुछ अध्ययनों

से पता चलता है कि परीक्षणों ने पर्यावरण और स्थानीय आबादी के स्वास्थ्य को महत्त्वपूर्ण नुकसान पहुँचाया था।

जैसा कि हमने इस अध्याय में देखा है, डॉ. ए.पी.जे. अब्दुल कलाम ने पोखरण-2 परमाणु परीक्षणों में महत्त्वपूर्ण भूमिका निभाई, जो भारत की राष्ट्रीय रक्षा क्षमताओं में एक महत्त्वपूर्ण मोड़ थे। उनका नेतृत्व और तकनीकी विशेषज्ञता परमाणु परीक्षणों के डिजाइन और निष्पादन में आवश्यक थी, परियोजना के प्रति उनका समर्पण व्यक्तिगत जोखिम लेने और लंबे समय तक काम करने की उनकी इच्छा में स्पष्ट था।

पोखरण-2 परीक्षणों में कलाम की भागीदारी राष्ट्रीय गौरव का स्रोत थी और इसने भारत को वैश्विक मंच पर एक परमाणु शक्ति के रूप में स्थापित करने में मदद की। हालाँकि यह विवादास्पद भी था, कुछ आलोचकों ने तर्क दिया कि परीक्षण क्षेत्र में परमाणु तनाव में एक खतरनाक वृद्धि थे।

पोखरण-2 परीक्षणों की नैतिकता या आवश्यकता पर किसी के विचारों के बावजूद यह स्पष्ट है कि परियोजना में कलाम का योगदान महत्त्वपूर्ण था और भारत की सुरक्षा और वैज्ञानिक प्रगति के प्रति उनकी गहरी प्रतिबद्धता को दरशाता है। उनका नेतृत्व और तकनीकी विशेषज्ञता भारत और उसके बाहर के वैज्ञानिकों और इंजीनियरों की भावी पीढ़ियों को प्रेरित करती रहेगी।

□

10
मिसाइल मैन की विरासत

"किसी भी धर्म ने अपने भरण-पोषण या प्रचार के लिए दूसरों को मारना अनिवार्य नहीं किया है।"

ए.पी.जे. अब्दुल कलाम भारत के इतिहास में सबसे महत्त्वपूर्ण व्यक्तित्वों में से एक थे। वे एक प्रख्यात वैज्ञानिक और एक असाधारण नेता थे, जिन्होंने भारत के मिसाइल कार्यक्रम को आकार देने में महत्त्वपूर्ण भूमिका निभाई। भारत में बैलिस्टिक मिसाइल प्रौद्योगिकी के विकास में उनके योगदान के लिए उन्हें 'भारत के मिसाइल मैन' के रूप में जाना जाता था। उनकी मृत्यु के बाद भी कलाम की विरासत ने देश में कई युवा दिमागों को प्रेरित करना जारी रखा है।

भारत में मिसाइल कार्यक्रम में कलाम का योगदान तब शुरू हुआ, जब वे 1960 में रक्षा अनुसंधान और विकास संगठन (डीआरडीओ) में शामिल हुए। वैमानिकी इंजीनियरिंग के क्षेत्र में उनके काम से देश में कई मिसाइल प्रणालियों का विकास हुआ। इनमें सबसे महत्त्वपूर्ण अग्नि मिसाइल थी, जो अब भारत के सामरिक रक्षा कार्यक्रम का एक महत्त्वपूर्ण घटक है। अग्नि मिसाइल कलाम के दिमाग की उपज थी और उन्होंने इसके डिजाइन और विकास में महत्त्वपूर्ण भूमिका निभाई।

अग्नि मिसाइल के अलावा, कलाम पृथ्वी, आकाश और नाग मिसाइल जैसी कई अन्य मिसाइल प्रणालियों के विकास में भी शामिल थे। उन्होंने इन मिसाइलों के लिए री-एंट्री तकनीक विकसित करने में महत्त्वपूर्ण भूमिका निभाई, जिसने उन्हें अपने लक्ष्यों को सटीक रूप से भेदने में सक्षम बनाया। मिसाइल कार्यक्रम में उनके योगदान ने उन्हें न केवल भारत में, बल्कि दुनिया भर में अपार सम्मान और पहचान दिलाई है।

कलाम की विरासत केवल मिसाइल कार्यक्रम में उनके योगदान तक ही

सीमित नहीं है। वे एक दूरदर्शी नेता थे, जो समाज की बेहतरी के लिए प्रौद्योगिकी की शक्ति का उपयोग करने में विश्वास करते थे। उनका युवाओं की क्षमता में दृढ़ विश्वास था तथा उन्होंने उन्हें विज्ञान और प्रौद्योगिकी को अपनाने के लिए प्रेरित करने के लिए अथक प्रयास किया। वे अकसर छात्रों और युवा पेशेवरों से बात करते थे, उन्हें अपने सपनों और आकांक्षाओं को पूरा करने के लिए प्रोत्साहित करते थे।

कलाम के सबसे महत्त्वपूर्ण योगदानों में से एक भारत में ग्रामीण क्षेत्रों के विकास पर उनका काम था। उनका मानना था कि विज्ञान और प्रौद्योगिकी ग्रामीण क्षेत्रों के विकास में महत्त्वपूर्ण भूमिका निभा सकते हैं और उन्होंने इस लक्ष्य को प्राप्त करने के उद्‌देश्य से कई परियोजनाओं पर काम किया। उन्होंने 'पीयूआरए' (ग्रामीण क्षेत्रों में शहरी सुविधाएँ प्रदान करना) नामक एक कार्यक्रम शुरू किया, जिसका उद्‌देश्य ग्रामीण क्षेत्रों में बिजली, पानी की आपूर्ति और स्वच्छता जैसी बुनियादी सुविधाएँ प्रदान करना था। कार्यक्रम का उद्‌देश्य विकास का एक स्थायी मॉडल बनाना था, जो ग्रामीण क्षेत्रों में जीवन की गुणवत्ता में सुधार करेगा।

शिक्षा के क्षेत्र में कलाम का योगदान भी महत्त्वपूर्ण है। वे शिक्षा के प्रबल पक्षधर थे और मानते थे कि शिक्षा किसी भी समाज की प्रगति की कुंजी है। उन्होंने अकसर भारत में शिक्षा की गुणवत्ता में सुधार की आवश्यकता के बारे में बात की और इस लक्ष्य को प्राप्त करने के उद्‌देश्य से कई कार्यक्रमों की शुरुआत की। वे एक विपुल लेखक भी थे, उन्होंने युवाओं को विज्ञान और प्रौद्योगिकी को अपनाने के लिए प्रेरित करने के उद्‌देश्य से कई किताबें लिखीं।

शिक्षा में कलाम के सबसे महत्त्वपूर्ण योगदानों में से एक भारतीय अंतरिक्ष विज्ञान और प्रौद्योगिकी संस्थान (आईआईटीएस) के विकास पर उनका काम था। आईआईटीएस की स्थापना अंतरिक्ष अनुसंधान और प्रौद्योगिकी के लिए विश्व स्तरीय संस्थान बनाने के उद्‌देश्य से की गई थी। कलाम ने इसकी स्थापना और विकास में महत्त्वपूर्ण भूमिका निभाई।

कलाम की विरासत सिर्फ विज्ञान और प्रौद्योगिकी के क्षेत्र में उनके काम तक ही सीमित नहीं है। वे एक ईमानदार व्यक्ति थे और अपनी सादगी और विनम्रता के लिए जाने जाते थे। वह एक सच्चे नेता थे, जिन्होंने उदाहरण पेश किया और अपने शब्दों और कार्यों से कई लोगों को प्रेरित किया। वे आध्यात्मिकता की शक्ति में दृढ़ विश्वास रखते थे और अकसर विज्ञान और आध्यात्मिकता को एकीकृत करने की आवश्यकता के बारे में बात करते थे।

कलाम की विरासत भारत और दुनिया भर में कई युवा दिमागों को प्रेरित करती

है। विज्ञान और प्रौद्योगिकी द्वारा संचालित एक विकसित और समृद्ध भारत का उनका दृष्टिकोण देश को एक उज्ज्वल भविष्य की ओर ले जाता है। उनका जीवन और कार्य उन सभी के लिए प्रेरणा का काम करता है, जो दुनिया में बदलाव लाने की आकांक्षा रखते हैं।

कलाम की विरासत को उनकी मृत्यु के बाद विभिन्न तरीकों से सम्मानित किया गया है। 2015 में भारत सरकार ने घोषणा की कि कलाम का जन्मदिन, 15 अक्तूबर, 'विश्व छात्र दिवस' के रूप में मनाया जाएगा, ताकि शिक्षा के प्रति उनके प्रेम और प्रेरक युवा मन के प्रति उनके समर्पण को पहचाना जा सके। छात्रों के बीच शिक्षा और नवाचार को बढ़ावा देने के उद्देश्य से इस दिन को विभिन्न कार्यक्रमों और गतिविधियों द्वारा चिह्नित किया जाता है।

कलाम की विरासत ने 'अब्दुल कलाम विजन इंडिया मूवमेंट' की स्थापना को भी प्रेरित किया, जिसका उद्देश्य कलाम के मूल्यों और आदर्शों को बढ़ावा देना है। आंदोलन शिक्षा, स्वास्थ्य देखभाल और ग्रामीण विकास जैसे कई क्षेत्रों पर केंद्रित है और अपने लक्ष्यों को प्राप्त करने के उद्देश्य से कई कार्यक्रमों की शुरुआत की है।

कलाम की विरासत से प्रेरित एक और उल्लेखनीय पहल 'स्मार्ट इंडिया हैकथॉन' है, जिसका उद्देश्य छात्रों के बीच नवाचार और रचनात्मकता को बढ़ावा देना है। यह कार्यक्रम शिक्षा मंत्रालय द्वारा आयोजित किया जाता है और छात्रों को विभिन्न क्षेत्रों में अपने कौशल और प्रतिभा दिखाने के लिए एक मंच प्रदान करता है।

कलाम की विरासत भारत में वैज्ञानिकों और शोधकर्ताओं को भी प्रेरित करती है। मिसाइल प्रौद्योगिकी के क्षेत्र में उनके योगदान ने उन्हें भारतीय इतिहास में स्थान दिलाया है, उनका काम देश के सामरिक रक्षा कार्यक्रम को आकार देना जारी रखता है। अग्नि मिसाइल, जो कलाम के दिमाग की उपज थी, अब भारत के रक्षा शस्त्रागार का एक महत्त्वपूर्ण घटक है और देश की सुरक्षा के लिए किसी भी संभावित खतरे के खिलाफ एक निवारक के रूप में कार्य करती है।

विज्ञान और प्रौद्योगिकी द्वारा संचालित एक विकसित और समृद्ध भारत का कलाम का दृष्टिकोण देश के युवाओं के लिए एक मार्गदर्शक प्रकाश के रूप में कार्य करता है। मिसाइल कार्यक्रम, ग्रामीण विकास, शिक्षा और आध्यात्मिकता में उनके योगदान ने उन्हें बहुत सम्मान और पहचान दिलाई है, उनका जीवन और कार्य उन सभी के लिए प्रेरणा का काम करता है, जो दुनिया में बदलाव लाने की इच्छा रखते हैं। कलाम भले ही हमें छोड़कर चले गए हों, लेकिन उनकी विरासत जीवित है, जो आने वाली पीढ़ियों को प्रेरणा देती रहेगी। □

11

राष्ट्रपति के रूप में भूमिका

"शिक्षण एक बहुत ही महान् पेशा है, जो किसी व्यक्ति के चरित्र, क्षमता और भविष्य को आकार देता है। अगर लोग मुझे एक अच्छे शिक्षक के रूप में याद करते हैं, तो यह मेरे लिए सबसे बड़ा सम्मान होगा।"

ए.पी.जे. अब्दुल कलाम भारत के इतिहास में सबसे प्रमुख वैज्ञानिकों और राजनेताओं में से एक थे। वे एक ऐसे व्यक्ति थे, जिन्होंने अपना पूरा जीवन राष्ट्र की सेवा के लिए समर्पित कर दिया और भारत को एक अधिक समृद्ध और तकनीकी रूप से उन्नत देश बनाने के लिए अथक प्रयास किया। राजनीति में कलाम की यात्रा भारत की प्रगति और विकास में योगदान देने के उनके आजीवन मिशन का एक स्वाभाविक विस्तार थी। इस अध्याय में, हम ए.पी.जे. अब्दुल कलाम की राजनीति में शुरुआती भागीदारी से लेकर भारत के राष्ट्रपति के रूप में उनके कार्यकाल तक की राजनीतिक यात्रा का पता लगाएँगे।

राजनीति में प्रारंभिक भागीदारी

कलाम की राजनीतिक यात्रा 1990 के दशक की शुरुआत में शुरू हुई, जब उन्होंने विभिन्न सामाजिक और राजनीतिक मुद्दों पर अपने विचार व्यक्त करना शुरू किया। वह विशेष रूप से देश में युवाओं के लिए अवसरों की कमी के बारे में चिंतित थे और अधिक रोजगार और अवसर पैदा करने के लिए विज्ञान और प्रौद्योगिकी को बढ़ावा देने की वकालत करते थे। उन्होंने भारत में शिक्षा और स्वास्थ्य सेवा में सुधार की आवश्यकता के बारे में भी

बात की और राष्ट्रीय एकता और सांप्रदायिक सद्भाव के महत्त्व पर जोर दिया।

1992 में कलाम को भारत के प्रधानमंत्री के वैज्ञानिक सलाहकार के रूप में नियुक्त किया गया, एक भूमिका, जिसमें उन्होंने देश की वैज्ञानिक नीतियों को आकार देने में महत्त्वपूर्ण भूमिका निभाई। उन्होंने रक्षा अनुसंधान और विकास संगठन (डीआरडीओ) के सचिव के रूप में भी कार्य किया और 1998 में भारत के परमाणु परीक्षणों में महत्त्वपूर्ण भूमिका निभाई।

2002 में कलाम को भारत के राष्ट्रपति के रूप में चुना गया था, जिस पद पर वे 2007 तक रहे। राष्ट्रपति के रूप में कलाम को उनकी अखंडता, दृष्टि और देश की प्रगति के प्रति प्रतिबद्धता के लिए व्यापक रूप से सम्मान दिया गया। उन्होंने कई सामाजिक और आर्थिक पहलों की वकालत करने के लिए अपनी स्थिति का उपयोग किया, जैसे कि सभी नागरिकों को बुनियादी शिक्षा और स्वास्थ्य सेवा का प्रावधान, उद्यमिता को बढ़ावा देना और ग्रामीण अर्थव्यवस्था का विकास।

कलाम पर्यावरण संरक्षण के भी प्रबल समर्थक थे, उनका मानना था कि भारत सतत विकास में वैश्विक नेता बन सकता है। उन्होंने नवीकरणीय ऊर्जा और स्वच्छ प्रौद्योगिकियों को बढ़ावा देने के लिए कई पहलें शुरू कीं तथा देश के युवाओं से विज्ञान और प्रौद्योगिकी में कॅरियर बनाने का आग्रह किया, ताकि भारत की वृद्धि और विकास को आगे बढ़ाया जा सके।

सामाजिक और आर्थिक मुद्दों पर अपने काम के अलावा कलाम राष्ट्रीय सुरक्षा के लिए भी गहराई से प्रतिबद्ध थे और उन्होंने भारत की रक्षा नीतियों को आकार देने में महत्त्वपूर्ण भूमिका निभाई। उनका मानना था कि भारत की सुरक्षा के लिए एक मजबूत और आधुनिक सेना आवश्यक है और उन्होंने देश की रक्षा क्षमताओं को मजबूत करने के लिए काम किया।

विरासत और उपलब्धियाँ

भारत के वैज्ञानिक और राजनीतिक परिदृश्य में कलाम का योगदान बहुत अधिक है। वे एक दूरदर्शी नेता थे, जो देश को बदलने और अपने नागरिकों के जीवन को बेहतर बनाने के लिए विज्ञान और प्रौद्योगिकी की शक्ति में विश्वास करते थे। उनकी विरासत भारत और दुनिया भर के युवाओं को विज्ञान, इंजीनियरिंग और सार्वजनिक सेवा में कॅरियर बनाने के लिए प्रेरित करती है।

कलाम एक कुशल लेखक भी थे और उन्होंने विज्ञान और प्रौद्योगिकी से लेकर आध्यात्मिकता और शिक्षा तक कई विषयों पर कई पुस्तकें लिखीं। उनकी सबसे प्रसिद्ध पुस्तक 'विंग्स ऑफ फायर' एक आत्मकथा है, जो उनके प्रारंभिक जीवन की कहानी तथा एक वैज्ञानिक और राजनेता के रूप में उनकी प्रसिद्धि के बारे में बताती है।

निष्कर्ष के तौर पर ए.पी.जे. अब्दुल कलाम महान् सत्यनिष्ठा, दृष्टि और प्रतिबद्धता वाले व्यक्ति थे। उनकी राजनीतिक यात्रा राष्ट्र की सेवा करने और भारत को एक अधिक समृद्ध और तकनीकी रूप से उन्नत देश बनाने के उनके आजीवन मिशन का एक स्वाभाविक विस्तार थी। भारत के वैज्ञानिक और राजनीतिक परिदृश्य में कलाम का योगदान भविष्य की पीढ़ियों को प्रेरित करता रहेगा तथा एक महान् राजनेता और देशभक्त के रूप में उनकी विरासत के लिए एक वसीयतनामे के रूप में काम करेगा।

भारत का राष्ट्रपति बनना

"शिक्षा का उद्देश्य कौशल और विशेषज्ञता के साथ अच्छे इनसान बनाना है। शिक्षकों द्वारा प्रबुद्ध मानव बनाया जा सकता है।"

एक वैज्ञानिक और दूरदर्शी नेता के रूप में ए.पी.जे. अब्दुल कलाम के उल्लेखनीय कॅरियर की परिणति 2002 में भारत के राष्ट्रपति के रूप में उनके चुनाव में हुई। कलाम की अध्यक्षता शिक्षा, नवाचार और राष्ट्रीय एकता के प्रति उनकी प्रतिबद्धता से चिह्नित थी और उनका कार्यकाल लाखों लोगों के लिए प्रेरणा का स्रोत बना हुआ है।

राष्ट्रपति पद के लिए कलाम की यात्रा सामान्य स्तर से शुरू हुई। 1931 में तमिलनाडु के रामेश्वरम में जनमे कलाम एक साधारण परिवार में पले-बढ़े। उनके पिता, जैनुलाब्दीन, एक नाव के मालिक थे और उनकी माँ, आशियम्मा, एक गृहिणी थीं। अपने परिवार की आर्थिक तंगी के बावजूद, कलाम एक मेहनती छात्र थे और उन्होंने अपनी पढ़ाई में उत्कृष्ट प्रदर्शन किया।

विज्ञान और प्रौद्योगिकी में कलाम की रुचि उनके पिता ने जगाई, जो एक स्व-शिक्षित विद्वान् थे और कलाम के प्रारंभिक जीवन पर उनका गहरा प्रभाव था। कलाम के पिता ने अपने बेटे की जिज्ञासा को प्रोत्साहित किया, उन्होंने उन्हें सीखने को प्रेरित किया, जिसने उनके भविष्य को आकार दिया।

अपनी शिक्षा पूरी करने के बाद कलाम ने रक्षा अनुसंधान और विकास संगठन (डीआरडीओ) में एक वैज्ञानिक के रूप में अपना कॅरियर शुरू किया, जहाँ उन्होंने मिसाइल विकास सहित कई परियोजनाओं पर काम किया। भारत के मिसाइल कार्यक्रम में कलाम का योगदान भारत को वैश्विक रक्षा उद्योग में एक प्रमुख खिलाड़ी के रूप में स्थापित करने में सहायक था।

एक वैज्ञानिक के रूप में कलाम का कार्य मिसाइल विकास तक ही सीमित नहीं था। उन्होंने उपग्रह प्रौद्योगिकी, चिकित्सा विज्ञान और कृषि सहित कई क्षेत्रों में भी योगदान दिया। अपनी वैज्ञानिक उपलब्धियों से उन्होंने 'भारत रत्न', भारत के सर्वोच्च नागरिक सम्मान सहित कई प्रशंसाएँ अर्जित कीं।

दूरदर्शी नेता

कलाम के नेतृत्व कौशल को पहली बार पहचाना गया, जब उन्होंने भारत के पहले उपग्रह प्रक्षेपण यान, एसएलवी-3 के परियोजना निदेशक के रूप में कार्य किया। वैज्ञानिकों की एक टीम का नेतृत्व करने और प्रेरित करने की कलाम की क्षमता ने एसएलवी-3 परियोजना की सफलता में महत्त्वपूर्ण भूमिका निभाई, जिसने भारत को अंतरिक्ष में जाने वाले राष्ट्र के रूप में स्थापित किया।

भारत के लिए कलाम का दृष्टिकोण विज्ञान और प्रौद्योगिकी से भी आगे बढ़ा। उनका मानना था कि शिक्षा भारत के भविष्य की कुंजी है और उन्होंने शिक्षा को बढ़ावा देने तथा युवाओं को विज्ञान और प्रौद्योगिकी में कॅरियर बनाने के लिए प्रेरित करने के लिए अथक प्रयास किया।

राष्ट्रपति के रूप में

कलाम का राष्ट्रपति काल लोकतंत्र, धर्मनिरपेक्षता और राष्ट्रीय एकता के सिद्धांतों के प्रति उनकी प्रतिबद्धता से चिह्नित था। उनका मानना था कि राष्ट्रपति की भूमिका भारतीय समाज को एक करने वाली शक्ति बनने की थी, उन्होंने राष्ट्रीय एकता को बढ़ावा देने के लिए अथक प्रयास किया।

अपनी अध्यक्षता के दौरान, कलाम ने शिक्षा, नवाचार और सामाजिक विकास को बढ़ावा देने के उद्देश्य से कई पहलें शुरू कीं। उन्होंने 'पुरा' (ग्रामीण क्षेत्रों में शहरी सुविधाएँ प्रदान करना) कार्यक्रम की स्थापना की, जिसका उद्देश्य भारत

के ग्रामीण क्षेत्रों में स्वास्थ्य सेवा, शिक्षा और रोजगार के अवसर जैसी बुनियादी सुविधाएँ प्रदान करना था।

कलाम के प्रेसीडेंसी को युवा सशक्तीकरण के प्रति उनकी प्रतिबद्धता से भी चिह्नित किया गया। उनका मानना था कि युवा भारत के भविष्य की कुंजी हैं तथा उन्होंने उन्हें प्रेरित और प्रोत्साहित करने के लिए अथक प्रयास किए। उन्होंने राष्ट्रीय युवा परियोजना और इग्नाइट (इनोवेशन इन साइंस परसूट फॉर इंस्पायर्ड रिसर्च) प्रोग्राम लॉन्च किया, जिसका उद्देश्य युवाओं में नवाचार और रचनात्मकता को बढ़ावा देना था।

परंपरा

भारत के राष्ट्रपति के रूप में ए.पी.जे. अब्दुल कलाम की विरासत लाखों भारतीयों को प्रेरित करती है। शिक्षा, नवाचार और राष्ट्रीय एकता के प्रति उनकी प्रतिबद्धता भारत के भविष्य के लिए एक मार्गदर्शक शक्ति बनी हुई है। कलाम का जीवन और उपलब्धियाँ दुनिया भर के युवाओं के लिए एक प्रेरणा का काम करती हैं तथा आशा और आशावाद का उनका संदेश सभी उम्र और पृष्ठभूमि के लोगों के साथ प्रतिध्वनित होता रहता है।

अंत में, ए.पी.जे. अब्दुल कलाम का राष्ट्रपति काल एक वैज्ञानिक, प्रवर्तक और दूरदर्शी नेता के रूप में उनके उल्लेखनीय कॅरियर की परिणति थी। शिक्षा, नवाचार और राष्ट्रीय एकता के प्रति उनकी प्रतिबद्धता भारत के भविष्य के लिए एक मार्गदर्शक शक्ति बनी हुई हैं। कलाम का जीवन कड़ी मेहनत, दृढ़ता और उत्कृष्टता के प्रति प्रतिबद्धता की शक्ति का एक अभिलेख है और उनकी अध्यक्षता हमेशा राष्ट्र नेतृत्व के एक चमकदार उदाहरण के रूप में याद की जाएगी।

राष्ट्रपति के रूप में सामाजिक मुद्दों को संबोधित करना

ए.पी.जे. अब्दुल कलाम, भारत के राष्ट्रपति के रूप में अपने कार्यकाल के दौरान, सामाजिक मुद्दों को संबोधित करने और सामाजिक कल्याण को बढ़ावा देने की अपनी प्रतिबद्धता के लिए जाने जाते थे। उनका मानना था कि सरकार की भूमिका न केवल आर्थिक विकास को बढ़ावा देना है, बल्कि यह भी सुनिश्चित करना है कि विकास के लाभ समाज के सभी वर्गों द्वारा साझा किए जाएँ।

समाज कल्याण के लिए कलाम का दृष्टिकोण

कलाम का मानना था कि भारत के विकास और प्रगति के लिए सामाजिक कल्याण महत्त्वपूर्ण है। उन्होंने स्वीकार किया कि भारत ने गरीबी, अशिक्षा और बेरोजगारी जैसी कई सामाजिक चुनौतियों का सामना किया है, जिन्हें तत्काल संबोधित करने की आवश्यकता है। उनका मानना था कि सरकार को सामाजिक कल्याण को बढ़ावा देने और यह सुनिश्चित करने में महत्त्वपूर्ण भूमिका निभानी है कि आर्थिक विकास का लाभ समाज के सभी वर्गों तक पहुँचे।

सामाजिक कल्याण के लिए कलाम का दृष्टिकोण लोगों को सशक्त बनाने और आत्मनिर्भरता को बढ़ावा देने के सिद्धांत पर आधारित था। उनका मानना था कि सरकार की भूमिका स्वास्थ्य सेवा, शिक्षा और स्वच्छता जैसी बुनियादी सेवाएँ और बुनियादी ढाँचा प्रदान करना तथा लोगों को आत्मनिर्भर बनने और उनके जीवन स्तर में सुधार के लिए एक सक्षम वातावरण बनाना है।

समाज कल्याण के लिए कलाम की पहल

भारत के राष्ट्रपति के रूप में कलाम ने सामाजिक कल्याण को बढ़ावा देने और सामाजिक मुद्दों को संबोधित करने के उद्देश्य से कई कार्यक्रमों की शुरुआत की। उनके प्रमुख कार्यक्रमों में से एक 'पुरा' (ग्रामीण क्षेत्रों में शहरी सुविधाएँ प्रदान करना) योजना थी, जिसका उद्देश्य ग्रामीण विकास और रोजगार सृजन को बढ़ावा देने के लिए ग्रामीण क्षेत्रों में बुनियादी सुविधाएँ प्रदान करना था।

कलाम ने शिक्षा और साक्षरता को बढ़ावा देने के उद्देश्य से कई कार्यक्रम भी शुरू किए, जैसे सूचना और संचार प्रौद्योगिकी (एनएमईआईसीटी) और राष्ट्रीय साक्षरता मिशन (एनएलएम) के माध्यम से शिक्षा पर राष्ट्रीय मिशन। इन कार्यक्रमों का उद्देश्य शिक्षा तक पहुँच को बढ़ावा देना और भारत में शिक्षा की गुणवत्ता में सुधार करना है।

कलाम ने भारत में स्वास्थ्य सेवा और स्वच्छता को बढ़ावा देने में भी महत्त्वपूर्ण भूमिका निभाई। उन्होंने स्वास्थ्य सेवा तक पहुँच को बढ़ावा देने और भारत में स्वास्थ्य सेवाओं की गुणवत्ता में सुधार लाने के उद्देश्य से कई कार्यक्रम शुरू किए। उन्होंने स्वच्छ भारत अभियान को भी बढ़ावा दिया, जो भारत में स्वच्छता और स्वास्थ्य में सुधार लाने के उद्देश्य से एक राष्ट्रव्यापी स्वच्छता अभियान है।

कलाम का सामाजिक मुद्दों में योगदान

सामाजिक मुद्दों को संबोधित करने में कलाम का योगदान महत्त्वपूर्ण था। उन्होंने गरीबी, निरक्षरता और स्वास्थ्य देखभाल जैसे सामाजिक मुद्दों के बारे में जागरूकता बढ़ाने के लिए राष्ट्रपति के रूप में अपने पद का उपयोग किया। उन्होंने देशभर में बड़े पैमाने पर यात्रा की, समाज के विभिन्न वर्गों के लोगों से मुलाकात की तथा उनकी चिंताओं और चुनौतियों को सुना।

कलाम ने सामाजिक मुद्दों को संबोधित करने में सामुदायिक भागीदारी के महत्त्व को भी बढ़ावा दिया। उनका मानना था कि समाज की सक्रिय भागीदारी से ही सामाजिक बदलाव लाया जा सकता है। उन्होंने 'जनता के राष्ट्रपति' की अवधारणा को बढ़ावा दिया और लोगों को अपने विकास का स्वामित्व और निर्णय लेने की प्रक्रिया में भाग लेने के लिए प्रोत्साहित किया।

ए.पी.जे. अब्दुल कलाम एक दूरदर्शी नेता थे, जिन्होंने सामाजिक कल्याण के महत्त्व को पहचाना तथा भारत के विकास और प्रगति के लिए सामाजिक मुद्दों को संबोधित किया। उन्होंने सामाजिक कल्याण को बढ़ावा देने तथा गरीबी, निरक्षरता और स्वास्थ्य देखभाल जैसे सामाजिक मुद्दों को संबोधित करने के उद्देश्य से कई कार्यक्रमों की शुरुआत की। सामाजिक कल्याण के लिए कलाम का दृष्टिकोण लोगों को सशक्त बनाने और आत्मनिर्भरता को बढ़ावा देने के सिद्धांत पर आधारित था। सामाजिक मुद्दों को संबोधित करने में उनका योगदान महत्त्वपूर्ण था तथा उनकी विरासत भारत और दुनिया भर में लाखों लोगों को प्रेरित करती रही है।

भारत में सतत विकास की आवश्यकता

ए.पी.जे. अब्दुल कलाम ने भारत के राष्ट्रपति के रूप में अपने कार्यकाल के दौरान भारत में सतत विकास की आवश्यकता पर बल दिया। उनका मानना था कि दीर्घकालिक आर्थिक विकास हासिल करने और पर्यावरणीय चुनौतियों का समाधान करने के लिए सतत विकास महत्त्वपूर्ण था। इस अध्याय में हम सतत विकास के लिए कलाम के दृष्टिकोण और उनकी अध्यक्षता के दौरान स्थिरता को बढ़ावा देने में उनकी पहल का पता लगाएँगे।

सतत विकास के लिए कलाम का दृष्टिकोण

टिकाऊ विकास के लिए कलाम का दृष्टिकोण पर्यावरण संरक्षण के साथ

आर्थिक विकास को संतुलित करने के सिद्धांत पर आधारित था। उन्होंने माना कि भारत वायु और जल प्रदूषण, वनों की कटाई और जलवायु परिवर्तन जैसी कई पर्यावरणीय चुनौतियों का सामना कर रहा है, जिन पर तत्काल ध्यान देने की आवश्यकता है।

कलाम का मानना था कि सतत विकास केवल पर्यावरण की रक्षा के बारे में नहीं है, बल्कि सामाजिक कल्याण को बढ़ावा देने और यह सुनिश्चित करने के लिए भी है कि आर्थिक विकास समावेशी और न्यायसंगत हो। उन्होंने स्थायी कृषि को बढ़ावा देने, नवीकरणीय ऊर्जा को बढ़ावा देने तथा स्वास्थ्य, शिक्षा और स्वच्छता जैसी बुनियादी सेवाओं तक पहुँच में सुधार की आवश्यकता पर बल दिया।

सतत विकास के लिए कलाम की पहल

भारत के राष्ट्रपति के रूप में कलाम ने सतत विकास को बढ़ावा देने और पर्यावरणीय चुनौतियों का समाधान करने के उद्देश्य से कई कार्यक्रमों की शुरुआत की। उनके प्रमुख कार्यक्रमों में से एक ऊर्जा स्वतंत्रता मिशन था, जिसका उद्देश्य नवीकरणीय ऊर्जा के उपयोग को बढ़ावा देना और जीवाश्म ईंधन पर भारत की निर्भरता को कम करना था।

कलाम ने बारानी क्षेत्रों के लिए राष्ट्रीय वाटरशेड विकास परियोजना (एनडब्ल्यूडीपीआरए) और सतत कृषि के लिए राष्ट्रीय मिशन (एनएमएसए) जैसे कार्यक्रमों के माध्यम से स्थायी कृषि को भी बढ़ावा दिया। इन कार्यक्रमों का उद्द्देश्य कृषि उत्पादकता बढ़ाने और स्थायी आजीविका को बढ़ावा देने के लिए मृदा संरक्षण, जल प्रबंधन और कृषि–वानिकी को बढ़ावा देना है।

कलाम ने पर्यावरण संरक्षण और सुरक्षा को बढ़ावा देने में भी महत्त्वपूर्ण भूमिका निभाई। उन्होंने वनों और जल निकायों, जैसे प्राकृतिक संसाधनों के संरक्षण को बढ़ावा देने के उद्द्देश्य से कई कार्यक्रमों की शुरुआत की। उन्होंने प्रदूषण को कम करने और पर्यावरणीय स्थिरता को बढ़ावा देने के लिए उद्योगों में स्वच्छ प्रौद्योगिकियों और टिकाऊ प्रथाओं के उपयोग को भी बढ़ावा दिया।

सतत विकास में कलाम का योगदान

सतत विकास में कलाम का योगदान महत्त्वपूर्ण था। उन्होंने पर्यावरणीय चुनौतियों के बारे में जागरूकता बढ़ाने और स्थायी प्रथाओं को बढ़ावा देने के लिए

राष्ट्रपति के रूप में अपने पद का उपयोग किया। उन्होंने अक्षय ऊर्जा और स्वच्छ प्रौद्योगिकियों के उपयोग को प्रोत्साहित किया तथा हरित विकास की अवधारणा को बढ़ावा दिया।

कलाम के राष्ट्रपति कार्यकाल की विरासत

भारत के राष्ट्रपति के रूप में ए.पी.जे. अब्दुल कलाम का कार्यकाल देश की बेहतरी के लिए उनकी गहरी प्रतिबद्धता और नागरिकों के कल्याण के लिए उनके अटूट समर्पण से चिह्नित था। कलाम ने 2002 से 2007 तक राष्ट्रपति के रूप में कार्य किया और अपने कार्यकाल के दौरान उन्होंने देश पर एक स्थायी प्रभाव छोड़ा, जिसे आज भी महसूस किया जा सकता है।

राष्ट्रपति के रूप में कलाम के सबसे महत्त्वपूर्ण योगदानों में से एक उनका शिक्षा पर जोर देना और ज्ञान आधारित समाज बनाने की आवश्यकता थी। कलाम का मानना था कि शिक्षा राष्ट्रीय विकास और प्रगति की कुंजी है और उन्होंने राष्ट्रपति के रूप में अपने कार्यकाल के दौरान इसे बढ़ावा देने के लिए अथक प्रयास किया। उन्होंने 'पुरा' (ग्रामीण क्षेत्रों में शहरी सुविधाएँ प्रदान करना) योजना सहित शिक्षा को बढ़ावा देने के लिए कई पहलें शुरू कीं, जिसका उद्देश्य समग्र विकास को सक्षम करने के लिए ग्रामीण क्षेत्रों में बुनियादी सुविधाएँ प्रदान करना था।

कलाम युवा विकास और सशक्तीकरण को बढ़ावा देने के लिए भी गहराई से प्रतिबद्ध थे। उन्होंने देश के भविष्य को आकार देने में युवा पीढ़ी की क्षमता को पहचाना और उनकी प्रतिभा का दोहन करने के लिए कई पहलें शुरू कीं। इस संबंध में उनके सबसे महत्त्वपूर्ण योगदानों में से एक नेशनल इनोवेशन फाउंडेशन का निर्माण था, जिसका उद्देश्य युवाओं में नवाचार और रचनात्मकता को बढ़ावा देना था।

राष्ट्रपति के रूप में कलाम की विरासत का एक अन्य महत्त्वपूर्ण पहलू विज्ञान और प्रौद्योगिकी पर उनका जोर था। कलाम स्वयं एक प्रसिद्ध वैज्ञानिक थे और उन्होंने उस महत्त्वपूर्ण भूमिका को पहचाना, जो विज्ञान और प्रौद्योगिकी राष्ट्रीय विकास में निभा सकती है। उन्होंने विज्ञान और प्रौद्योगिकी परिषद् तथा राष्ट्रीय ज्ञान आयोग की स्थापना सहित वैज्ञानिक अनुसंधान और नवाचार को बढ़ावा देने के लिए कई पहलें शुरू कीं।

राष्ट्रपति के रूप में अपने कार्यकाल के दौरान कलाम ने अन्य देशों के साथ

भारत के संबंधों को मजबूत करने में भी महत्त्वपूर्ण भूमिका निभाई। वे कूटनीति की शक्ति में विश्वास करते थे और विभिन्न देशों के बीच सद्भावना और समझ को बढ़ावा देने के लिए काम करते थे। उन्होंने कई विदेशी दौरे किए और अन्य देशों के साथ रणनीतिक साझेदारी बनाने में महत्त्वपूर्ण भूमिका निभाई।

कलाम को सतत विकास की वकालत और पर्यावरण संरक्षण को बढ़ावा देने के उनके प्रयासों के लिए भी जाना जाता था। उन्होंने जलवायु परिवर्तन के प्रभाव को पहचाना और सतत विकास प्रथाओं को बढ़ावा देने के लिए काम किया, जो भविष्य की पीढ़ियों के कल्याण को सुनिश्चित करेगा। उन्होंने पर्यावरण के अनुकूल प्रथाओं और नवीकरणीय ऊर्जा स्रोतों को बढ़ावा देने के लिए कई पहलें शुरू कीं, जैसे कि ऊर्जा स्वतंत्रता मिशन।

राष्ट्रपति के रूप में कलाम की विरासत का एक अन्य महत्त्वपूर्ण पहलू सामाजिक मुद्दों को संबोधित करने पर उनका ध्यान था। उन्होंने समावेशी विकास के महत्त्व को पहचाना और वंचित समुदायों के कल्याण को बढ़ावा देने के लिए काम किया। उन्होंने ग्रामीण क्षेत्रों में बुनियादी सुविधाओं के प्रावधान सहित महिलाओं, बच्चों और अन्य कमजोर समूहों के अधिकारों को बढ़ावा देने के लिए कई पहलें शुरू कीं।

नेतृत्व और शासन के प्रति कलाम के दृष्टिकोण ने भी भारत पर स्थायी प्रभाव छोड़ा। वे उदाहरण के द्वारा नेतृत्व करने और दूसरों में सत्यनिष्ठा, ईमानदारी और जवाबदेही की भावना पैदा करने में विश्वास करते थे। वे अपनी सरल जीवन शैली और विनम्र व्यवहार के लिए जाने जाते थे, जिसके कारण उन्हें 'पीपुल्स प्रेसिडेंट' की उपाधि मिली। वे एक सच्चे सेवक नेता थे, जिन्होंने अपने साथी नागरिकों के कल्याण को बढ़ावा देने के लिए अथक प्रयास किया।

निष्कर्षतः भारत के राष्ट्रपति के रूप में ए.पी.जे. अब्दुल कलाम की विरासत वह है, जिसका देश पर गहरा प्रभाव पड़ा है। शिक्षा, युवा विकास, विज्ञान और प्रौद्योगिकी, सतत विकास और सामाजिक मुद्दों पर उनके जोर ने भारत के विकास पथ पर एक स्थायी छाप छोड़ी है। कलाम की नेतृत्व शैली तथा अखंडता और जवाबदेही के प्रति प्रतिबद्धता दुनिया भर के नेताओं को प्रेरित करती रही है। 'जनता के राष्ट्रपति' तथा राष्ट्रीय विकास और प्रगति के सच्चे मसीहा के रूप में उनकी विरासत आने वाली पीढ़ियों तक जीवित रहेगी।

□

12

विकसित भारत के लिए विजन

"शिक्षाविदों को छात्रों के बीच पूछताछ, रचनात्मकता, उद्यमशीलता और नैतिक नेतृत्व की भावना की क्षमता का निर्माण करना चाहिए और उनका रोल मॉडल बनना चाहिए।"

भारत के लिए ए.पी.जे. अब्दुल कलाम का दृष्टिकोण उनके इस विश्वास में निहित था कि शिक्षा, नवाचार और राष्ट्रीय एकता भारत के भविष्य की कुंजी है। अपने पूरे जीवन में कलाम ने इन मूल्यों को बढ़ावा देने के लिए अथक प्रयास किया, उन्होंने भारत के लिए एक ऐसे भविष्य की कल्पना की, जो समृद्ध, तकनीकी रूप से उन्नत और सामाजिक रूप से समावेशी हो। इस अध्याय में हम एक विकसित भारत के लिए कलाम के दृष्टिकोण की खोज करेंगे।

सभी के लिए शिक्षा

कलाम का मानना था कि शिक्षा एक विकसित समाज की नींव है। उनका मानना था कि भारत में प्रत्येक बच्चे की गुणवत्तापूर्ण शिक्षा तक पहुँच होनी चाहिए, चाहे उनकी पृष्ठभूमि या सामाजिक-आर्थिक स्थिति कुछ भी हो। भारत में शिक्षा के लिए कलाम का दृष्टिकोण तीन सिद्धांतों पर आधारित था—

सबसे पहले, उनका मानना था कि शिक्षा सभी के लिए सुलभ होनी चाहिए। कलाम ने स्वीकार किया कि भारत में कई बच्चे, विशेष रूप से वंचित पृष्ठभूमि के बच्चों की गुणवत्तापूर्ण शिक्षा तक पहुँच नहीं है। उन्होंने शिक्षा तक सार्वभौमिक पहुँच को बढ़ावा देने के लिए अथक रूप से काम किया और उन्होंने भारत में शिक्षा की गुणवत्ता में सुधार लाने के उद्द्देश्य से कई पहलें शुरू कीं।

दूसरे, कलाम का मानना था कि शिक्षा समग्र होनी चाहिए। उनका मानना था कि शिक्षा को अकादमिक शिक्षा से परे जाना चाहिए और इसमें नैतिक, नीतिक और आध्यात्मिक विकास शामिल होना चाहिए। उन्होंने एक मूल्य आधारित शिक्षा प्रणाली को बढ़ावा देने के लिए काम किया, जिसने चरित्र निर्माण और सामाजिक जिम्मेदारी के महत्त्व पर जोर दिया।

तीसरा, कलाम का मानना था कि शिक्षा नवीन होनी चाहिए। उन्होंने माना कि पारंपरिक शिक्षण विधियाँ हमेशा प्रभावी नहीं होती हैं और उन्होंने शिक्षकों को शिक्षण और सीखने के लिए नए दृष्टिकोण अपनाने के लिए प्रोत्साहित किया। कलाम का मानना था कि तेजी से बदलती दुनिया के साथ तालमेल बिठाने के लिए नवाचार जरूरी है।

नवाचार और प्रौद्योगिकी

कलाम का मानना था कि भारत के विकास के लिए नवाचार और प्रौद्योगिकी आवश्यक हैं। उन्होंने माना कि भारत में नवाचार और प्रौद्योगिकी में एक वैश्विक नेता बनने की क्षमता है और उन्होंने नवाचार और उद्यमिता को बढ़ावा देने के लिए अथक प्रयास किया।

भारत में नवाचार के लिए कलाम का दृष्टिकोण दो सिद्धांतों पर आधारित था

पहला, उनका मानना था कि नवाचार समावेशी होना चाहिए। कलाम ने माना कि नवाचार कहीं से भी आ सकता है, उन्होंने सभी पृष्ठभूमि के लोगों को अपने विचारों और सपनों को आगे बढ़ाने के लिए प्रोत्साहित किया। उन्होंने युवा लोगों के बीच नवाचार को बढ़ावा देने के उद्‌देश्य से कई पहलें शुरू कीं, जिनमें 'इग्नाइट' (इनोवेशन इन साइंस परसूट फॉर इंस्पायर्ड रिसर्च) कार्यक्रम शामिल है।

दूसरे, कलाम का मानना था कि नवाचार टिकाऊ होना चाहिए। उन्होंने माना कि भारत का विकास टिकाऊ होना चाहिए तथा उन्होंने नवाचार को प्रोत्साहित किया, जो पर्यावरण के अनुकूल और सामाजिक रूप से जिम्मेदार था। कलाम ने 'हरित भारत मिशन' और 'राष्ट्रीय सौर मिशन' सहित स्थायी नवाचार को बढ़ावा देने के उद्‌देश्य से कई पहलें शुरू कीं।

राष्ट्रीय एकता

कलाम का मानना था कि भारत के विकास के लिए राष्ट्रीय एकता आवश्यक है। उन्होंने माना कि भारत कई अलग-अलग संस्कृतियों, भाषाओं और धर्मों के साथ एक विविध देश है और उनका मानना था कि भारत की ताकत इसकी विविधता में है।

राष्ट्रीय एकता के लिए कलाम का दृष्टिकोण दो सिद्धांतों पर आधारित था

पहला, उनका मानना था कि भारत की विविधता का जश्न मनाया जाना चाहिए। कलाम ने माना कि भारत की विविधता शक्ति का स्रोत है और उन्होंने लोगों को अपने मतभेदों को गले लगाने और जश्न मनाने के लिए प्रोत्साहित किया। उनका मानना था कि एक मजबूत और एकजुट भारत वह है, जो अपनी विविधता का जश्न मनाता है।

दूसरा, कलाम का मानना था कि भारत की एकता समावेशी होनी चाहिए। उन्होंने माना कि भारत में बहुत से लोग बहिष्कृत या हाशिए पर महसूस करते हैं और उन्होंने सामाजिक समावेश और समानता को बढ़ावा देने के लिए अथक प्रयास किया। उन्होंने 'पुरा' (ग्रामीण क्षेत्रों में शहरी सुविधाएँ प्रदान करना) कार्यक्रम सहित सामाजिक समावेश को बढ़ावा देने के उद्देश्य से कई पहलें शुरू कीं।

निष्कर्षत: एक विकसित भारत के लिए ए.पी.जे. अब्दुल कलाम का दृष्टिकोण शिक्षा, नवाचार और राष्ट्रीय एकता में उनके विश्वास में निहित था। उनका मानना था कि भारत में प्रत्येक बच्चे की गुणवत्तापूर्ण शिक्षा तक पहुँच होनी चाहिए और उन्होंने शिक्षा की सार्वभौमिक पहुँच को बढ़ावा देने के लिए अथक प्रयास किया। कलाम ने स्वीकार किया कि नवाचार और प्रौद्योगिकी भारत के विकास के लिए आवश्यक थे, उन्होंने नवाचार को प्रोत्साहित किया, जो समावेशी और टिकाऊ था। उन्होंने यह भी माना कि भारत की ताकत इसकी विविधता में निहित है और उन्होंने सामाजिक समावेश और समानता को बढ़ावा देने के लिए अथक रूप से काम किया।

राष्ट्रीय विकास में शिक्षा का महत्त्व

ए.पी.जे. अब्दुल कलाम राष्ट्रीय विकास को चलाने के लिए शिक्षा की शक्ति में दृढ़ विश्वास रखते थे। अपने पूरे जीवन में उन्होंने भारत में शिक्षा को बढ़ावा देने

के लिए अथक प्रयास किया, यह मानते हुए कि यह देश की क्षमता को अनलॉक करने की कुंजी है। इस अध्याय में हम राष्ट्रीय विकास में शिक्षा के महत्त्व पर कलाम के विचारों की खोज करेंगे।

सशक्तीकरण के लिए एक उपकरण के रूप में शिक्षा

कलाम का मानना था कि शिक्षा व्यक्तियों और समुदायों को सशक्त बनाने का सबसे शक्तिशाली साधन है। उन्होंने माना कि शिक्षा लोगों को गरीबी के चक्र से बाहर निकलने में मदद कर सकती है, और उन्होंने वंचित समुदायों के बीच शिक्षा को बढ़ावा देने के लिए अथक प्रयास किया।

भारत में शिक्षा के लिए कलाम का दृष्टिकोण इस विश्वास पर आधारित था कि शिक्षा सभी के लिए सुलभ होनी चाहिए। उन्होंने माना कि भारत में कई बच्चों की गुणवत्तापूर्ण शिक्षा तक पहुँच नहीं है, खासकर वंचित पृष्ठभूमि के बच्चों की। इस मुद्दे को संबोधित करने के लिए, कलाम ने सर्व शिक्षा अभियान (सभी के लिए शिक्षा) कार्यक्रम जैसे शिक्षा तक पहुँच में सुधार लाने के उद्देश्य से कई पहलों की शुरुआत की।

नवाचार के लिए एक उपकरण के रूप में शिक्षा

कलाम का मानना था कि नवाचार और उद्यमशीलता को चलाने के लिए शिक्षा आवश्यक है। उन्होंने माना कि एक सुशिक्षित कार्यबल आर्थिक विकास और विकास को चलाने के लिए आवश्यक था और उन्होंने युवाओं को विज्ञान तथा प्रौद्योगिकी में शिक्षा प्राप्त करने के लिए प्रोत्साहित किया।

भारत में शिक्षा के लिए कलाम का दृष्टिकोण इस विश्वास पर आधारित था कि शिक्षा समग्र होनी चाहिए। उनका मानना था कि शिक्षा को अकादमिक शिक्षा से परे जाना चाहिए और इसमें नैतिक और आध्यात्मिक विकास शामिल होना चाहिए। कलाम का मानना था कि एक ऐसे कार्यबल को विकसित करने के लिए एक मूल्य आधारित शिक्षा प्रणाली आवश्यक थी, जो अभिनव, सामाजिक रूप से जिम्मेदार और राष्ट्रीय विकास के लिए प्रतिबद्ध हो।

राष्ट्रीय एकता के साधन के रूप में शिक्षा

कलाम का मानना था कि राष्ट्रीय एकता और सामाजिक समावेश को बढ़ावा

देने के लिए शिक्षा आवश्यक है। उन्होंने स्वीकार किया कि भारत कई अलग-अलग संस्कृतियों, भाषाओं और धर्मों के साथ एक विविध देश था और उनका मानना था कि शिक्षा सामाजिक सामंजस्य और समझ को बढ़ावा देने में मदद कर सकती है।

भारत में शिक्षा के लिए कलाम का दृष्टिकोण इस विश्वास पर आधारित था कि शिक्षा समावेशी होनी चाहिए। उन्होंने माना कि भारत में बहुत से लोग बहिष्कृत या हाशिए पर महसूस करते हैं, उन्होंने सामाजिक समावेश और समानता को बढ़ावा देने के लिए अथक प्रयास किया। उनका मानना था कि राष्ट्रीय एकता और विकास को बढ़ावा देने के लिए एक सुशिक्षित कार्यबल, जो विविधता का जश्न मनाता है और सामाजिक जिम्मेदारी को अपनाता है, आवश्यक है।

राष्ट्रीय विकास को चलाने के लिए शिक्षा की शक्ति में ए.पी.जे. अब्दुल कलाम का विश्वास अटूट था। उन्होंने माना कि शिक्षा भारत की क्षमता को अनलॉक करने की कुंजी है तथा उन्होंने समाज के सभी वर्गों के बीच शिक्षा को बढ़ावा देने के लिए अथक प्रयास किया। भारत में शिक्षा के लिए कलाम का दृष्टिकोण इस विश्वास पर आधारित था कि शिक्षा सभी के लिए सुलभ, समग्र और समावेशी होनी चाहिए। उनका मानना था कि शिक्षा व्यक्तियों और समुदायों को सशक्त बनाने, नवाचार और उद्यमिता को चलाने तथा राष्ट्रीय एकता और सामाजिक समावेश को बढ़ावा देने के लिए आवश्यक है। कलाम की विरासत दुनिया भर के युवाओं के लिए एक प्रेरणा का काम करती है तथा आशा और आशावाद का उनका संदेश सभी उम्र और पृष्ठभूमि के लोगों के साथ प्रतिध्वनित होता रहता है।

□

13

युवा विकास और अधिकारिता

"हम सभी के पास समान प्रतिभा नहीं है। लेकिन हम सभी के पास अपनी प्रतिभा को विकसित करने का समान अवसर है।"

ए. पी.जे. अब्दुल कलाम युवा विकास और सशक्तीकरण के प्रबल हिमायती थे। उनका मानना था कि युवा भारत के भविष्य की कुंजी हैं तथा उनमें सामाजिक और आर्थिक परिवर्तन लाने की क्षमता है। इस अध्याय में हम युवा विकास और सशक्तीकरण को बढ़ावा देने के महत्त्व पर कलाम के विचारों का पता लगाएँगे।

परिवर्तन के एजेंट के रूप में युवा

कलाम का मानना था कि युवा लोग समाज में परिवर्तन के कारक होते हैं। उन्होंने माना कि युवा लोगों में बदलाव लाने की ऊर्जा, रचनात्मकता और जुनून है, उन्होंने उन्हें सामाजिक और सामुदायिक विकास पहलों में शामिल होने के लिए प्रोत्साहित किया।

युवा विकास के लिए कलाम का दृष्टिकोण इस विश्वास पर आधारित था कि युवाओं को अपने समुदायों में नेतृत्व की भूमिका निभाने के लिए प्रोत्साहित किया जाना चाहिए। उनका मानना था कि युवाओं को निर्णय लेने की प्रक्रिया में भाग लेने और अपने समुदायों के विकास में योगदान करने के अवसर दिए जाने चाहिए।

नवप्रवर्तक और उद्यमी के रूप में युवा

कलाम का मानना था कि युवा स्वाभाविक नवप्रवर्तक और उद्यमी होते हैं।

उन्होंने माना कि युवा लोगों का एक नया दृष्टिकोण था और वे परंपरा या रूढ़ि से बँधे नहीं थे। उन्होंने युवाओं को विज्ञान और प्रौद्योगिकी के क्षेत्र में कॅरियर बनाने और आर्थिक विकास और प्रगति को बढ़ाने के लिए अपने कौशल और ज्ञान का उपयोग करने के लिए प्रोत्साहित किया।

युवा विकास के लिए कलाम का दृष्टिकोण इस विश्वास पर आधारित था कि युवाओं को उनके उद्यमशीलता कौशल को विकसित करने के अवसर दिए जाने चाहिए। उनका मानना था कि आर्थिक वृद्धि और विकास को चलाने के लिए उद्यमशीलता आवश्यक है और उन्होंने युवाओं को जोखिम लेने तथा अपने उद्यमशीलता के सपनों को पूरा करने के लिए प्रोत्साहित किया।

सामाजिक परिवर्तन के एजेंट के रूप में युवा

कलाम का मानना था कि युवा लोगों में सामाजिक परिवर्तन लाने और अपने समुदायों में बदलाव लाने की क्षमता है। उन्होंने माना कि युवा सामाजिक मुद्दों के प्रति भावुक थे और दुनिया को एक बेहतर जगह बनाने के लिए प्रतिबद्ध थे।

युवा विकास के लिए कलाम का दृष्टिकोण इस विश्वास पर आधारित था कि युवाओं को सामाजिक और सामुदायिक विकास पहलों में शामिल होने के अवसर दिए जाने चाहिए। उन्होंने युवाओं को प्रोत्साहित किया कि वे अपने समय और ऊर्जा को स्वेच्छा से उन कारणों के लिए दें, जिनमें वे विश्वास करते हैं और अपने समुदायों में एक अंतर बनाने के लिए मिलकर काम करते हैं।

शिक्षा के माध्यम से युवाओं को सशक्त बनाना

कलाम का मानना था कि शिक्षा युवा लोगों को सशक्त बनाने और उन्हें सफल होने के लिए आवश्यक कौशल और ज्ञान देने की कुंजी है। उन्होंने माना कि भारत में कई युवाओं की गुणवत्तापूर्ण शिक्षा तक पहुँच नहीं है, खासकर वंचित पृष्ठभूमि के लोगों की।

युवा विकास के लिए कलाम का दृष्टिकोण इस विश्वास पर आधारित था कि शिक्षा सभी के लिए सुलभ होनी चाहिए। उन्होंने सर्व शिक्षा अभियान (सभी के लिए शिक्षा) कार्यक्रम जैसे शिक्षा तक पहुँच में सुधार लाने के उद्‌देश्य से कई पहलें शुरू कीं।

ए.पी.जे. अब्दुल कलाम का सामाजिक और आर्थिक बदलाव लाने के लिए

युवाओं की शक्ति में अटूट विश्वास था। उन्होंने माना कि युवा लोग भारत के भविष्य की कुंजी हैं और उनमें अपने समुदायों में बदलाव लाने की क्षमता है। युवा विकास के लिए कलाम का दृष्टिकोण इस विश्वास पर आधारित था कि युवाओं को नेतृत्व की भूमिका निभाने, अपने उद्यमशीलता कौशल विकसित करने और सामाजिक तथा सामुदायिक विकास की पहलों में शामिल होने के लिए प्रोत्साहित किया जाना चाहिए। उनका मानना था कि शिक्षा युवाओं को सशक्त बनाने तथा उन्हें सफल होने के लिए आवश्यक कौशल और ज्ञान देने की कुंजी है। कलाम की विरासत दुनिया भर के युवाओं के लिए एक प्रेरणा का काम करती है तथा आशा और आशावाद का उनका संदेश सभी उम्र और पृष्ठभूमि के लोगों के साथ प्रतिध्वनित होता रहता है।

एक जन राष्ट्रपति : आम नागरिकों से जुड़ाव

"हम सभी अपने अंदर एक दिव्य अग्नि के साथ पैदा हुए हैं। हमारा प्रयास इस अग्नि को पंख देने और दुनिया को इसकी अच्छाई की चमक से भरने का होना चाहिए।"

ए.पी.जे. अब्दुल कलाम को भारत के आम नागरिक के साथ गहरे संबंध के कारण 'जनता के राष्ट्रपति' के रूप में जाना जाता था। वे एक ऐसे नेता थे, जिन्होंने राष्ट्र की नब्ज को समझा तथा लोगों की चिंताओं और आकांक्षाओं को दूर करने के लिए अथक प्रयास किया। इस अध्याय में, हम आम नागरिकों से जुड़ने के लिए कलाम के दृष्टिकोण और उनके जीवन में सकारात्मक बदलाव लाने के लिए उन्होंने कैसे काम किया, इसका पता लगाएँगे।

आम नागरिक की जरूरतों को समझना

कलाम का मानना था कि एक नेता के रूप में आम नागरिक की जरूरतों को समझना जरूरी है। उन्होंने माना कि भारत कई अलग-अलग संस्कृतियों, भाषाओं और सामाजिक-आर्थिक पृष्ठभूमि वाला एक विविधतापूर्ण देश है। उनका मानना था कि यह सुनिश्चित करना उनका उत्तरदायित्व था कि सरकार की नीतियाँ और कार्यक्रम सभी नागरिकों की आवश्यकताओं को संबोधित करते हैं, विशेष रूप से जो हाशिए पर थे या वंचित थे।

आम नागरिकों से जुड़ने का कलाम का दृष्टिकोण सहानुभूति और उनके संघर्षों की गहरी समझ पर आधारित था। वे अकसर दूर-दराज के गाँवों का दौरा

करते थे और जीवन के विभिन्न क्षेत्रों के लोगों से उनकी समस्याओं और चिंताओं के बारे में प्रत्यक्ष ज्ञान प्राप्त करने के लिए मिलते थे। उनका मानना था कि आम नागरिक को सुनकर वे उनकी जरूरतों को बेहतर ढंग से समझ सकते हैं और उनकी समस्याओं के समाधान की दिशा में काम कर सकते हैं।

आम नागरिकों से संवाद

कलाम का मानना था कि आम नागरिकों से जुड़ने के लिए प्रभावी संचार आवश्यक है। उन्होंने माना कि भारत में बहुत से लोग, विशेष रूप से ग्रामीण क्षेत्रों के लोग, अंग्रेजी में धाराप्रवाह नहीं थे और मुख्यधारा के मीडिया के माध्यम से जानकारी तक नहीं पहुँच सकते थे। इस अंतर को पाटने के लिए कलाम ने अपने भाषणों और लेखों में सरल और आसानी से समझ में आने वाली भाषा का प्रयोग किया।

कलाम भी प्रौद्योगिकी को अपनाने वाले थे और इसका इस्तेमाल आम नागरिकों तक पहुँचने के लिए करते थे। वे सोशल मीडिया पर सक्रिय थे और पूरे देश के लोगों के साथ संवाद करने के लिए ट्विटर और फेसबुक जैसे प्लेटफॉर्म का इस्तेमाल करते थे। उनका मानना था कि तकनीक आम नागरिक से जुड़ने तथा उन्हें सरकार की नीतियों और कार्यक्रमों से अवगत कराने का एक शक्तिशाली साधन हो सकती है।

सकारात्मक बदलाव लाना

कलाम का अंतिम लक्ष्य आम नागरिकों के जीवन में सकारात्मक बदलाव लाना था। उन्होंने माना कि भारत में कई लोगों को गरीबी, शिक्षा और स्वास्थ्य सेवा तक पहुँच की कमी और बेरोजगारी जैसी चुनौतियों का सामना करना पड़ा है। उनका मानना था कि इन चुनौतियों का समाधान करना और सभी नागरिकों के लिए बेहतर भविष्य बनाने की दिशा में काम करना सरकार की जिम्मेदारी है।

कलाम ने आम नागरिकों के जीवन में सुधार लाने के उद्देश्य से कई पहलें शुरू कीं। उन्होंने महात्मा गांधी राष्ट्रीय ग्रामीण रोजगार गारंटी अधिनियम (मनरेगा) के विकास में महत्त्वपूर्ण भूमिका निभाई, जिसने ग्रामीण क्षेत्रों में लोगों को रोजगार के अवसर प्रदान किए। उन्होंने 'पुरा' (ग्रामीण क्षेत्रों में शहरी सुविधाएँ प्रदान करना) पहल भी शुरू की, जिसका उद्देश्य बिजली, पानी और स्वास्थ्य जैसी बुनियादी

सुविधाएँ प्रदान करके ग्रामीण क्षेत्रों में जीवन की गुणवत्ता में सुधार करना है।

आम नागरिक के जीवन में सकारात्मक बदलाव लाने के कलाम के प्रयासों को व्यापक रूप से पहचाना और सराहा गया। देश में उनके योगदान के लिए उन्हें 'भारत रत्न', भारत के सर्वोच्च नागरिक सम्मान सहित कई पुरस्कार और सम्मान प्राप्त हुए।

ए.पी.जे. अब्दुल कलाम एक ऐसे नेता थे, जो आम नागरिक से जुड़ने के महत्त्व को समझते थे। उनका मानना था कि उनके जीवन में सकारात्मक बदलाव लाने के लिए प्रभावी संचार और उनकी जरूरतों की गहरी समझ आवश्यक थी। नेतृत्व के प्रति कलाम का दृष्टिकोण सहानुभूति, सादगी और भारत के लोगों की सेवा करने की प्रतिबद्धता पर आधारित था। 'पीपुल्स प्रेसिडेंट' के रूप में उनकी विरासत भारत और दुनिया भर में लाखों लोगों को प्रेरित करती है तथा आशा और आशावाद का उनका संदेश चुनौतीपूर्ण समय में प्रकाश की किरण के रूप में कार्य करता है। □

14

अन्य राष्ट्रों के साथ संबंध

"हमें हार नहीं माननी चाहिए और हमें समस्या को खुद को हराने नहीं देना चाहिए।"

ए.पी.जे. अब्दुल कलाम एक दूरदर्शी नेता थे, जिनका मानना था कि भारत की प्रगति अन्य देशों के साथ मजबूत संबंध बनाने की क्षमता से निकटता से जुड़ी हुई है। उन्होंने भारत के सामरिक और आर्थिक लक्ष्यों को प्राप्त करने में कूटनीति और अंतरराष्ट्रीय सहयोग के महत्त्व को पहचाना। इस अध्याय में हम अन्य देशों के साथ भारत के संबंधों को मजबूत करने के लिए कलाम के दृष्टिकोण तथा अधिक समृद्ध और शांतिपूर्ण दुनिया के निर्माण में उनके योगदान का पता लगाएँगे।

वैश्विक क्षेत्र में भारत की भूमिका

कलाम का मानना था कि वैश्विक परिदृश्य में भारत को महत्त्वपूर्ण भूमिका निभानी है। उन्होंने माना कि भारत के आकार, विविधता और सामरिक स्थिति ने इसे वैश्विक व्यवस्था को आकार देने में एक अनूठा लाभ दिया है। उनका मानना था कि भारत दुनिया में शांति, समृद्धि और विकास को बढ़ावा देने में अग्रणी हो सकता है।

अन्य देशों के साथ भारत के संबंधों को मजबूत करने के लिए कलाम का दृष्टिकोण आपसी सम्मान और सहयोग के सिद्धांत पर आधारित था। उनका मानना था कि भारत को अंतरराष्ट्रीय समुदाय में एक सक्रिय भागीदार होना चाहिए और दुनिया में शांति और स्थिरता को बढ़ावा देने के लिए अपने प्रभाव का उपयोग करना चाहिए।

आर्थिक सहयोग को बढ़ावा देना

कलाम ने स्वीकार किया कि आर्थिक सहयोग भारत की विदेश नीति का एक महत्त्वपूर्ण घटक है। उनका मानना था कि भारत का आर्थिक विकास वैश्विक अर्थव्यवस्था के साथ एकीकृत होने और विदेशी निवेश को आकर्षित करने की क्षमता से निकटता से जुड़ा हुआ है। उन्होंने भारत के आर्थिक हितों को बढ़ावा देने और अन्य देशों के साथ अपने संबंधों को मजबूत करने के लिए अथक प्रयास किया।

कलाम ने भारत के परमाणु प्रौद्योगिकी कार्यक्रम को विकसित करने में महत्त्वपूर्ण भूमिका निभाई, जो इसकी ऊर्जा सुरक्षा और आर्थिक विकास के लिए महत्त्वपूर्ण था। उन्होंने भारत में नवाचार और उद्यमिता को बढ़ावा देने के उद्देश्य से कई कार्यक्रम भी शुरू किए। कलाम का मानना था कि नवाचार और उद्यमिता को बढ़ावा देकर भारत विज्ञान और प्रौद्योगिकी में वैश्विक नेता बन सकता है।

शांति और स्थिरता को बढ़ावा देना

कलाम दुनिया में शांति और स्थिरता के प्रबल हिमायती थे। उनका मानना था कि प्रगति और विकास के लिए शांति आवश्यक है और उन्होंने क्षेत्र और दुनिया में शांति और स्थिरता को बढ़ावा देने के लिए अथक प्रयास किया। वह निःशस्त्रीकरण के प्रबल समर्थक थे और उनका मानना था कि परमाणु हथियार दुनिया के लिए गंभीर खतरा हैं।

कलाम ने अन्य देशों, विशेषकर अपने पड़ोसियों के साथ भारत के संबंधों को बढ़ावा देने में महत्त्वपूर्ण भूमिका निभाई। उनका मानना था कि पड़ोसियों के साथ अच्छे संबंध भारत की सुरक्षा और आर्थिक हितों के लिए महत्त्वपूर्ण हैं। उन्होंने भारत और उसके पड़ोसियों के बीच आर्थिक सहयोग और सांस्कृतिक आदान-प्रदान को बढ़ावा देने के उद्देश्य से कई कार्यक्रमों की शुरुआत की।

कलाम ने अन्य प्रमुख शक्तियों, विशेष रूप से संयुक्त राज्य अमेरिका के साथ भारत के संबंधों को बढ़ावा देने में भी महत्त्वपूर्ण भूमिका निभाई। उन्होंने स्वीकार किया कि संयुक्त राज्य अमेरिका भारत के आर्थिक विकास और सामरिक हितों के लिए एक महत्त्वपूर्ण भागीदार था। उन्होंने संयुक्त राज्य अमेरिका के साथ भारत के संबंधों को मजबूत करने और दोनों देशों के बीच अधिक सहयोग को बढ़ावा देने के लिए अथक प्रयास किए।

निष्कर्षत: ए.पी.जे. अब्दुल कलाम एक दूरदर्शी नेता थे, जिन्होंने अन्य देशों के साथ भारत के संबंधों को मजबूत करने के महत्त्व को पहचाना। उनका मानना था कि भारत को वैश्विक क्षेत्र में एक महत्त्वपूर्ण भूमिका निभानी है और भारत के सामरिक और आर्थिक हितों को बढ़ावा देने के लिए अथक रूप से काम किया है। कूटनीति और अंतरराष्ट्रीय सहयोग के प्रति कलाम का दृष्टिकोण परस्पर सम्मान और सहयोग के सिद्धांत पर आधारित था। उनकी विरासत भारत और दुनिया भर में लाखों लोगों को प्रेरित करती है तथा उनका शांति, समृद्धि और विकास का संदेश आज भी उतना ही प्रासंगिक है, जितना उनके जीवनकाल में था।

कूटनीति में विज्ञान और प्रौद्योगिकी की भूमिका

"हमें तभी याद किया जाएगा जब हम अपनी युवा पीढ़ी को एक समृद्ध और सुरक्षित भारत देंगे, जो सभ्यता की विरासत के साथ-साथ आर्थिक समृद्धि का परिणाम होगा।"

ए.पी.जे. अब्दुल कलाम एक वैज्ञानिक और प्रौद्योगिकीविद् थे, जिनका मानना था कि कूटनीति में विज्ञान और प्रौद्योगिकी की महत्त्वपूर्ण भूमिका है। उन्होंने माना कि दुनिया तेजी से आपस में जुड़ रही है तथा वैज्ञानिक और तकनीकी प्रगति वैश्विक अर्थव्यवस्था और समाज को बदल रही हैं। इस अध्याय में हम कूटनीति के प्रति कलाम के दृष्टिकोण तथा भारत के सामरिक और आर्थिक हितों को बढ़ावा देने में विज्ञान और प्रौद्योगिकी की भूमिका का पता लगाएँगे।

भारत के लिए कलाम का विजन

कलाम भारत के वैज्ञानिक और तकनीकी विकास के प्रबल पक्षधर थे। उनका मानना था कि भारत विज्ञान और प्रौद्योगिकी में एक वैश्विक नेता बन सकता है तथा यह उसके आर्थिक और सामरिक हितों के लिए महत्त्वपूर्ण है। उन्होंने भारत में नवाचार और उद्यमिता को बढ़ावा देने के उद्देश्य से कई कार्यक्रमों की शुरुआत की और उनके प्रयासों ने भारत के उच्च तकनीकी उद्योगों के विकास में महत्त्वपूर्ण योगदान दिया।

कलाम ने स्वीकार किया कि भारत के रणनीतिक और आर्थिक हित इसकी वैज्ञानिक और तकनीकी ताकत का लाभ उठाने की क्षमता से निकटता से जुड़े हुए हैं। उनका मानना था कि भारत अपने राजनयिक लक्ष्यों को बढ़ावा देने के लिए

सूचना प्रौद्योगिकी, जैव प्रौद्योगिकी और अंतरिक्ष प्रौद्योगिकी जैसे क्षेत्रों में अपनी विशेषज्ञता का उपयोग कर सकता है।

विज्ञान और प्रौद्योगिकी कूटनीति

कूटनीति के प्रति कलाम का दृष्टिकोण भारत के सामरिक और आर्थिक हितों को बढ़ावा देने के लिए विज्ञान और प्रौद्योगिकी के उपयोग के सिद्धांत पर आधारित था। उन्होंने माना कि विज्ञान और प्रौद्योगिकी साझेदारी बनाने और देशों के बीच सहयोग को बढ़ावा देने के लिए शक्तिशाली उपकरण हो सकते हैं।

कलाम ने विज्ञान और प्रौद्योगिकी कूटनीति के माध्यम से अन्य देशों के साथ भारत के संबंधों को बढ़ावा देने में महत्त्वपूर्ण भूमिका निभाई। उन्होंने भारत और अन्य देशों के बीच वैज्ञानिक सहयोग और प्रौद्योगिकी हस्तांतरण को बढ़ावा देने के उद्देश्य से कई कार्यक्रमों की शुरुआत की।

कलाम का मानना था कि विज्ञान और प्रौद्योगिकी कूटनीति भारत को अन्य देशों के साथ मजबूत साझेदारी बनाने और भारत के सामरिक और आर्थिक हितों को बढ़ावा देने में मदद कर सकती है। उन्होंने माना कि वैज्ञानिक सहयोग राष्ट्रों के बीच विश्वास और समझ बनाने तथा दुनिया में शांति और स्थिरता को बढ़ावा देने में मदद कर सकता है।

विज्ञान और प्रौद्योगिकी कूटनीति में कलाम का योगदान

विज्ञान और प्रौद्योगिकी कूटनीति में कलाम का योगदान महत्त्वपूर्ण था। उन्होंने भारत के परमाणु प्रौद्योगिकी कार्यक्रम को विकसित करने में महत्त्वपूर्ण भूमिका निभाई, जो इसकी ऊर्जा सुरक्षा और आर्थिक विकास के लिए महत्त्वपूर्ण था। उन्होंने भारत में नवाचार और उद्यमिता को बढ़ावा देने के उद्देश्य से कई कार्यक्रम भी शुरू किए।

कलाम ने भारत के सामरिक और आर्थिक हितों को बढ़ावा देने में अंतरिक्ष प्रौद्योगिकी की क्षमता को पहचाना। उन्होंने भारत के अंतरिक्ष कार्यक्रम को विकसित करने और अंतरिक्ष प्रौद्योगिकी में अंतरराष्ट्रीय सहयोग को बढ़ावा देने के उद्देश्य से कई कार्यक्रमों की शुरुआत करने में महत्त्वपूर्ण भूमिका निभाई।

कलाम ने भारत के आर्थिक विकास को बढ़ावा देने में सूचना प्रौद्योगिकी की क्षमता को भी पहचाना। उन्होंने भारत के आईटी उद्योग को बढ़ावा देने और आईटी

में अंतरराष्ट्रीय सहयोग को बढ़ावा देने के उद्देश्य से कई कार्यक्रमों की शुरुआत करने में महत्त्वपूर्ण भूमिका निभाई।

निष्कर्षत: ए.पी.जे. अब्दुल कलाम एक दूरदर्शी नेता थे, जिन्होंने भारत के सामरिक और आर्थिक हितों को बढ़ावा देने में विज्ञान और प्रौद्योगिकी की महत्त्वपूर्ण भूमिका को पहचाना। उनका मानना था कि विज्ञान और प्रौद्योगिकी कूटनीति राष्ट्रों के बीच साझेदारी बनाने और सहयोग को बढ़ावा देने के लिए एक शक्तिशाली उपकरण हो सकती है। विज्ञान और प्रौद्योगिकी कूटनीति में कलाम का योगदान महत्त्वपूर्ण था और उनकी विरासत भारत और दुनिया भर में लाखों लोगों को प्रेरित करती रही है। विज्ञान और प्रौद्योगिकी के क्षेत्र में वैश्विक नेता के रूप में भारत के लिए कलाम का दृष्टिकोण आज भी उतना ही प्रासंगिक है, जितना उनके जीवनकाल में था।

□

15

राष्ट्र-विकास में महिलाओं की भूमिका

“समस्याओं को हल करने और युद्ध के खिलाफ लड़ने का सबसे अच्छा तरीका बातचीत के माध्यम से है।”

ए.पी.जे. अब्दुल कलाम महिलाओं के सशक्तीकरण में दृढ़ता से विश्वास करते थे और राष्ट्रीय विकास में उनकी महत्त्वपूर्ण भूमिका को मान्यता देते थे। वे लैंगिक समानता के मुखर हिमायती थे और समाज के सभी पहलुओं में महिलाओं की भागीदारी के अवसर पैदा करने की दिशा में काम करते थे। इस अध्याय में हम कलाम के राष्ट्रीय विकास में महिलाओं की भूमिका और उनकी अध्यक्षता के दौरान लैंगिक समानता को बढ़ावा देने की उनकी पहल पर विचार करेंगे।

महिला सशक्तीकरण के लिए कलाम का विजन

कलाम का मानना था कि महिलाओं ने एक राष्ट्र के विकास में महत्त्वपूर्ण भूमिका निभाई है और सतत विकास प्राप्त करने के लिए उनका सशक्तीकरण आवश्यक है। उन्होंने लैंगिक समानता को सामाजिक न्याय और आर्थिक विकास के एक महत्त्वपूर्ण घटक के रूप में देखा। उनका मानना था कि महिलाओं की शिक्षा, स्वास्थ्य सेवा, रोजगार और राजनीतिक प्रतिनिधित्व तक समान पहुँच होनी चाहिए।

कलाम ने स्वीकार किया कि भारत में महिलाओं को भेदभाव, लिंग आधारित हिंसा तथा संसाधनों और अवसरों तक सीमित पहुँच जैसी महत्त्वपूर्ण चुनौतियों का सामना करना पड़ता है। उन्होंने इन चुनौतियों से निपटने और महिला सशक्तीकरण के लिए अनुकूल माहौल बनाने की जरूरत पर जोर दिया।

महिला सशक्तीकरण के लिए कलाम की पहल

भारत के राष्ट्रपति के रूप में कलाम ने महिला सशक्तीकरण और लैंगिक समानता को बढ़ावा देने के उद्देश्य से कई कार्यक्रमों की शुरुआत की। उनके प्रमुख कार्यक्रमों में से एक महिला अधिकारिता मिशन था, जिसका उद्देश्य ग्रामीण क्षेत्रों में महिलाओं के लिए शिक्षा और कौशल विकास के अवसर प्रदान करना था।

कलाम ने राजनीति और निर्णय लेने की प्रक्रिया में महिलाओं की भागीदारी बढ़ाने की दिशा में भी काम किया। उन्होंने स्थानीय और राष्ट्रीय सरकारों में महिलाओं के लिए सीटों के आरक्षण का समर्थन किया और महिलाओं को राजनीति में नेतृत्व की भूमिका निभाने के लिए प्रोत्साहित किया।

कलाम ने सूक्ष्म, लघु और मध्यम उद्यम (एमएसएमई) विकास कार्यक्रम जैसी योजनाओं के माध्यम से महिला उद्यमिता को भी बढ़ावा दिया। इस कार्यक्रम ने महिला उद्यमियों को अपना व्यवसाय शुरू करने और विकसित करने के लिए वित्तीय सहायता तथा प्रशिक्षण प्रदान किया।

महिला सशक्तीकरण में कलाम का योगदान

महिला सशक्तीकरण में कलाम का योगदान महत्त्वपूर्ण था। उन्होंने भारत में महिलाओं के सामने आने वाली चुनौतियों के बारे में जागरूकता बढ़ाने और लैंगिक समानता को बढ़ावा देने के लिए राष्ट्रपति के रूप में अपने पद का उपयोग किया। उन्होंने शिक्षा, स्वास्थ्य सेवा, रोजगार और राजनीतिक प्रतिनिधित्व में महिलाओं के लिए समान अवसर प्रदान करने की आवश्यकता पर बल दिया।

महिला सशक्तीकरण के लिए कलाम की पहल का उद्देश्य महिलाओं के विकास के लिए एक अनुकूल वातावरण बनाना और उन्हें अपनी क्षमता का अहसास कराने के लिए संसाधन और अवसर प्रदान करना था। उन्होंने अपने परिवारों, समुदायों और पूरे देश के विकास में योगदान देने के लिए महिलाओं को सशक्त बनाने के महत्त्व को पहचाना।

महिला सशक्तीकरण में कलाम की विरासत

महिला सशक्तीकरण में ए.पी.जे. अब्दुल कलाम की विरासत भारत और दुनिया भर में लाखों लोगों को प्रेरित करती है। लैंगिक समानता और महिला सशक्तीकरण के लिए उनका दृष्टिकोण नीति निर्माताओं तथा महिलाओं के अधिकारों

और सशक्तीकरण को बढ़ावा देने की दिशा में काम कर रहे नागरिक समाज संगठनों के लिए एक मार्गदर्शक रहा है।

महिला सशक्तीकरण के लिए कलाम की पहल का भारत में कई महिलाओं के जीवन पर महत्त्वपूर्ण प्रभाव पड़ा है। महिला अधिकारिता मिशन और उनके द्वारा शुरू किए गए अन्य कार्यक्रमों ने ग्रामीण क्षेत्रों में महिलाओं को शिक्षा, कौशल विकास और उद्यमिता के अवसर प्रदान किए हैं।

ए.पी.जे. अब्दुल कलाम एक दूरदर्शी नेता थे, जिन्होंने राष्ट्रीय विकास में महिलाओं की महत्त्वपूर्ण भूमिका को पहचाना। उन्होंने महिलाओं के लिए समाज के सभी पहलुओं में भाग लेने के अवसर पैदा करने और लैंगिक समानता को बढ़ावा देने की दिशा में काम किया। महिला सशक्तीकरण के लिए कलाम की पहल का उद्देश्य महिलाओं के विकास के लिए एक अनुकूल वातावरण बनाना तथा उन्हें अपनी क्षमता का अहसास करने के लिए संसाधन और अवसर प्रदान करना था। महिला सशक्तीकरण में उनकी विरासत पीढ़ियों को प्रेरित करती रही है और सतत विकास की दिशा में भारत की यात्रा का एक अनिवार्य घटक बनी हुई है।

□

16
ग्रामीण विकास

"सीखना रचनात्मकता देता है, रचनात्मकता सोच की ओर ले जाती है, सोच ज्ञान की ओर ले जाती है और ज्ञान आपको महान् बनाता है।"

भारत के राष्ट्रपति के रूप में ए.पी.जे. अब्दुल कलाम ग्रामीण विकास के प्रबल पक्षधर थे। उनका दृढ़ विश्वास था कि भारत तभी एक विकसित राष्ट्र बन सकता है, जब देश के ग्रामीण क्षेत्रों का विकास किया जाए। इस अध्याय में हम ग्रामीण विकास पर कलाम के विचारों और राष्ट्रपति के रूप में उनके कार्यकाल के दौरान इसे बढ़ावा देने के उनके प्रयासों का पता लगाएँगे।

ग्रामीण विकास के लिए कलाम का विजन

कलाम का ग्रामीण भारत को एक समृद्ध और आत्मनिर्भर क्षेत्र में बदलने का सपना था। उनका मानना था कि देश के समग्र विकास के लिए ग्रामीण क्षेत्रों का विकास महत्त्वपूर्ण है। उनके अनुसार, ग्रामीण क्षेत्र भारतीय अर्थव्यवस्था की रीढ़ हैं और उनके विकास से पूरे देश का विकास होगा।

ग्रामीण विकास के लिए कलाम का दृष्टिकोण तीन प्रमुख क्षेत्रों पर केंद्रित था—बुनियादी ढाँचा विकास, कृषि और शिक्षा। उनका मानना था कि ये तीन क्षेत्र ग्रामीण क्षेत्रों के समग्र विकास के लिए महत्त्वपूर्ण हैं।

बुनियादी ढाँचे का विकास

कलाम ने ग्रामीण क्षेत्रों में बुनियादी ढाँचे में सुधार की आवश्यकता पर बल

दिया। उनका मानना था कि आर्थिक विकास के लिए सक्षम वातावरण बनाने के लिए बुनियादी ढाँचे का विकास आवश्यक है। उनके अनुसार, सड़क, बिजली और पानी की आपूर्ति जैसे बुनियादी ढाँचे की कमी ग्रामीण क्षेत्रों के पिछड़ेपन के मुख्य कारणों में से एक थी।

राष्ट्रपति के रूप में अपने कार्यकाल के दौरान, कलाम ने ग्रामीण क्षेत्रों में बुनियादी ढाँचे में सुधार के लिए कई पहलें कीं। उनकी प्रमुख पहलों में से एक 'पुरा' (ग्रामीण क्षेत्रों में शहरी सुविधाएँ प्रदान करना) योजना थी। इस योजना का उद्‌देश्य ग्रामीण क्षेत्रों में सड़क, बिजली और पानी की आपूर्ति जैसी बुनियादी सुविधाएँ प्रदान करना है। इसका उद्‌देश्य कृषि आधारित उद्योगों को बढ़ावा देकर ग्रामीण क्षेत्रों में रोजगार के अवसर पैदा करना भी है।

कृषि

कलाम ने भारतीय अर्थव्यवस्था में कृषि के महत्त्व को पहचाना। उनका मानना था कि ग्रामीण क्षेत्रों के विकास के लिए कृषि का विकास महत्त्वपूर्ण था। उनके अनुसार, कृषि में ग्रामीण क्षेत्रों में रोजगार के अवसर पैदा करने और अर्थव्यवस्था को बढ़ावा देने की क्षमता है।

कृषि के लिए कलाम का दृष्टिकोण स्थायी कृषि पद्धतियों को बढ़ावा देने और कृषि के आधुनिकीकरण पर केंद्रित था। उनका मानना था कि जैविक खेती जैसी टिकाऊ कृषि पद्धतियाँ पर्यावरण को संरक्षित करते हुए उत्पादकता बढ़ा सकती हैं। उन्होंने नई तकनीकों और प्रथाओं को शुरू करके कृषि के आधुनिकीकरण की आवश्यकता पर भी जोर दिया।

राष्ट्रपति के रूप में अपने कार्यकाल के दौरान, कलाम ने ग्रामीण क्षेत्रों में कृषि को बढ़ावा देने के लिए कई पहलें शुरू कीं। उनकी प्रमुख पहलों में से एक 'राष्ट्रीय कृषि विकास योजना' थी। इस योजना का उद्‌देश्य कृषि उत्पादकता और किसानों की आय में वृद्धि करना है। इसका उद्‌देश्य टिकाऊ कृषि प्रथाओं को बढ़ावा देना और कृषि का आधुनिकीकरण करना भी है।

शिक्षा

कलाम का मानना था कि शिक्षा ग्रामीण क्षेत्रों के विकास की कुंजी है। उनके अनुसार, शिक्षा ग्रामीण समुदायों को गरीबी और पिछड़ेपन से मुक्त करने में मदद

कर सकती है। उनका मानना था कि शिक्षा ग्रामीण समुदायों को सशक्त बना सकती है और उन्हें विकास प्रक्रिया में भाग लेने में सक्षम बनाती है।

राष्ट्रपति के रूप में अपने कार्यकाल के दौरान, कलाम ने ग्रामीण क्षेत्रों में शिक्षा को बढ़ावा देने के लिए कई पहलें शुरू कीं। उनकी प्रमुख पहलों में से एक 'राष्ट्रीय ग्रामीण शिक्षा मिशन' थी। मिशन का उद्देश्य ग्रामीण क्षेत्रों में सभी बच्चों को शिक्षा तक पहुँच प्रदान करना है। इसका उद्देश्य शिक्षकों को प्रशिक्षण प्रदान करके और स्कूल के बुनियादी ढाँचे में सुधार करके ग्रामीण क्षेत्रों में शिक्षा की गुणवत्ता में सुधार करना भी है।

ग्रामीण विकास के लिए कलाम के प्रयास

ग्रामीण विकास के लिए कलाम के प्रयास पहल और योजनाएँ शुरू करने तक ही सीमित नहीं थे। उन्होंने सक्रिय रूप से ग्रामीण समुदायों के साथ काम किया और उन्हें विकास प्रक्रिया में भाग लेने के लिए प्रोत्साहित किया। उनका मानना था कि ग्रामीण समुदाय किसी भी विकास पहल की सफलता की कुंजी हैं।

राष्ट्रपति के रूप में अपने कार्यकाल के दौरान, कलाम ने जमीनी हकीकत का आकलन करने के लिए ग्रामीण क्षेत्रों के कई दौरे किए। उन्होंने ग्रामीण समुदायों के साथ बातचीत की और उनकी समस्याओं और चिंताओं को सुना। उन्होंने ग्रामीण समुदायों को विकास के लिए नवीन विचारों के साथ आगे आने के लिए भी प्रोत्साहित किया।

कलाम द्वारा शुरू की गई पहलों में से एक ग्रामीण पुनर्निर्माण के लिए युवा ब्रिगेड थी। इस पहल का उद्देश्य युवाओं को ग्रामीण विकास गतिविधियों में शामिल करना है। इसने युवाओं को कृषि, शिक्षा और बुनियादी ढाँचे के विकास जैसे क्षेत्रों में परियोजनाओं को लेने के लिए प्रोत्साहित किया।

डॉ. कलाम का मानना था कि भारत के समग्र विकास के लिए ग्रामीण विकास आवश्यक है। उन्होंने ग्रामीण क्षेत्रों को भारत की रीढ़ के रूप में देखा और उनका मानना था कि सरकार को ग्रामीण क्षेत्र के उत्थान पर ध्यान देना चाहिए। उनका मानना था कि ग्रामीण क्षेत्रों में विकास के बिना भारत में सतत और समावेशी विकास हासिल करना असंभव होगा।

ग्रामीण क्षेत्रों के सामने आने वाली मुख्य समस्याओं में से एक बुनियादी सुविधाओं की कमी है। भारत के ग्रामीण क्षेत्र स्वच्छ पेयजल, बिजली और स्वास्थ्य जैसी बुनियादी सुविधाओं तक पहुँच की कमी से पीड़ित हैं। बुनियादी ढाँचे की कमी

ग्रामीण क्षेत्र की क्षमता को सीमित करती है और इसके विकास में बाधा डालती है। डॉ. कलाम ने इन मुद्दों को संबोधित करने की आवश्यकता को पहचाना और माना कि सरकार को ग्रामीण क्षेत्रों में बुनियादी ढाँचा उपलब्ध कराने की दिशा में काम करना चाहिए।

ग्रामीण विकास के लिए डॉ. कलाम के दृष्टिकोण में ग्रामीण क्षेत्रों में रोजगार के अवसरों का सृजन शामिल था। उनका मानना था कि ग्रामीण क्षेत्रों में रोजगार के अवसर पैदा करने से न केवल गरीबी को कम करने में मदद मिलेगी, बल्कि ग्रामीण आबादी के लिए आजीविका का साधन भी उपलब्ध होगा। उन्होंने ग्रामीण आबादी को आर्थिक गतिविधियों में भाग लेने और सक्षम बनाने के लिए ग्रामीण क्षेत्रों में कौशल विकास की आवश्यकता पर जोर दिया।

ग्रामीण विकास का एक अन्य पहलू, जिस पर डॉ. कलाम ने जोर दिया, वह कृषि को बढ़ावा देने की आवश्यकता थी। कृषि ग्रामीण अर्थव्यवस्था में एक प्रमुख योगदानकर्ता है और इसमें ग्रामीण क्षेत्रों को बदलने की क्षमता है। डॉ. कलाम का मानना था कि सरकार को किसानों को आधुनिक कृषि पद्धतियों को अपनाने के लिए प्रोत्साहित करने के लिए सब्सिडी, फसल बीमा और अन्य उपायों के माध्यम से सहायता प्रदान करनी चाहिए। उन्होंने फसल की पैदावार बढ़ाने तथा उपज की गुणवत्ता में सुधार के लिए कृषि में अनुसंधान और विकास के महत्त्व पर भी जोर दिया।

डॉ. कलाम ने ग्रामीण क्षेत्रों में स्वास्थ्य और शिक्षा सुविधाओं में सुधार की आवश्यकता को भी पहचाना। उनका मानना था कि ग्रामीण क्षेत्रों में गुणवत्तापूर्ण स्वास्थ्य देखभाल और शिक्षा तक पहुँच प्रदान करने से ग्रामीण आबादी के जीवन स्तर में सुधार होगा और उनके समग्र विकास में योगदान मिलेगा। उन्होंने स्वास्थ्य देखभाल और शिक्षा सुविधाओं की कमी को दूर करने के लिए ग्रामीण क्षेत्रों में डॉक्टरों और शिक्षकों को आकर्षित करने के लिए सरकार द्वारा प्रोत्साहन प्रदान करने की आवश्यकता पर जोर दिया।

डॉ. कलाम का मानना था कि सरकार को भारत में शहरी-ग्रामीण विभाजन को पाटने की दिशा में काम करना चाहिए। उन्होंने भारत में समग्र विकास प्राप्त करने के लिए ग्रामीण क्षेत्रों के विकास को आवश्यक माना। उनका मानना था कि सरकार को ग्रामीण क्षेत्रों में जीवन स्तर में सुधार पर ध्यान देना चाहिए, ताकि यह सुनिश्चित किया जा सके कि विकास का लाभ समाज के सभी वर्गों तक पहुँचे।

उनका मानना था कि सरकार को भारत में समावेशी और सतत विकास हासिल करने के लिए ग्रामीण क्षेत्र के उत्थान की दिशा में काम करना चाहिए। ग्रामीण विकास के लिए उनका दृष्टिकोण आज भी प्रासंगिक है और उनके विचार भारत में ग्रामीण विकास को बढ़ावा देने के प्रयासों में नीति-निर्माताओं का मार्गदर्शन कर सकते हैं।

□

17

आध्यात्मिक और नैतिक मूल्य

"सभी पक्षी बारिश के दौरान आश्रय ढूँढ़ते हैं। लेकिन एक चील बादलों के ऊपर उड़कर बारिश से बचती है।"

डॉ. ए.पी.जे. अब्दुल कलाम महान् आध्यात्मिक और नैतिक मूल्यों वाले व्यक्ति थे। उनका मानना था कि आध्यात्मिक और नैतिक मूल्य राष्ट्रीय प्रगति में महत्त्वपूर्ण भूमिका निभाते हैं। उनके अनुसार, ये मूल्य एक मजबूत और समृद्ध राष्ट्र की नींव हैं। डॉ. कलाम का मानना था कि ये मूल्य समाज के सर्वांगीण विकास के लिए आवश्यक हैं और इन्हें लोगों, विशेषकर युवाओं के मन में बैठाना चाहिए।

डॉ. कलाम का मानना था कि व्यक्तिगत वृद्धि और विकास के लिए आध्यात्मिक मूल्य आवश्यक हैं। उनका मानना था कि ये मूल्य आंतरिक शक्ति प्रदान करते हैं और व्यक्तियों को अपने जीवन में बाधाओं को दूर करने में मदद करते हैं। उन्होंने आध्यात्मिक मूल्यों के विकास में ध्यान और चिंतन के महत्त्व पर जोर दिया। उनके अनुसार, ध्यान का अभ्यास व्यक्तियों को अपने भीतर से जुड़ने और अपनी वास्तविक क्षमता का पता लगाने में मदद करता है।

डॉ. कलाम ने समाज में भी नैतिक मूल्यों की आवश्यकता पर बल दिया। उनका मानना था कि नैतिक मूल्य एक सामंजस्यपूर्ण और न्यायपूर्ण समाज का आधार हैं। उनका मानना था कि समाज की प्रगति के लिए ईमानदारी, अखंडता और करुणा जैसे नैतिक मूल्य आवश्यक हैं। उनके अनुसार, नैतिक मूल्यों का अभ्यास व्यक्तियों को जिम्मेदार नागरिक बनने और समाज के विकास में योगदान करने में मदद करता है।

डॉ. कलाम ने राष्ट्रीय प्रगति में आध्यात्मिक और नैतिक मूल्यों की भूमिका को महत्त्वपूर्ण माना। उनका मानना था कि एक न्यायसंगत और समतामूलक समाज

बनाने के लिए ये मूल्य आवश्यक हैं। उनके अनुसार, आध्यात्मिक और नैतिक मूल्यों का अभ्यास एक मजबूत और दयालु राष्ट्र को विकास की ओर ले जाता है।

डॉ. कलाम युवाओं के बीच आध्यात्मिक और नैतिक मूल्यों को बढ़ावा देने के एक महान् समर्थक थे। उनका मानना था कि युवा राष्ट्र का भविष्य हैं और उन्हें आध्यात्मिक और नैतिक मूल्यों के साथ पोषित किया जाना चाहिए। उन्होंने युवा लोगों के मन में इन मूल्यों को स्थापित करने के लिए मूल्य आधारित शिक्षा की आवश्यकता पर बल दिया। उनके अनुसार, मूल्य आधारित शिक्षा जिम्मेदार नागरिक बनाने में मदद करती है, जो समाज के विकास के लिए प्रतिबद्ध है।

डॉ. कलाम का यह भी मानना था कि आध्यात्मिक और नैतिक मूल्यों को समाज के सभी स्तरों पर निर्णय लेने की प्रक्रिया में एकीकृत किया जाना चाहिए। उनका मानना था कि नेताओं को उचित और न्यायसंगत निर्णय लेने के लिए इन मूल्यों द्वारा निर्देशित होना चाहिए। उनके अनुसार, जो नेता आध्यात्मिक और नैतिक मूल्यों द्वारा निर्देशित होते हैं, वे निर्णय लेने की अधिक संभावना रखते हैं, जो पूरे समाज को लाभान्वित करते हैं।

डॉ. कलाम भी समाज में शांति और सद्भाव लाने के लिए आध्यात्मिकता की शक्ति में विश्वास करते थे। उनका मानना था कि आध्यात्मिकता मतभेदों को पाटने और विभिन्न धर्मों और संस्कृतियों के लोगों के बीच समझ को बढ़ावा देने में मदद कर सकती है। उन्होंने विभिन्न धर्मों के लोगों के बीच शांति और समझ को बढ़ावा देने के लिए अंतरधार्मिक संवाद की आवश्यकता पर बल दिया।

उनका मानना था कि इन मूल्यों के अभ्यास से एक न्यायपूर्ण और समतामूलक समाज का विकास होता है। उनके अनुसार, आध्यात्मिक और नैतिक मूल्यों का अभ्यास समाज में शांति और सद्भाव ला सकता है तथा विभिन्न धर्मों और संस्कृतियों के लोगों के बीच समझ को बढ़ावा दे सकता है।

भारत की विविधता का उत्सव

ए.पी.जे. अब्दुल कलाम विविधता की ताकत में दृढ़ विश्वास रखने वाले थे। एक नेता के रूप में वे अकसर भारत की समृद्ध सांस्कृतिक विरासत और विविध परंपराओं को मनाने के महत्त्व के बारे में बात करते थे। उनका मानना था कि भारत की विविधता इसकी सबसे बड़ी ताकत थी और इसका अधिक-से-अधिक राष्ट्रीय एकता और प्रगति हासिल करने के लिए लाभ उठाया जा सकता है।

भारत संस्कृतियों, धर्मों, भाषाओं और परंपराओं की एक विशाल शृंखला का घर है। हिमालय की बर्फ से ढकी चोटियों से लेकर गोवा के धूप से सराबोर समुद्र तटों तक, भारत के हर क्षेत्र का अपना अनूठा आकर्षण और चरित्र है। ए.पी.जे. अब्दुल कलाम ने भारत की समृद्ध सांस्कृतिक विविधता को संरक्षित करने और बढ़ावा देने के महत्त्व को पहचाना। उनका मानना था कि भारत की सांस्कृतिक विरासत सभी भारतीयों के लिए गर्व और प्रेरणा का स्रोत है और इसमें जीवन के विभिन्न क्षेत्रों के लोगों को एक साथ लाने की क्षमता है।

कलाम अकसर भावी पीढ़ियों के लिए भारत की सांस्कृतिक विरासत को संरक्षित करने की आवश्यकता के बारे में बात करते थे। उनका मानना था कि पारंपरिक कला, शिल्प, संगीत और नृत्य रूप भारत के समृद्ध इतिहास और विविधता के लिए एक अभिलेख थे। कलाम ने महसूस किया कि इन कला रूपों को संरक्षित और बढ़ावा देने से न केवल लाखों लोगों के लिए रोजगार के अवसर पैदा हो सकते हैं, बल्कि देश में सांस्कृतिक पर्यटन को बढ़ावा देने में भी मदद मिल सकती है।

कलाम का मानना था कि देश की वृद्धि और विकास में प्रत्येक भारतीय का अद्वितीय योगदान है। वे अकसर एक ऐसा वातावरण बनाने की आवश्यकता के बारे में बात करते थे, जहाँ हर भारतीय अपने धर्म, जाति या पंथ के बावजूद मूल्यवान और सम्मानित महसूस करता था। उन्होंने महसूस किया कि विविधता को बढ़ावा देने से एक अधिक समावेशी और सहिष्णु समाज के निर्माण में मदद मिल सकती है, जिससे अधिक सामाजिक सद्भाव और प्रगति हो सकती है।

भारत की विविधता का जश्न मनाने के लिए कलाम की दृष्टि केवल सांस्कृतिक परंपराओं तक ही सीमित नहीं थी। उन्होंने देश में भाषाओं की विविधता का जश्न मनाने के महत्त्व को भी पहचाना। भारत 19,500 से अधिक भाषाओं का घर है, कलाम ने महसूस किया कि इनमें से प्रत्येक भाषा का अपना अनूठा आकर्षण और महत्त्व है। उनका मानना था कि भाषायी विविधता को बढ़ावा देने से राष्ट्रीय एकता को प्रोत्साहित करने और देश की समृद्ध सांस्कृतिक विरासत को संरक्षित करने में मदद मिल सकती है।

कलाम अनेकता में एकता को बढ़ावा देने के प्रबल हिमायती थे। उनका मानना था कि प्रत्येक भारतीय को अपनी सामाजिक, आर्थिक या शैक्षिक पृष्ठभूमि की परवाह किए बिना गरिमा और सम्मान के साथ जीने का अधिकार है। वे अकसर एक ऐसे समाज के निर्माण की आवश्यकता के बारे में बात करते थे, जहाँ प्रत्येक व्यक्ति की समान अवसरों तक पहुँच हो और जहाँ जाति, धर्म या लिंग के आधार पर कोई भेदभाव न हो।

विविधता का उत्सव मनाने का कलाम का दृष्टिकोण केवल भारत तक ही सीमित नहीं था, बल्कि विश्व तक भी फैला हुआ था। उनका मानना था कि वैश्विक शांति और सद्भाव को बढ़ावा देने के लिए भारत की सांस्कृतिक विरासत का लाभ उठाया जा सकता है। उन्होंने अकसर विभिन्न संस्कृतियों और सभ्यताओं के बीच समझ और सहयोग के पुलों के निर्माण की आवश्यकता के बारे में बात की।

कलाम का मानना था कि भारत की विविधता इसकी सबसे बड़ी ताकत है, और इसका उपयोग अधिक राष्ट्रीय एकता और प्रगति को बढ़ावा देने के लिए किया जा सकता है। उन्होंने महसूस किया कि भारत की सांस्कृतिक विरासत सभी भारतीयों के लिए प्रेरणा और गौरव का स्रोत है तथा एक अधिक समावेशी और सहिष्णु समाज बनाने के लिए इसका लाभ उठाया जा सकता है। कलाम की विविधता का जश्न मनाने की दृष्टि केवल भारत तक ही सीमित नहीं थी, बल्कि दुनिया तक भी फैली हुई थी। उन्होंने महसूस किया कि सांस्कृतिक विविधता को बढ़ावा देने से विभिन्न संस्कृतियों और सभ्यताओं के बीच समझ और सहयोग के सेतु बनाने में मदद मिल सकती है।

कलाम का दृढ़ विश्वास था कि देश की विविधता ही इसकी ताकत है और प्रत्येक नागरिक में इसकी वृद्धि और विकास में योगदान देने की क्षमता है। उन्होंने भविष्य के भारत की कल्पना की जहाँ प्रत्येक नागरिक को शिक्षा, स्वास्थ्य देखभाल और समान अवसर प्राप्त हों। कलाम ने सतत विकास के महत्त्व और भविष्य की पीढ़ियों के लिए पर्यावरण की रक्षा करने की आवश्यकता को भी पहचाना।

अपने पूरे जीवन में कलाम ने युवाओं को सशक्त बनाने, शिक्षा को बढ़ावा देने तथा नवाचार और वैज्ञानिक अनुसंधान को बढ़ावा देने की दिशा में काम किया। उन्होंने अन्य देशों के साथ भारत के संबंधों को मजबूत करने में कूटनीति और प्रौद्योगिकी की भूमिका के महत्त्व को भी समझा। उनकी अध्यक्षता आम नागरिकों के साथ उनकी बातचीत से चिह्नित थी और उन्होंने उनकी चिंताओं और जरूरतों को दूर करने के लिए विशेष प्रयास किए।

कलाम की विरासत कड़ी मेहनत, दृढ़ संकल्प और ज्ञान की खोज की शक्ति की याद दिलाती है। उन्होंने साबित कर दिया कि एक व्यक्ति दुनिया में एक महत्त्वपूर्ण अंतर ला सकता है, अगर ऐसा करने का जुनून और समर्पण हो। उनके आदर्श और दूरदर्शिता जीवन के सभी क्षेत्रों के लोगों को अपने और अपने देश के बेहतर भविष्य के लिए प्रयास करने के लिए प्रेरित करती रहती है।

□

18

नेतृत्व और दृष्टिकोण

"सपना, सपना, सपना! सपने विचारों में बदल जाते हैं और विचार कारवाई में परिणत होते हैं।"

डॉ. ए.पी.जे. अब्दुल कलाम एक दूरदर्शी नेता थे, जिन्होंने भारत के राजनीतिक और सामाजिक परिदृश्य पर स्थायी प्रभाव छोड़ा। वे नेतृत्व और शासन के लिए एक अनूठा दृष्टिकोण लाए, जो लोगों को सशक्त बनाने, नवाचार को बढ़ावा देने और सामाजिक न्याय को बढ़ावा देने पर केंद्रित था।

कलाम की नेतृत्व शैली को निर्देशित करने वाले प्रमुख सिद्धांतों में से एक सहभागी शासन में उनका विश्वास था। उनका मानना था कि प्रत्येक नागरिक को निर्णय लेने की प्रक्रिया में भाग लेने का अधिकार है और उनकी आवाज को सुनने की जरूरत है। अपनी अध्यक्षता के दौरान उन्होंने कई पहलें शुरू कीं, जिनका उद्देश्य शासन में नागरिक भागीदारी को बढ़ाना था, जैसे कि 'पुरा' योजना।

शासन के प्रति कलाम का दृष्टिकोण भी उनकी वैज्ञानिक पृष्ठभूमि में निहित था। उनका मानना था कि नवाचार और प्रौद्योगिकी सामाजिक और आर्थिक प्रगति के प्रमुख चालक हैं। राष्ट्रपति के रूप में, उन्होंने देश के अंतरिक्ष और रक्षा कार्यक्रमों में गहरी रुचि ली तथा युवा वैज्ञानिकों और इंजीनियरों को इन क्षेत्रों में अनुसंधान और नवाचार करने के लिए प्रोत्साहित किया। इन क्षेत्रों में उनके नेतृत्व ने अंतरिक्ष प्रौद्योगिकी और रक्षा में भारत के एक वैश्विक खिलाड़ी के रूप में उभरने की नींव रखी।

कलाम की नेतृत्व शैली का एक अन्य महत्त्वपूर्ण पहलू सामाजिक न्याय के प्रति उनकी प्रतिबद्धता थी। उनका मानना था कि प्रत्येक नागरिक, उनकी सामाजिक या आर्थिक पृष्ठभूमि की परवाह किए बिना सफल होने के समान

अवसरों का हकदार है। उन्होंने महिला सशक्तीकरण का समर्थन किया और वंचित समुदायों के सामने आने वाली चुनौतियों का समाधान करने के लिए काम किया। उन्होंने समाज के गरीब और वंचित वर्गों को शिक्षा, स्वास्थ्य देखभाल और अन्य बुनियादी आवश्यकताओं तक पहुँच प्रदान करने के लिए कई कार्यक्रम और पहलें शुरू कीं।

कलाम की नेतृत्व शैली भी लोगों को प्रेरित और प्रोत्साहित करने की उनकी क्षमता की विशेषता थी। उनका एक करिश्माई व्यक्तित्व था, जो सभी उम्र और पृष्ठभूमि के लोगों से अपील करता था। वे उदाहरण द्वारा नेतृत्व करने में विश्वास करते थे, उन्होंने अपने और दूसरों के लिए उच्च मानक स्थापित किए। वे महान् सत्यनिष्ठा और ईमानदारी के व्यक्ति थे, उन्होंने अपने आसपास के लोगों में विश्वास और भरोसे को प्रेरित किया।

नेतृत्व और शासन के प्रति कलाम के दृष्टिकोण को आम नागरिक से जुड़ने की उनकी क्षमता से भी चिह्नित किया गया था। उन्होंने लोगों की जरूरतों के लिए सुलभ और उत्तरदायी होने के महत्त्व को पहचाना। अपनी अध्यक्षता के दौरान उन्होंने जीवन के सभी क्षेत्रों के लोगों के साथ बातचीत करने का निश्चय किया और उनकी चिंताओं और सुझावों को सुना। उनके दृष्टिकोण ने सरकार और लोगों के बीच की खाई को पाटने में मदद की तथा विश्वास और सद्भावना की भावना को बढ़ावा दिया।

कलाम की नेतृत्व शैली का एक अन्य उल्लेखनीय पहलू जवाबदेही और पारदर्शिता पर उनका ध्यान था। उनका मानना था कि सरकार की जिम्मेदारी है कि वह लोगों के प्रति जवाबदेह हो और यह सुनिश्चित करे कि उनके संसाधनों का उपयोग आम भलाई के लिए किया जाए। उन्होंने सरकारी कार्यों में पारदर्शिता को प्रोत्साहित किया और सार्वजनिक संस्थानों में अधिक जवाबदेही को बढ़ावा देने के लिए कदम उठाए।

डॉ. ए.पी.जे. अब्दुल कलाम का दृष्टिकोण सहभागी शासन, सामाजिक न्याय, नवाचार और पारदर्शिता के प्रति उनकी प्रतिबद्धता से चिह्नित था। वे एक दूरदर्शी नेता थे, जो लोगों को सशक्त बनाने तथा नवाचार और उत्कृष्टता की संस्कृति को बढ़ावा देने में विश्वास करते थे। उनकी विरासत जीवन के सभी क्षेत्रों के लोगों को अपने और अपने देश के बेहतर भविष्य के लिए काम करने के लिए प्रेरित करती है।

भारत के युवाओं को प्रेरणा देना

"सोच आपकी पूँजीगत संपत्ति बन जानी चाहिए, इससे कोई फर्क नहीं पड़ता कि आप अपने जीवन में कितने उतार-चढ़ाव का सामना करते हैं।"

ए.पी.जे. अब्दुल कलाम एक ऐसे नेता थे, जिन्हें भारत के युवाओं से बहुत प्यार था। उनका मानना था कि देश का भविष्य युवाओं के हाथों में है, इसलिए उन्होंने हमेशा उन्हें राष्ट्र के बेहतर और उज्ज्वल भविष्य के निर्माण की दिशा में काम करने के लिए प्रेरित और प्रोत्साहित करने की आवश्यकता पर बल दिया। अपने भाषणों, पुस्तकों और छात्रों के साथ बातचीत के माध्यम से कलाम भारत के युवाओं को प्रेरित करने और उन्हें सशक्त बनाने में सफल रहे।

भारत के युवाओं के लिए कलाम का विजन

कलाम का दृढ़ विश्वास था कि भारत के युवाओं में अपार क्षमता है और वे देश के विकास में महत्त्वपूर्ण भूमिका निभा सकते हैं। उन्होंने अकसर युवाओं को 'राष्ट्र का पावरहाउस' कहा और उनका मानना था कि उनमें देश में सकारात्मक बदलाव लाने की क्षमता है। उन्होंने एक ऐसे भविष्य की कल्पना की, जहाँ भारत के युवा एक विकसित और समृद्ध भारत के निर्माण में सक्रिय रूप से शामिल होंगे।

युवाओं को प्रेरित करने के लिए कलाम का दृष्टिकोण

कलाम के पास भारत के युवाओं को प्रेरित करने का एक अनूठा तरीका था। उनका शिक्षा की शक्ति में दृढ़ विश्वास था और उन्होंने छात्रों को अपनी रुचियों और सपनों को आगे बढ़ाने के लिए प्रोत्साहित किया। उन्होंने अकसर अपने लक्ष्यों को प्राप्त करने के लिए बाधाओं और चुनौतियों पर काबू पाने के अपने अनुभवों को साझा किया, जिसने कई युवाओं को खुद पर और अपनी क्षमताओं पर विश्वास करने के लिए प्रेरित किया।

कलाम की सबसे लोकप्रिय पहलों में से एक 'इग्नाइटेड माइंड्स' कार्यक्रम था, जिसका उद्‌देश्य युवाओं को विज्ञान और प्रौद्योगिकी में कॅरियर बनाने के लिए प्रेरित करना था। इस कार्यक्रम के माध्यम से कलाम ने देशभर के हजारों छात्रों के साथ बातचीत की और उन्हें रचनात्मक रूप से सोचने, सवाल पूछने और अपने सपनों को आगे बढ़ाने के लिए प्रोत्साहित किया।

कलाम युवाओं में मूल्यों और नैतिकता को स्थापित करने के महत्त्व में भी

विश्वास करते थे। वे अकसर युवाओं के ईमानदार, मेहनती और दयालु होने की आवश्यकता के बारे में बात करते थे। उनका मानना था कि एक मजबूत और समृद्ध राष्ट्र के निर्माण के लिए ये मूल्य आवश्यक हैं।

युवाओं के साथ कलाम की बातचीत हमेशा सकारात्मकता और आशावाद से भरी रही। वे अकसर युवाओं की क्षमता और समाज में सकारात्मक बदलाव लाने की उनकी क्षमता के बारे में बात करते थे। उनका मानना था कि भारत के युवाओं का एक अनूठा दृष्टिकोण है और वे अपने तरीके से राष्ट्र निर्माण में योगदान दे सकते हैं।

भारत के युवाओं पर कलाम का प्रभाव

भारत के युवाओं को प्रेरित और प्रोसाहित करने के लिए कलाम के दृष्टिकोण का महत्त्वपूर्ण प्रभाव पड़ा। छात्रों के साथ उनके भाषणों और बातचीत ने कई युवाओं को अपने सपनों को पूरा करने और बेहतर भारत के निर्माण की दिशा में काम करने के लिए प्रेरित किया। भारत के युवाओं की क्षमता में उनके विश्वास ने कई युवाओं में आत्मविश्वास जगाया, जो समाज में अपनी जगह पाने के लिए संघर्ष कर रहे थे।

कलाम ने अपनी पुस्तकों के माध्यम से युवाओं को अपने लक्ष्यों को प्राप्त करने के लिए आवश्यक उपकरण और संसाधन भी प्रदान किए। उनकी किताबें, जिनमें 'विंग्स ऑफ फायर' और 'इग्नाइटेड माइंड्स' शामिल हैं, आज भी युवाओं को प्रेरित करती हैं।

कलाम की विरासत उनकी मृत्यु के बाद भी जीवित है। उनके प्रेरक भाषण, उनकी किताबें और उनकी पहल भारत के युवाओं को प्रेरित और प्रोत्साहित करती रहती हैं। कई युवा अभी भी उन्हें एक आदर्श के रूप में देखते हैं तथा उनके सिद्धांतों और मूल्यों का पालन करना जारी रखते हैं।

ए.पी.जे. अब्दुल कलाम एक ऐसे नेता थे, जिन्हें भारत के युवाओं से बहुत प्यार था। उन्हें उनकी क्षमता और देश में सकारात्मक बदलाव लाने की उनकी क्षमता पर पूरा विश्वास था। अपने भाषणों, पुस्तकों और छात्रों के साथ बातचीत के माध्यम से कलाम भारत के युवाओं को प्रेरित और सशक्त बनाने में सक्षम थे। युवाओं को प्रेरित करने के उनके अनूठे दृष्टिकोण ने कई युवाओं पर स्थायी प्रभाव छोड़ा है, जो आज भी उनके सिद्धांतों और मूल्यों का पालन कर रहे हैं। अपने युवाओं द्वारा संचालित एक विकसित और समृद्ध भारत का कलाम का दृष्टिकोण देशभर के युवाओं को प्रेरित और प्रोत्साहित करना जारी रखे हुए है। □

19

अंतरिक्ष अनुसंधान में योगदान

"सफलता की कहानियाँ मत पढ़ो, आपको केवल एक संदेश मिलेगा। असफलता की कहानियाँ पढ़ो, आपको सफलता पाने के कुछ विचार मिलेंगे।"

ए. पी.जे. अब्दुल कलाम को अकसर भारतीय अंतरिक्ष कार्यक्रम का जनक कहा जाता है। वे भारत की अंतरिक्ष प्रौद्योगिकी के विकास में घनिष्ठ रूप से शामिल थे और इस क्षेत्र में उनके योगदान को आज भी महसूस किया जाता है। विज्ञान और प्रौद्योगिकी के लिए कलाम के जुनून ने, उनके दूरदर्शी नेतृत्व के साथ मिलकर, भारत के अंतरिक्ष कार्यक्रम के विकास में महत्त्वपूर्ण भूमिका निभाई।

अंतरिक्ष अनुसंधान में प्रारंभिक वर्ष

कलाम की अंतरिक्ष अनुसंधान में रुचि एक वैज्ञानिक के रूप में उनके शुरुआती वर्षों से है। 1969 में उन्हें भारत के पहले उपग्रह प्रक्षेपण यान कार्यक्रम के परियोजना निदेशक के रूप में नियुक्त किया गया था, जिसे 1975 में सफलतापूर्वक लॉन्च किया गया था। इस उपलब्धि ने भारत को वैश्विक अंतरिक्ष क्षेत्र में मानचित्र पर ला खड़ा किया।

कलाम ने भारत के अंतरिक्ष कार्यक्रम पर काम करना जारी रखा और 1983 में वे विक्रम साराभाई अंतरिक्ष केंद्र (वीएसएससी) के निदेशक बने। वीएसएससी में अपने समय के दौरान उन्होंने पोलर सैटेलाइट लॉन्च व्हीकल (पीएसएलवी) के विकास का नेतृत्व किया, जो दुनिया के सबसे विश्वसनीय लॉन्च वाहनों में से एक बन गया। पीएसएलवी ने भारत के अंतरिक्ष कार्यक्रम में एक महत्त्वपूर्ण भूमिका

निभाई और इसका उपयोग भारत के पहले चंद्र मिशन, चंद्रयान-1 सहित कई महत्त्वपूर्ण उपग्रहों को लॉन्च करने के लिए किया गया।

वीएसएससी में कलाम के नेतृत्व ने भारत को खुद को वैश्विक अंतरिक्ष दौड़ में एक प्रमुख खिलाड़ी के रूप में स्थापित करने में मदद की। उनके मार्गदर्शन में, भारत ने आईआरएस श्रृंखला सहित कई उपग्रहों का सफलतापूर्वक प्रक्षेपण किया, जिनका उपयोग रिमोट सेंसिंग और पृथ्वी अवलोकन के लिए किया गया था।

1992 में कलाम भारत सरकार के वैज्ञानिक सलाहकार बने और इस भूमिका में उन्होंने भारत के मिसाइल कार्यक्रम के विकास में महत्त्वपूर्ण भूमिका निभाई। वे अग्नि श्रृंखला की मिसाइलों के विकास के लिए जिम्मेदार थे, जिन्हें परमाणु हथियार ले जाने के लिए डिजाइन किया गया था। इन मिसाइलों के सफल विकास ने भारत को एक परमाणु शक्ति बना दिया और यह देश की रक्षा क्षमताओं के लिए एक महत्त्वपूर्ण उपलब्धि थी।

अंतरिक्ष अनुसंधान में दूरदर्शी नेतृत्व

अंतरिक्ष अनुसंधान के क्षेत्र में कलाम के नेतृत्व को प्रौद्योगिकी विकास के प्रति उनके दूरदर्शी दृष्टिकोण द्वारा चिह्नित किया गया था। उनका मानना था कि अंतरिक्ष प्रौद्योगिकी का उपयोग भारत के कुछ सबसे अधिक दबाव वाले सामाजिक और आर्थिक मुद्दों, जैसे कि खाद्य सुरक्षा, जल प्रबंधन और आपदा प्रबंधन के समाधान के लिए किया जा सकता है।

कलाम सामाजिक लाभ के लिए अंतरिक्ष प्रौद्योगिकी के उपयोग के प्रबल पक्षधर थे। उनका मानना था कि भारत में वैश्विक अंतरिक्ष बाजार में एक प्रमुख खिलाड़ी बनने की क्षमता है और उन्होंने दुनिया में भारत की अंतरिक्ष क्षमताओं को बढ़ावा देने के लिए अथक प्रयास किया।

भारत में अंतरिक्ष अनुसंधान के भविष्य के लिए कलाम का दृष्टिकोण स्वदेशी प्रौद्योगिकी विकास पर उनके जोर से चिह्नित था। उनका मानना था कि भारत को विदेशी तकनीक पर निर्भर रहने के बजाय अपनी खुद की अंतरिक्ष प्रौद्योगिकियों को विकसित करने का प्रयास करना चाहिए। इस दृष्टिकोण ने भूतुल्यकाली उपग्रह प्रक्षेपण यान (जीएसएलवी) के लिए क्रायोजेनिक इंजन सहित कई स्वदेशी प्रौद्योगिकियों के विकास का नेतृत्व किया।

अंतरिक्ष अनुसंधान में विरासत

अंतरिक्ष अनुसंधान के क्षेत्र में कलाम की विरासत आज भी महसूस की जाती है। भारत के अंतरिक्ष कार्यक्रम के विकास में उनके योगदान ने भारत को वैश्विक अंतरिक्ष क्षेत्र में एक प्रमुख खिलाड़ी के रूप में स्थापित करने में महत्त्वपूर्ण भूमिका निभाई है। भारत का अंतरिक्ष कार्यक्रम विकसित और फलता-फूलता रहा है और यह देश के तकनीकी विकास का एक महत्त्वपूर्ण हिस्सा बन गया है।

सामाजिक लाभ के लिए अंतरिक्ष प्रौद्योगिकी के उपयोग के कलाम के दृष्टिकोण को भारत में अंतरिक्ष वैज्ञानिकों की वर्तमान पीढ़ी ने भी अपनाया है। भारतीय अंतरिक्ष अनुसंधान संगठन (इसरो) ने पृथ्वी अवलोकन, आपदा प्रबंधन और अन्य सामाजिक अनुप्रयोगों के लिए प्रौद्योगिकियों का विकास जारी रखा है। इसरो का मार्स ऑर्बिटर मिशन, जिसे 2013 में लॉन्च किया गया था, भारत के अंतरिक्ष कार्यक्रम के लिए एक ऐतिहासिक उपलब्धि थी और इसने जटिल अंतरिक्ष मिशन करने की देश की क्षमता का प्रदर्शन किया।

कलाम महान् ज्ञान और करुणा के व्यक्ति थे, जिन्होंने अपना जीवन अपने देश की सेवा करने और इसके नागरिकों के जीवन को बेहतर बनाने के लिए समर्पित कर दिया। अपने नवीन विचारों और दृढ़ समर्पण के माध्यम से उन्होंने शिक्षा, युवा सशक्तीकरण और सतत विकास के महत्त्व का समर्थन करते हुए भारत के तकनीकी और आर्थिक विकास की नींव रखने में मदद की। उनकी विरासत दुनिया भर में अनगिनत व्यक्तियों के लिए एक प्रेरणा के रूप में जीवित है तथा विज्ञान और शासन में उनके योगदान को आज भी प्रशंसित और सम्मानित किया जाता है।

□

20

धर्म, विज्ञान और अध्यात्म

"सोच आपकी पूंजीगत संपत्ति होनी चाहिए, इससे कोई फर्क नहीं पड़ता कि आप अपने जीवन में कितने उतार-चढ़ाव का सामना करते हैं।"

ए. पी.जे. अब्दुल कलाम विज्ञान और प्रौद्योगिकी के व्यक्ति थे, लेकिन वे एक गहरे आध्यात्मिक व्यक्ति भी थे, जो मानते थे कि विज्ञान और धर्म विरोधाभासी होने के बजाय पूरक थे। अपने पूरे जीवन में कलाम ने समाज में प्रगति और सद्भाव प्राप्त करने के लिए विज्ञान और आध्यात्मिकता के मिश्रण की आवश्यकता पर बल दिया।

कलाम की आध्यात्मिक यात्रा

कलाम की आध्यात्मिक यात्रा बचपन में ही शुरू हो गई थी, जब वे अपने माता-पिता के धार्मिक विश्वासों से प्रभावित हुए थे। एक निष्ठ मुसलमान के रूप में कलाम ने दिन में पाँच बार प्रार्थना की और कुरान को नियमित रूप से पढ़ा। हालाँकि विज्ञान में उनकी रुचि ने उन्हें धार्मिक विश्वासों पर सवाल उठाने और विज्ञान से जवाब तलाशने के लिए प्रेरित किया। ज्ञान के लिए कलाम की खोज ने अंततः उन्हें विज्ञान और अध्यात्म के बीच संबंधों का पता लगाने के लिए प्रेरित किया।

धर्म पर कलाम के विचार

कलाम का मानना था कि समाज में धर्म की महत्त्वपूर्ण भूमिका है। उन्होंने धर्म को नैतिक और आध्यात्मिक मार्गदर्शन के स्रोत के रूप में देखा, जो लोगों को पूर्ण जीवन जीने में मदद कर सकता है। कलाम का मानना था कि धर्म लोगों को एक

उच्च उद्देश्य की दिशा में काम करने के लिए प्रोत्साहति कर सकता है और उन्हें दूसरों की सेवा करने के लिए प्रेरित कर सकता है।

हालाँकि कलाम ने यह भी माना कि धर्म एक विभाजनकारी शक्ति हो सकती है, जो संघर्ष का कारण बन सकती है और प्रगति में बाधा बन सकती है। उनका मानना था कि धार्मिक शिक्षाओं की व्याख्या इस तरह से की जानी चाहिए, जिससे विभिन्न समुदायों के बीच शांति और सद्भाव को बढ़ावा मिले। कलाम ने धर्म को लोगों को बाँटने के बजाय एक साथ लाने के साधन के रूप में देखा।

विज्ञान पर कलाम के विचार

कलाम समाज को बदलने के लिए विज्ञान और प्रौद्योगिकी की शक्ति में दृढ़ विश्वास रखते थे। उन्होंने विज्ञान को ब्रह्मांड के रहस्यों को खोलने और दुनिया भर के लोगों के लिए जीवन की गुणवत्ता में सुधार के साधन के रूप में देखा। कलाम वैज्ञानिक शिक्षा और अनुसंधान को बढ़ावा देने के लिए जुनूनी थे, उन्होंने युवाओं को विज्ञान और प्रौद्योगिकी के क्षेत्र में कॅरियर बनाने के लिए प्रोत्साहित करने का अथक प्रयास किया।

कलाम का मानना था कि विज्ञान और अध्यात्म परस्पर अनन्य नहीं हैं, बल्कि पूरक हैं। उन्होंने विज्ञान को प्रकृति के नियमों की खोज और भौतिक दुनिया को समझने के साधन के रूप में देखा, जबकि आध्यात्मिकता ने मानव मन और आत्मा की खोज के साधन की पेशकश की। कलाम का मानना था कि दोनों को मिलाकर एक ऐसे समाज का निर्माण संभव है, जो तकनीकी रूप से उन्नत और आध्यात्मिक रूप से प्रबुद्ध दोनों हो।

विज्ञान और धर्म का एकीकरण

कलाम ने विज्ञान और धर्म के एकीकरण को एक सामंजस्यपूर्ण समाज बनाने की कुंजी के रूप में देखा, जो दुनिया के सामने आने वाली जटिल चुनौतियों का समाधान कर सके। उनका मानना था कि विज्ञान और धर्म के सर्वोत्तम पहलुओं को एक साथ लाकर मानव प्रगति और विकास का एक नया प्रतिमान बनाना संभव है।

कलाम ने विज्ञान और धर्म को ज्ञान की पूरक प्रणाली के रूप में देखा, जिसका उपयोग एक बेहतर दुनिया बनाने के लिए किया जा सकता है। उनका मानना था कि विज्ञान व्यावहारिक समस्याओं को हल करने के साधन प्रदान कर सकता है, जबकि धर्म मानव व्यवहार के लिए नैतिक ढाँचा प्रदान कर सकता है।

कलाम ने वैश्विक शांति और सद्भाव को बढ़ावा देने के साधन के रूप में विज्ञान और आध्यात्मिकता के एकीकरण को भी देखा। उनका मानना था कि दुनिया के सामने गरीबी, भुखमरी और बीमारी जैसी समस्याओं को हल करने के लिए वैज्ञानिक पद्धति का इस्तेमाल किया जा सकता है। साथ ही, आध्यात्मिकता एक न्यायसंगत तथा समतामूलक समाज के लिए नैतिक आधार प्रदान कर सकती है।

विज्ञान और आध्यात्मिकता के एकीकरण को बढ़ावा देने वाले नेता के रूप में कलाम की विरासत दुनिया भर के लोगों को प्रेरित करती है। उनका यह विश्वास कि विज्ञान और धर्म एक बेहतर दुनिया बनाने के लिए मिलकर काम कर सकते हैं, एक संदेश है, जो सभी उम्र और पृष्ठभूमि के लोगों के साथ प्रतिध्वनित होता है। कलाम का जीवन और कार्य प्रदर्शित करता है कि वैज्ञानिक रूप से उत्सुक और आध्यात्मिक रूप से प्रबुद्ध दोनों होना संभव है।

धर्म, आध्यात्मिकता और नैतिकता पर उनके विचार उनके व्यक्तिगत अनुभवों और परवरिश से गहराई तक प्रभावित थे, वे विभिन्न धर्मों के लोगों के बीच सद्भाव और समझ को बढ़ावा देने में विश्वास करते थे। कलाम युवा सशक्तीकरण के कट्टर हिमायती थे और एक बेहतर भारत के निर्माण के लिए युवा पीढ़ी की प्रतिभाओं को निखारने में विश्वास रखते थे।

अपने पूरे जीवन में कलाम अपने आदर्शों के प्रति प्रतिबद्ध रहे और राष्ट्रीय विकास और प्रगति को बढ़ावा देने के लिए अथक रूप से काम किया। नेतृत्व और शासन के प्रति उनका दृष्टिकोण ईमानदारी और जवाबदेही की गहरी भावना में निहित था। वे उदाहरण के द्वारा नेतृत्व करने और दूसरों में इन मूल्यों को विकसित करने में विश्वास करते थे।

विज्ञान, प्रौद्योगिकी और राष्ट्रीय विकास में कलाम का योगदान आने वाली पीढ़ियों को प्रेरित करता रहेगा। 'जनता के राष्ट्रपति' और जनता के सच्चे नेता के रूप में उनकी विरासत भारत के इतिहास में अंकित रहेगी।

अध्यात्म का विज्ञान

ए.पी.जे. अब्दुल कलाम न केवल एक वैज्ञानिक थे, बल्कि एक गहरे आध्यात्मिक व्यक्ति भी थे। उनका मानना था कि विज्ञान और अध्यात्म परस्पर अनन्य नहीं हैं, बल्कि एक ही सिक्के के दो पहलू हैं। इस अध्याय में, हम

आध्यात्मिकता के विज्ञान पर कलाम के विचारों का पता लगाएँगे और कैसे उनका मानना था कि आध्यात्मिकता की खोज हमें मनुष्य के रूप में अपनी पूरी क्षमता हासिल करने में मदद कर सकती है।

आध्यात्मिकता पर कलाम के विचार

कलाम का मानना था कि आध्यात्मिकता मानव जीवन का एक अनिवार्य पहलू है और यह कि हमारे जीवन में संतुलन और सामंजस्य की भावना प्राप्त करना आवश्यक है। उन्होंने आध्यात्मिकता को एक धर्म के रूप में नहीं, बल्कि जीवन के एक तरीके के रूप में देखा, जो हमारे भीतर और हमारे आसपास की दुनिया से जुड़ने का एक तरीका है।

कलाम के लिए आध्यात्मिकता का अर्थ था, अपने बारे में और दुनिया में अपने स्थान के बारे में गहरी समझ विकसित करना। उनका मानना था कि यह समझ ध्यान, आत्म-निरीक्षण और आत्म-प्रतिबिंब जैसे अभ्यासों के माध्यम से प्राप्त की जा सकती है। कलाम अकसर ध्यान के महत्त्व के बारे में बात करते थे, और यह कैसे हमें अपने दिमाग पर ध्यान केंद्रित करने, तनाव कम करने और हमारे समग्र कल्याण में सुधार करने में मदद कर सकता है।

कलाम का यह भी मानना था कि आध्यात्मिकता व्यक्तिगत वृद्धि और विकास के लिए एक शक्तिशाली उपकरण है। उनका मानना था कि आंतरिक शांति और सद्भाव की भावना पैदा करके हम अपनी पूरी क्षमता को अनलॉक कर सकते हैं और जीवन में अपने लक्ष्यों को प्राप्त कर सकते हैं। उनका मानना था कि आध्यात्मिक अभ्यास हमें करुणा, सहानुभूति और विनम्रता जैसे गुणों को विकसित करने में मदद कर सकते हैं, जो एक पूर्ण जीवन जीने के लिए आवश्यक हैं।

विज्ञान और अध्यात्म का चौराहा

कलाम अपनी वैज्ञानिक उपलब्धियों के लिए जाने जाते थे, लेकिन उनका यह भी मानना था कि विज्ञान और अध्यात्म आपस में जुड़े हुए हैं। उन्होंने आध्यात्मिकता को ब्रह्मांड के गहरे रहस्यों की खोज के एक तरीके के रूप में देखा, उनका मानना था कि वैज्ञानिक जाँच और आध्यात्मिक अन्वेषण एक साथ काम कर सकते हैं, ताकि हम खुद को और अपने आसपास की दुनिया को समझ सकें।

कलाम का मानना था कि विज्ञान और अध्यात्म एक-दूसरे के विरोधी नहीं

हैं, बल्कि दुनिया को समझने के दो पूरक तरीके हैं। उनका मानना था कि विज्ञान हमें बाहरी दुनिया को समझने में मदद कर सकता है, जबकि आध्यात्मिकता हमें आंतरिक दुनिया का पता लगाने में मदद कर सकती है। उन्होंने विज्ञान और अध्यात्म को दो ऐसे रास्तों के रूप में देखा, जो एक हो सकते थे, जिससे ब्रह्मांड और उसमें हमारे स्थान की गहरी समझ पैदा हो सकती थी।

कलाम की विरासत

एक वैज्ञानिक और एक आध्यात्मिक नेता के रूप में ए.पी.जे. अब्दुल कलाम की विरासत बहुत गहरी है। उनका मानना था कि विज्ञान और अध्यात्म एक ही सिक्के के दो पहलू हैं और दोनों की खोज मानव विकास के लिए आवश्यक है। आध्यात्मिकता पर उनके विचार उनके अपने व्यक्तिगत अनुभवों में निहित थे और ध्यान और आत्म-प्रतिबिंब की शक्ति में उनका विश्वास उनके पूरे जीवन में एक मार्गदर्शक शक्ति था।

कलाम की विरासत में भारत में शिक्षा और प्रौद्योगिकी को बढ़ावा देने के उनके प्रयास भी शामिल हैं। उनका मानना था कि शिक्षा मानव क्षमता को अनलॉक करने की कुंजी है और उस तकनीक का उपयोग दुनिया की कुछ सबसे अधिक दबाव वाली समस्याओं को हल करने के लिए किया जा सकता है। वे सतत विकास के हिमायती थे और उनका मानना था कि विज्ञान और प्रौद्योगिकी का उपयोग सभी के लिए एक बेहतर दुनिया बनाने के लिए किया जा सकता है।

अध्यात्म और विज्ञान पर ए.पी.जे. अब्दुल कलाम के विचार उनकी विरासत का एक अनिवार्य हिस्सा हैं। उनका मानना था कि आध्यात्मिकता केवल एक धार्मिक अभ्यास नहीं है, बल्कि जीवन का एक तरीका है, जो हमें अपने जीवन में संतुलन और सद्भाव प्राप्त करने में मदद कर सकता है। उन्होंने विज्ञान और अध्यात्म को दो पूरक मार्गों के रूप में देखा, जो स्वयं और ब्रह्मांड की गहरी समझ की ओर ले जा सकते थे। एक वैज्ञानिक और एक आध्यात्मिक नेता के रूप में उनकी विरासत दुनिया भर के लोगों को अपने जुनून को आगे बढ़ाने और बेहतर दुनिया के लिए प्रयास करने के लिए प्रेरित करती है।

भारत के लिए कलाम के विजन की प्रासंगिकता

भारत के लिए ए.पी.जे. अब्दुल कलाम की दृष्टि महान् चीजों को प्राप्त करने

के लिए भारतीय लोगों, विशेष रूप से युवाओं की क्षमता में उनके दृढ़ विश्वास की विशेषता थी। उन्होंने शिक्षा, नवाचार और सामाजिक जिम्मेदारी के महत्त्व पर जोर दिया तथा अपनी अध्यक्षता के दौरान इन मूल्यों को बढ़ावा देने के लिए अथक प्रयास किया। आज, जब भारत नई चुनौतियों और अवसरों का सामना कर रहा है, वर्तमान संदर्भ में भारत के लिए कलाम के दृष्टिकोण की प्रासंगिकता की जाँच करना आवश्यक है।

कलाम की दृष्टि जिन प्रमुख क्षेत्रों में प्रासंगिक बनी हुई है, उनमें से एक शिक्षा है। हाल के वर्षों में हुई प्रगति के बावजूद, भारत में शिक्षा की गुणवत्ता में सुधार की अभी भी महत्त्वपूर्ण आवश्यकता है। शिक्षा के महत्त्व पर कलाम का जोर, विशेष रूप से विज्ञान और प्रौद्योगिकी के क्षेत्र में, भारत के आर्थिक विकास और वैश्विक प्रतिस्पर्धात्मकता के लिए महत्त्वपूर्ण बना हुआ है। शिक्षा क्षेत्र में नवाचार और उद्यमिता के लिए उनका आह्वान आज भी विशेष रूप से प्रासंगिक है, क्योंकि भारत एक ज्ञान आधारित अर्थव्यवस्था विकसित करना चाहता है और अपनी युवा आबादी की क्षमता का दोहन करना चाहता है।

ग्रामीण विकास पर कलाम का ध्यान वर्तमान संदर्भ में भी अत्यधिक प्रासंगिक है। भारत के तेजी से शहरीकरण के बावजूद, जनसंख्या का एक महत्त्वपूर्ण हिस्सा अभी भी ग्रामीण क्षेत्रों में रहता है और इन क्षेत्रों का विकास एक महत्त्वपूर्ण चुनौती बना हुआ है। स्थानीय समुदायों को सशक्त बनाने और सतत विकास को बढ़ावा देने के महत्त्व पर कलाम का जोर इन चुनौतियों का समाधान करने में मदद कर सकता है तथा यह सुनिश्चित कर सकता है कि आर्थिक विकास के लाभ अधिक व्यापक रूप से वितरित हों।

एक अन्य प्रमुख क्षेत्र, जिसमें कलाम की दृष्टि प्रासंगिक बनी हुई है, वह सामाजिक उत्तरदायित्व है। सामाजिक परिवर्तन को बढ़ावा देने में व्यक्तियों और समुदायों की भूमिका पर उनका जोर भारत जैसे विविध और जटिल देश में विशेष रूप से महत्त्वपूर्ण है। कलाम का मानना था कि प्रत्येक नागरिक की देश के विकास में योगदान करने की जिम्मेदारी है और सामाजिक जिम्मेदारी का उनका संदेश आज भी प्रासंगिक है, क्योंकि भारत गरीबी और असमानता से लेकर सांप्रदायिक तनाव और पर्यावरणीय गिरावट तक कई सामाजिक चुनौतियों का सामना करता है।

भारत के लिए कलाम की दृष्टि में विज्ञान और प्रौद्योगिकी पर जोर देने तथा राष्ट्रीय विकास में उनकी भूमिका की भी विशेषता थी। आज, जैसा कि भारत एक

अधिक परिष्कृत और प्रतिस्पर्धी अर्थव्यवस्था विकसित करना चाहता है, नवाचार और विकास को चलाने के लिए कलाम का विज्ञान और प्रौद्योगिकी का लाभ उठाने का दृष्टिकोण पहले से कहीं अधिक महत्त्वपूर्ण है। अनुसंधान और विकास तथा मानव पूँजी में निवेश पर उनका जोर भारत की दीर्घकालिक सफलता के लिए महत्त्वपूर्ण बना हुआ है।

कहा जा सकता है कि कलाम का राष्ट्रीय एकता का संदेश और विविधता का उत्सव आज भी भारत में अत्यधिक प्रासंगिक है। जैसा कि भारत सांप्रदायिक तनाव और संप्रदायवाद के मुद्दों से जूझ रहा है, कलाम की एक अखंड भारत की दृष्टि, जहाँ सभी नागरिकों को महत्त्व दिया जाता है और उनका सम्मान किया जाता है, एक शक्तिशाली संदेश बना हुआ है। संवाद और जुड़ाव के महत्त्व पर उनका जोर और सीमाओं के पार लोगों को जोड़ने के लिए प्रौद्योगिकी के उपयोग की उनकी वकालत, समुदायों के बीच पुल बनाने तथा अधिक समझ और सहानुभूति को बढ़ावा देने में मदद कर सकती है।

भारत के लिए ए.पी.जे. अब्दुल कलाम का दृष्टिकोण वर्तमान संदर्भ में अत्यधिक प्रासंगिक बना हुआ है। शिक्षा, ग्रामीण विकास, सामाजिक जिम्मेदारी, विज्ञान, प्रौद्योगिकी और राष्ट्रीय एकता पर उनका जोर भारत की दीर्घकालिक सफलता के लिए महत्त्वपूर्ण है। कलाम की विरासत युवाओं की एक नई पीढ़ी को प्रेरित करती है तथा उनकी आशा और आशावाद का संदेश भारत के भविष्य के लिए एक मार्गदर्शक प्रकाश बना हुआ है।

□

21
पीढ़ियों के लिए प्रेरणा

"सफलता उतनी आसान नहीं है, जितनी दिखती है। इसके लिए कड़ी मेहनत, दृढ़ता, सीखने, अध्ययन, त्याग और सबसे बढ़कर, आप जो कर रहे हैं, उससे प्यार की आवश्यकता होती है।"

अबुल पकिर जैनुलाब्दीन अब्दुल कलाम, जिन्हें ए.पी.जे. अब्दुल कलाम के नाम से जाना जाता है, एक प्रसिद्ध वैज्ञानिक, शिक्षाविद् और भारत के 11वें राष्ट्रपति थे। उनका जन्म 15 अक्तूबर, 1931 को रामेश्वरम, तमिलनाडु, भारत में हुआ था। एक छोटे से कस्बे से भारत के राष्ट्रपति के आधिकारिक आवास राष्ट्रपति भवन तक की उनकी यात्रा पीढ़ियों के लिए प्रेरणा है।

कलाम के पिता, जैनुलाब्दीन, एक नाव के मालिक थे और उनकी माँ, आशियम्मा, एक गृहिणी थीं। वे पाँच भाई-बहनों में सबसे छोटे थे और उनका परिवार आर्थिक रूप से काफी कमजोर था। आर्थिक तंगी के बावजूद उनके माता-पिता ने यह सुनिश्चित किया कि उनके सभी बच्चों को गुणवत्तापूर्ण शिक्षा मिले।

कलाम छोटी उम्र से ही मेधावी छात्र थे तथा गणित और विज्ञान में उत्कृष्ट प्रदर्शन करते थे। उन्होंने सेंट जोसेफ कॉलेज, तिरुचिरापल्ली से भौतिकी में स्नातक किया और मद्रास इंस्टीट्यूट ऑफ टेक्नोलॉजी में एयरोस्पेस इंजीनियरिंग का अध्ययन किया। बाद में उन्होंने मद्रास विश्वविद्यालय से एयरोस्पेस इंजीनियरिंग में डॉक्टरेट की उपाधि प्राप्त की।

एक वैज्ञानिक के रूप में कॅरियर

कलाम ने 1958 में रक्षा अनुसंधान और विकास संगठन (डीआरडीओ) में एक

वैज्ञानिक के रूप में अपना कॅरियर शुरू किया। उन्होंने 'रोहिणी' और 'मेनका' उपग्रहों के डिजाइन और विकास सहित कई प्रमुख परियोजनाओं पर काम किया। उन्होंने भारत के पहले सैटेलाइट लॉन्च व्हीकल (एसएलवी-3) और इंटीग्रेटेड गाइडेड मिसाइल डेवलपमेंट प्रोग्राम (आईजीएमडीपी) के विकास में महत्त्वपूर्ण भूमिका निभाई।

भारत के मिसाइल कार्यक्रम में कलाम का योगदान असाधारण था। बैलिस्टिक मिसाइल प्रौद्योगिकी के विकास पर उनके काम के लिए उन्हें लोकप्रिय रूप से "भारत के मिसाइल मैन" के रूप में जाना जाता था। उनके नेतृत्व में भारत ने 1988 में पृथ्वी मिसाइल और 1998 में अग्नि मिसाइल का सफल परीक्षण किया।

पुरस्कार और सम्मान

विज्ञान और प्रौद्योगिकी में कलाम के योगदान को कई पुरस्कारों और सम्मानों से नवाजा गया। उन्हें 1981 में पद्म भूषण, 1990 में पद्म विभूषण और 1997 में भारत के सर्वोच्च नागरिक पुरस्कार 'भारत रत्न' से सम्मानित किया गया। उन्हें दुनिया भर के 40 से अधिक विश्वविद्यालयों द्वारा डॉक्टरेट की मानद उपाधि से भी सम्मानित किया गया था।

कलाम को 2002 में भारत के 11वें राष्ट्रपति के रूप में चुना गया था। वे पहले वैज्ञानिक और कार्यालय सँभालने वाले पहले अविवाहित थे। राष्ट्रपति के रूप में, कलाम ने शिक्षा को बढ़ावा देने तथा युवाओं को विज्ञान और प्रौद्योगिकी को आगे बढ़ाने के लिए प्रेरित करने पर ध्यान केंद्रित किया। उन्होंने पूरे भारत में बड़े पैमाने पर यात्रा की, छात्रों से मुलाकात की और उन्हें अपने सपनों को आगे बढ़ाने के लिए प्रोत्साहित किया।

राष्ट्रपति के रूप में कलाम की नेतृत्व शैली अद्वितीय थी। वे अपनी सादगी, विनम्रता और पहुँच के लिए जाने जाते थे। उन्होंने राष्ट्रपति के रूप में भी एक साधारण जीवन जीना जारी रखा तथा अकसर अपने अनुभवों को साझा करने और उन्हें प्रेरित करने के लिए जीवन के सभी क्षेत्रों के युवाओं से मिलते थे।

परंपरा

एक वैज्ञानिक, शिक्षाविद् और भारत के राष्ट्रपति के रूप में कलाम की विरासत अपार है। उन्होंने युवाओं की एक पीढ़ी को विज्ञान और प्रौद्योगिकी को आगे बढ़ाने और बड़े सपने देखने के लिए प्रेरित किया। उनका मानना था कि भारत

का भविष्य इसके युवाओं के हाथों में है और उन्होंने शिक्षा और अनुसंधान को बढ़ावा देने के लिए अथक प्रयास किया।

कलाम की किताबें, जिनमें 'विंग्स ऑफ फायर' और 'इग्नाइटेड माइंड्स' शामिल हैं, बेस्टसेलर बन गई हैं और भारत में युवाओं द्वारा व्यापक रूप से पढ़ी जाती हैं। उनके उद्धरण और भाषण दुनिया भर के लोगों को प्रेरित करते रहते हैं।

वस्तुतः, ए.पी.जे. अब्दुल कलाम का जीवन दृढ़ संकल्प, कड़ी मेहनत और दृढ़ता की एक उल्लेखनीय कहानी है। वह साधारण शुरुआत से भारत के सबसे सम्मानित वैज्ञानिक और नेताओं में से एक बने। भारत के मिसाइल कार्यक्रम में कलाम का योगदान और शिक्षा को बढ़ावा तथा और युवाओं को विज्ञान और प्रौद्योगिकी को आगे बढ़ाने के लिए प्रेरित करने पर उनका ध्यान भारतीय समाज पर एक अमिट छाप छोड़ गया है। एक वैज्ञानिक, शिक्षाविद् और भारत के राष्ट्रपति के रूप में उनकी विरासत दुनिया भर के युवाओं को प्रेरित करती रही है। ए.पी.जे. अब्दुल कलाम का जीवन सपनों की शक्ति और प्रत्येक व्यक्ति की महानता हासिल करने की क्षमता का सच्चा प्रमाण है।

अनेक प्रतिभाओं के धनी

ए.पी.जे. अब्दुल कलाम कई प्रतिभाओं के धनी व्यक्ति थे। वे एक प्रसिद्ध वैज्ञानिक, शिक्षाविद् और भारत के 11वें राष्ट्रपति थे। वे एक विपुल लेखक, कवि और संगीतकार भी थे। कलाम का बहुमुखी व्यक्तित्व और उनकी विविध रुचियाँ उन्हें अध्ययन करने और सीखने के लिए एक आकर्षक व्यक्ति बनाती हैं।

विज्ञान और प्रौद्योगिकी

कलाम का विज्ञान और प्रौद्योगिकी में योगदान जगजाहिर है। वे भारत के मिसाइल कार्यक्रम में अग्रणी वैज्ञानिक थे और उन्होंने बैलिस्टिक मिसाइल प्रौद्योगिकी के विकास में महत्त्वपूर्ण भूमिका निभाई थी। उन्होंने भारत के पहले सैटेलाइट लॉन्च व्हीकल (एसएलवी-3) और इंटीग्रेटेड गाइडेड मिसाइल डेवलपमेंट प्रोग्राम (आईजीएमडीपी) के विकास में महत्त्वपूर्ण भूमिका निभाई थी। कलाम भारत के पहले स्वदेशी होवरक्राफ्ट के विकास में भी शामिल थे।

विज्ञान और प्रौद्योगिकी में कलाम के काम के कारण उन्होंने 'भारत रत्न', भारत के सर्वोच्च नागरिक पुरस्कार सहित कई पुरस्कार और सम्मान अर्जित किए।

उन्हें दुनिया भर के 40 से अधिक विश्वविद्यालयों द्वारा डॉक्टरेट की मानद उपाधि से भी सम्मानित किया गया था।

लेखन

कलाम एक विपुल लेखक थे और उन्होंने कई पुस्तकें लिखीं। उनकी आत्मकथा, 'विंग्स ऑफ फायर' एक बेस्टसेलर है और इसका कई भाषाओं में अनुवाद किया गया है। यह पुस्तक कलाम के जीवन, रामेश्वरम में उनके बचपन से लेकर एक वैज्ञानिक के रूप में उनके काम और भारत के राष्ट्रपति के रूप में उनके कार्यकाल तक का इतिहास है।

कलाम की अन्य पुस्तकें, जिनमें 'इग्नाइटेड माइंड्स', 'माई जर्नी : ट्रांसफॉर्मिंग ड्रीम्स इनटू एक्शन' और 'इंडिया 2020 : ए विजन फॉर द न्यू मिलेनियम' शामिल हैं, व्यापक रूप से पढ़ी जाती हैं और युवाओं की पीढ़ियों को अपने सपनों को आगे बढ़ाने के लिए प्रेरित करती हैं।

काव्य

कलाम एक कवि भी थे और उन्होंने जीवन भर कई कविताएँ लिखीं। उनकी कविताएँ प्रकृति के प्रति उनके प्रेम, उनके आध्यात्मिक विश्वासों और एक बेहतर दुनिया के लिए उनके दृष्टिकोण को दरशाती हैं। कलाम की कविता 'माई मदर', उनकी माँ और उनके बच्चों के लिए उनके प्यार और बलिदान को श्रद्धांजलि है। उनकी अन्य कविताएँ, जिनमें 'माई विजन ऑफ इंडिया', 'द लेमेंट ऑफ द कैज्ड बर्ड', और 'माय नेशन' भी व्यापक रूप से पढ़ी और सराही जाती हैं।

संगीत

कलाम एक संगीतकार भी थे और पारंपरिक भारतीय वाद्य यंत्र वीणा बजाते थे। वे अकसर काम पर लंबे दिन के बाद आराम करने के लिए वीणा बजाते थे। कलाम का मानना था कि संगीत का मन पर सुखदायक प्रभाव पड़ता है और यह लोगों को अपने भीतर से जुड़ने में मदद कर सकता है।

दर्शन

कलाम की विविध रुचियाँ और प्रतिभाएँ उनके गहरे दार्शनिक विश्वासों में

निहित थीं। उनका मानना था कि सामाजिक और आर्थिक विकास लाने के लिए विज्ञान और प्रौद्योगिकी का उपयोग किया जा सकता है। वे शिक्षा के प्रबल पक्षधर थे और उनका मानना था कि प्रत्येक युवा व्यक्ति में महान् चीजें हासिल करने की क्षमता है। कलाम एक आध्यात्मिक व्यक्ति भी थे, वे प्रार्थना और ध्यान की शक्ति में विश्वास करते थे।

निष्कर्षतः ए.पी.जे. अब्दुल कलाम का बहुमुखी व्यक्तित्व और उनकी विविध रुचियाँ उन्हें अध्ययन करने और सीखने के लिए एक आकर्षक व्यक्ति बनाती हैं। विज्ञान और प्रौद्योगिकी में उनके योगदान, उनके लेखन, कविता, संगीत और दर्शन ने भारत और दुनिया भर में युवाओं की पीढ़ियों को प्रेरित किया है। कलाम का जीवन कड़ी मेहनत, दृढ़ संकल्प और ज्ञान के खोज की शक्ति का एक अभिलेख है। उनका मानना था कि प्रत्येक व्यक्ति में महानता हासिल करने की क्षमता है और उन्होंने युवाओं को उनके सपनों को पूरा करने के लिए प्रेरित करने के लिए अथक प्रयास किया। कई प्रतिभाओं और एक दूरदर्शी नेता के रूप में ए.पी.जे. अब्दुल कलाम की विरासत दुनिया भर के लोगों को प्रेरित करती है।

□

22

आत्मनिर्भरता का महत्त्व

"देखो, भगवान् केवल उन्हीं लोगों की मदद करता है, जो कड़ी मेहनत करते हैं। यह सिद्धांत बहुत स्पष्ट है।"

ए.पी.जे. अब्दुल कलाम राष्ट्रीय विकास में आत्मनिर्भरता के महत्त्व में दृढ़ विश्वास रखते थे। उनका मानना था कि एक देश की प्रगति और समृद्धि केवल आत्मनिर्भरता के माध्यम से प्राप्त की जा सकती है और यह कि दूसरों पर निर्भरता लंबे समय तक कायम नहीं रह सकती है। भारत के लिए कलाम का दृष्टिकोण विज्ञान और प्रौद्योगिकी, शिक्षा और कृषि में आत्मनिर्भरता पर आधारित था।

विज्ञान और प्रौद्योगिकी में आत्मनिर्भरता

भारत के मिसाइल कार्यक्रम में कलाम का योगदान विज्ञान और प्रौद्योगिकी में आत्मनिर्भरता में उनके विश्वास का प्रमाण है। कलाम ने भारत की मिसाइल तकनीक को विकसित करने में महत्त्वपूर्ण भूमिका निभाई, जिसने देश को रक्षा में आत्मनिर्भर बनने में मदद की। विज्ञान और प्रौद्योगिकी में कलाम के काम ने उन्हें 'भारत रत्न', भारत के सर्वोच्च नागरिक पुरस्कार सहित कई पुरस्कार और सम्मान अर्जित किए।

कलाम का मानना था कि भारत की प्रगति और विकास के लिए विज्ञान और प्रौद्योगिकी में आत्मनिर्भरता आवश्यक है। उन्होंने विज्ञान और प्रौद्योगिकी में अनुसंधान और विकास के महत्त्व पर जोर दिया और माना कि भारत में इन क्षेत्रों में वैश्विक नेता बनने की क्षमता है।

शिक्षा में आत्मनिर्भरता

कलाम शिक्षा में आत्मनिर्भरता के प्रबल पक्षधर थे। उनका मानना था कि शिक्षा भारत की क्षमता को अनलॉक करने की कुंजी है और प्रत्येक युवा व्यक्ति को गुणवत्तापूर्ण शिक्षा का अधिकार है। कलाम ग्रामीण क्षेत्रों में शिक्षा को बढ़ावा देने के लिए भावुक थे और उनका मानना था कि हर बच्चे को, चाहे उनकी पृष्ठभूमि कुछ भी हो, शिक्षा तक पहुँच होनी चाहिए।

कलाम का मानना था कि भारत की प्रगति और विकास के लिए शिक्षा में आत्मनिर्भरता आवश्यक है। उनका मानना था कि अगर भारत शिक्षा की गुणवत्ता में सुधार लाने तथा अनुसंधान और नवाचार को बढ़ावा देने पर ध्यान केंद्रित करता है, तो वह ज्ञान की महाशक्ति बन सकता है।

कृषि में आत्मनिर्भरता

कलाम कृषि में आत्मनिर्भरता के भी प्रबल पक्षधर थे। उनका मानना था कि भारत के कृषि क्षेत्र में आत्मनिर्भर बनने की क्षमता है और इससे गरीबी को कम करने और ग्रामीण समुदायों के जीवन स्तर में सुधार करने में मदद मिलेगी।

कलाम ने कृषि उत्पादकता में सुधार और आयात पर निर्भरता कम करने के लिए प्रौद्योगिकी और नवाचार का उपयोग करने के महत्त्व पर बल दिया। उनका मानना था कि कृषि में आत्मनिर्भरता प्राप्त करने के लिए भारत के कृषि के पारंपरिक ज्ञान को आधुनिक तकनीक के साथ जोड़ा जा सकता है।

भारत के लिए ए.पी.जे. अब्दुल कलाम का दृष्टिकोण विज्ञान और प्रौद्योगिकी, शिक्षा और कृषि में आत्मनिर्भरता पर आधारित था। उनका मानना था कि भारत की प्रगति और विकास के लिए आत्मनिर्भरता आवश्यक है तथा लंबे समय तक दूसरों पर निर्भरता टिकाऊ नहीं है।

भारत के मिसाइल कार्यक्रम में कलाम का योगदान, शिक्षा को बढ़ावा देने में उनका काम और कृषि में आत्मनिर्भरता के लिए उनकी वकालत राष्ट्रीय विकास की कुंजी के रूप में आत्मनिर्भरता में उनके विश्वास का एक इच्छापत्र है।

भारत के लिए कलाम का दृष्टिकोण आज पहले से कहीं अधिक प्रासंगिक है। भारत विज्ञान और प्रौद्योगिकी, शिक्षा और कृषि के क्षेत्रों में महत्त्वपूर्ण चुनौतियों का सामना कर रहा है। एक दूरदर्शी नेता के रूप में कलाम की विरासत और राष्ट्रीय विकास में आत्मनिर्भरता के महत्त्व में उनका विश्वास नई पीढ़ी के नेताओं को एक

आत्मनिर्भर, समृद्ध और संपन्न राष्ट्र के रूप में भारत की क्षमता को प्राप्त करने की दिशा में काम करने के लिए प्रेरित कर सकता है।

नवाचार और रचनात्मकता

ए.पी.जे. अब्दुल कलाम समाज को बदलने के लिए नवाचार और रचनात्मकता की शक्ति में दृढ़ विश्वास रखते थे। अपने पूरे जीवन में कलाम ने लीक से हटकर सोचने और पुरानी समस्याओं के नए समाधान खोजने के महत्त्व पर जोर दिया।

परिवर्तन के चालक के रूप में नवाचार

कलाम का मानना था कि नवाचार परिवर्तन का प्रमुख चालक है और यह कि देशों के लिए नई तकनीकों और विचारों को अपनाना आवश्यक है, यदि वे प्रतिस्पर्धी बने रहना चाहते हैं। उनका मानना था कि नवोन्मेष केवल नए उत्पादों और सेवाओं को बनाने के बारे में नहीं है, बल्कि उन चीजों को करने के नए तरीके खोजने के बारे में भी है, जो लोगों के जीवन को बेहतर बना सकते हैं।

भारत की मिसाइल प्रौद्योगिकी के विकास में कलाम का स्वयं का कार्य नवोन्मेष में उनके विश्वास का प्रमाण है। उन्होंने वैज्ञानिकों और इंजीनियरों की एक टीम का नेतृत्व किया, जिन्होंने मिसाइलों की एक श्रृंखला विकसित की, जिसने भारत को रक्षा में आत्मनिर्भर बनने में मदद की। विशेष रूप से 'अग्नि' मिसाइल पर कलाम का काम एक महत्त्वपूर्ण उपलब्धि थी और इसने भारत को वैश्विक हथियारों की दौड़ में एक प्रमुख खिलाड़ी के रूप में स्थापित करने में मदद की।

कलाम का मानना था कि नवप्रवर्तन केवल विज्ञान और प्रौद्योगिकी तक ही सीमित नहीं है। उनका मानना था कि नवाचार को किसी भी क्षेत्र में लागू किया जा सकता है और यदि प्रगति और विकास हासिल करना चाहते हैं, तो देशों के लिए नए विचारों और सोचने के तरीकों को अपनाना आवश्यक है।

समस्या-समाधान के लिए एक उपकरण के रूप में रचनात्मकता

कलाम ने समस्या-समाधान के एक उपकरण के रूप में रचनात्मकता के महत्त्व पर भी जोर दिया। उनका मानना था कि समाज के सामने आने वाली चुनौतियों के लिए नए और अभिनव समाधानों के साथ आने के लिए

रचनात्मकता आवश्यक है। कलाम का मानना था कि शिक्षा के माध्यम से रचनात्मकता का विकास किया जा सकता है और प्रत्येक व्यक्ति में रचनात्मक होने की क्षमता है।

कलाम को युवा लोगों में रचनात्मकता को बढ़ावा देने का शौक था और उनका मानना था कि यह भारत की प्रगति और विकास के लिए आवश्यक है। उनका मानना था कि रचनात्मकता को प्रोत्साहित करने के लिए शिक्षा प्रणाली में सुधार की आवश्यकता है और बच्चों को यह सिखाया जाना चाहिए कि कैसे गंभीर रूप से सोचें और रचनात्मक रूप से समस्याओं को हल करें।

कलाम का यह भी मानना था कि उद्यमियों के लिए रचनात्मकता आवश्यक है और उनके लिए लीक से हटकर सोचना और नए बिजनेस मॉडल के साथ आना महत्त्वपूर्ण है। उनका मानना था कि उद्यमियों में आर्थिक विकास को चलाने और रोजगार सृजित करने की क्षमता है और उन्हें प्रोत्साहित करने और समर्थन देने की आवश्यकता है।

कृषि में नवाचार और रचनात्मकता

कलाम का मानना था कि कृषि में आत्मनिर्भरता प्राप्त करने के लिए नवाचार और रचनात्मकता आवश्यक है। उनका मानना था कि उत्पादकता बढ़ाने और आयात पर निर्भरता कम करने के लिए भारत के कृषि के पारंपरिक ज्ञान को आधुनिक तकनीक और नवाचार के साथ जोड़ा जा सकता है।

कलाम कृषि उत्पादकता में सुधार के लिए जैव प्रौद्योगिकी का उपयोग करने के प्रबल समर्थक थे और उनका मानना था कि भारत में इस क्षेत्र में एक वैश्विक नेता बनने की क्षमता है। उनका मानना था कि आनुवंशिक रूप से संशोधित फसलों का उपयोग पैदावार बढ़ाने तथा रासायनिक उर्वरकों और कीटनाशकों पर निर्भरता कम करने के लिए किया जा सकता है।

ए.पी.जे. अब्दुल कलाम एक दूरदर्शी नेता थे, जो समाज को बदलने के लिए नवाचार और रचनात्मकता की शक्ति में विश्वास करते थे। उनका मानना था कि नवाचार परिवर्तन का प्रमुख चालक था और समस्या-समाधान के लिए रचनात्मकता आवश्यक थी।

भारत की मिसाइल प्रौद्योगिकी के विकास में कलाम का काम, शिक्षा में रचनात्मकता के लिए उनकी वकालत तथा कृषि में नवाचार पर उनका जोर प्रगति

और विकास हासिल करने के लिए नवाचार और रचनात्मकता की शक्ति में उनके विश्वास का प्रमाण है।

भारत के लिए कलाम का दृष्टिकोण आज पहले से कहीं अधिक प्रासंगिक है। भारत विज्ञान और प्रौद्योगिकी, शिक्षा और कृषि के क्षेत्रों में महत्त्वपूर्ण चुनौतियों का सामना कर रहा है। एक दूरदर्शी नेता के रूप में कलाम की विरासत और नवाचार और रचनात्मकता की शक्ति में उनका विश्वास नई पीढ़ी के नेताओं को एक आत्मनिर्भर, समृद्ध और संपन्न राष्ट्र के रूप में भारत की क्षमता को प्राप्त करने की दिशा में काम करने के लिए प्रेरित कर सकता है।

□

23

नेताओं के लिए संचार कौशल

"जब हम बाधाओं से निपटते हैं, तो हमें साहस और लचीलेपन के छिपे हुए भंडार मिलते हैं, जो हमें पता नहीं था कि हमारे पास हैं। यह केवल तभी होता है, जब हम असफलता का सामना करते हैं, हमें पता चलता है कि ये संसाधन हमेशा हमारे भीतर थे। हमें केवल उन्हें खोजने की जरूरत है।"

प्रभावी संचार कौशल किसी भी नेता के लिए एक आवश्यक गुण है। ए.पी.जे. अब्दुल कलाम एक मास्टर कम्युनिकेटर थे, जिन्होंने जीवन के सभी क्षेत्रों से लोगों को प्रेरित और प्रोत्साहित करने के लिए अपने कौशल का इस्तेमाल किया।

संबंध बनाने के लिए संचार कौशल

कलाम का मानना था कि लोगों के साथ मजबूत संबंध बनाने के लिए कम्युनिकेशन स्किल्स जरूरी हैं। उनका मानना था कि प्रभावी संचार कौशल नेताओं को अपने अनुयायियों के साथ विश्वास और सम्मान बनाने में मदद कर सकता है, जो उनके लक्ष्यों को प्राप्त करने के लिए आवश्यक था।

लोगों से संबंध बनाने में कलाम माहिर थे। उनके पास एक करिश्माई व्यक्तित्व था, जिसने लोगों को अपने आसपास सहज महसूस कराया और उन्होंने अपने संचार कौशल का उपयोग व्यक्तिगत स्तर पर लोगों से जुड़ने के लिए किया। उनका मानना था कि नेताओं को अपने अनुयायियों की चिंताओं और जरूरतों को सुनने की जरूरत है, उन्होंने जीवन के सभी क्षेत्रों के लोगों से जुड़ने का प्रयास किया।

कलाम का यह भी मानना था कि प्रभावी संचार कौशल अन्य नेताओं के साथ संबंध बनाने के लिए आवश्यक थे। वे एक कुशल राजनयिक थे, जिन्होंने अपने संचार कौशल का उपयोग दूसरे देशों के नेताओं के साथ मजबूत संबंध बनाने के लिए किया। उनका मानना था कि कूटनीति और प्रभावी संचार देशों को मजबूत संबंध बनाने और अपने पारस्परिक लक्ष्यों को प्राप्त करने में मदद कर सकता है।

लोगों को प्रेरित करने के लिए संचार कौशल

कलाम का मानना था कि प्रभावी संचार कौशल लोगों को प्रेरित करने के लिए आवश्यक है। उनका मानना था कि नेताओं को अपने अनुयायियों को अपने लक्ष्यों को प्राप्त करने के लिए प्रेरित करने क्री आवश्यकता है और उन्होंने अपने संचार कौशल का उपयोग लोगों को जीवन के सभी क्षेत्रों से प्रेरित करने के लिए किया।

कलाम एक महान् प्रेरक वक्ता थे, जिन्होंने अपने संचार कौशल का उपयोग लोगों को अपने लक्ष्यों को प्राप्त करने हेतु प्रेरित करने के लिए किया। उनका मानना था कि नेताओं को अपने अनुयायियों के लिए अपनी दृष्टि और लक्ष्यों को प्रभावी ढंग से संप्रेषित करने की आवश्यकता है, और उन्होंने ऐसा करने के लिए अपने संचार कौशल का उपयोग किया। उनका मानना था कि प्रभावी संचार नेताओं को अपने अनुयायियों के लिए उद्देश्य और दिशा की भावना पैदा करने में मदद कर सकता है, जो उनके लक्ष्यों को प्राप्त करने के लिए आवश्यक था।

समस्या-समाधान के लिए संचार कौशल

कलाम का मानना था कि समस्या समाधान के लिए प्रभावी संचार कौशल आवश्यक है। उनका मानना था कि नेताओं को समस्याओं के मूल कारणों को समझने और उन्हें दूर करने के लिए समाधान विकसित करने के लिए प्रभावी ढंग से संवाद करने की आवश्यकता है।

कलाम एक कुशल समस्या-समाधानकर्ता थे, जिन्होंने लोगों की जरूरतों और चिंताओं को समझने के लिए अपने संचार कौशल का इस्तेमाल किया। उनका मानना था कि प्रभावी संचार नेताओं को समस्याओं के मूल कारणों की पहचान करने और उन्हें संबोधित करने वाले समाधान विकसित करने में मदद कर सकता है। उनका यह भी मानना था कि प्रभावी संचार नेताओं को समाधानों के बारे में आम

सहमति बनाने और उनके अनुयायियों के बीच स्वामित्व की भावना पैदा करने में मदद कर सकता है।

कलाम की विरासत

ए.पी.जे. अब्दुल कलाम एक मास्टर कम्युनिकेटर थे, जिन्होंने अपने लक्ष्यों को प्राप्त करने के लिए अपने संचार कौशल का उपयोग किया। एक दूरदर्शी नेता और एक कुशल संचारक के रूप में उनकी विरासत ने नई पीढ़ी के नेताओं को अपने संचार कौशल विकसित करने और प्रभावी संचारक बनने के लिए प्रेरित किया है।

नेताओं के लिए संचार कौशल के महत्त्व में कलाम का विश्वास आज पहले से कहीं अधिक प्रासंगिक है। नेताओं को आज संचार, संबंध-निर्माण, प्रेरणा और समस्या-समाधान के क्षेत्रों में महत्त्वपूर्ण चुनौतियों का सामना करना पड़ता है। एक मास्टर कम्युनिकेटर और एक दूरदर्शी नेता के रूप में कलाम की विरासत नई पीढ़ी के नेताओं को अपने संचार कौशल विकसित करने और प्रभावी नेता बनने के लिए प्रेरित कर सकती है, जो लोगों को अपने लक्ष्यों को प्राप्त करने के लिए प्रेरित और प्रोत्साहित कर सकते हैं।

प्रभावी संचार कौशल किसी भी नेता के लिए आवश्यक है, जो अपने लक्ष्यों को प्राप्त करना चाहता है। ए.पी.जे. अब्दुल कलाम एक मास्टर कम्युनिकेटर थे, जिन्होंने जीवन के सभी क्षेत्रों से लोगों को प्रेरित और प्रोत्साहित करने के लिए अपने कौशल का इस्तेमाल किया। उनका मानना था कि प्रभावी संचार कौशल संबंध बनाने, लोगों को प्रेरित करने और समस्या-समाधान के लिए आवश्यक थे।

एक दूरदर्शी नेता और एक कुशल संचारक के रूप में कलाम की विरासत नई पीढ़ी के नेताओं को अपने संचार कौशल विकसित करने और प्रभावी संचारक बनने के लिए प्रेरित कर सकती है, जो लोगों को अपने लक्ष्यों को प्राप्त करने के लिए प्रेरित और प्रोत्साहित कर सकते हैं। प्रगति और विकास प्राप्त करने के लिए प्रभावी संचार कौशल की शक्ति में कलाम का विश्वास भविष्य के नेताओं का मार्गदर्शन कर सकता है, क्योंकि वे अपने और अपने समुदायों के लिए बेहतर भविष्य बनाने की दिशा में काम करते हैं।

□

24

एयरोस्पेस इंजीनियरिंग में योगदान

"जब हमारा जीवन सीमाओं के भीतर और स्वीकृत, अनुशासित तरीके से आगे बढ़ता है, तभी मन मुक्त हो सकता है।"

एयरोस्पेस इंजीनियरिंग के क्षेत्र में ए.पी.जे. अब्दुल कलाम का योगदान मिथकीय है। उन्हें भारत के अब तक के सबसे महान् वैज्ञानिकों और इंजीनियरों में से एक माना जाता है। इस अध्याय में हम 'एयरोस्पेस इंजीनियरिंग', उनके प्रारंभिक जीवन और शिक्षा में कलाम के योगदान का पता लगाएँगे और जिन परियोजनाओं पर उन्होंने काम किया, उस काम को उन्होंने इस क्षेत्र में अग्रणी बना दिया।

प्रारंभिक जीवन और शिक्षा

अवुल पकिर जैनुलाब्दीन अब्दुल कलाम तमिलनाडु के रामेश्वरम में चार भाइयों और एक बहन में सबसे छोटे थे। कलाम की विज्ञान में प्रारंभ से ही रुचि थी और वे सर सी.वी. रमन और सर जगदीश चंद्र बसु के कार्यों से प्रेरित थे। उन्होंने तिरुचिरापल्ली के सेंट जोसेफ कॉलेज में अपनी शिक्षा पूरी की और 1954 में भौतिकी में स्नातक की उपाधि प्राप्त की।

अपनी स्नातक की पढ़ाई पूरी करने के बाद कलाम ने एयरोस्पेस इंजीनियरिंग में एक कोर्स करने के लिए मद्रास प्रौद्योगिकी संस्थान में प्रवेश लिया। यहीं पर कलाम की रॉकेटरी और मिसाइल प्रौद्योगिकी में रुचि बढ़ी और उन्होंने विभिन्न परियोजनाओं पर काम करना शुरू किया, जो उन्हें इस क्षेत्र में अग्रणी बनाती थीं।

एयरोस्पेस इंजीनियरिंग में योगदान

एयरोस्पेस इंजीनियरिंग के क्षेत्र में कलाम का योगदान अतुलनीय है। वे कई परियोजनाओं में शामिल थे, जिसने उन्हें क्षेत्र में अग्रणी बना दिया। आइए, उनके कुछ उल्लेखनीय योगदानों पर एक नजर डालते हैं—

भारत के अंतरिक्ष कार्यक्रम का विकास

कलाम ने भारत के अंतरिक्ष कार्यक्रम के विकास में एक महत्त्वपूर्ण भूमिका निभाई। उन्होंने कई परियोजनाओं पर काम किया, जिसने भारत को अंतरिक्ष अनुसंधान के क्षेत्र में एक प्रमुख खिलाड़ी बना दिया। कलाम ने जिन परियोजनाओं पर काम किया, उनमें एसएलवी-3, एएसएलवी, पीएसएलवी और जीएसएलवी शामिल हैं। इन परियोजनाओं ने भारत को अंतरिक्ष अनुसंधान और प्रौद्योगिकी के क्षेत्र में खुद को एक प्रमुख खिलाड़ी के रूप में स्थापित करने में मदद की।

बैलिस्टिक मिसाइल प्रौद्योगिकी का विकास

कलाम भारत में बैलिस्टिक मिसाइल प्रौद्योगिकी के विकास में सहायक थे। वे भारत के पहले उपग्रह प्रक्षेपण यान, एसएलवी-3 के परियोजना निदेशक थे। उन्होंने अग्नि मिसाइल प्रणाली के विकास पर भी काम किया, जो भारत की सबसे उन्नत मिसाइल प्रणालियों में से एक है।

हलके लड़ाकू विमान का विकास

कलाम ने भारत के हलके लड़ाकू विमान, 'तेजस' के विकास में महत्त्वपूर्ण भूमिका निभाई। वे परियोजना के मुख्य वास्तुकार थे और एयरोस्पेस इंजीनियरिंग के क्षेत्र में उनकी विशेषज्ञता ने विमान के सफल विकास में मदद की।

परमाणु हथियारों का विकास

कलाम भारत के परमाणु हथियार कार्यक्रम के विकास में शामिल थे। उन्होंने परमाणु-सक्षम अग्नि मिसाइलों के विकास में महत्त्वपूर्ण भूमिका निभाई और भारत के परमाणु हथियारों के परीक्षण में भी शामिल रहे।

अंतरिक्ष आधारित सौर ऊर्जा

कलाम अंतरिक्ष आधारित सौर ऊर्जा के प्रबल पक्षधर थे, जिसमें अंतरिक्ष में सौर ऊर्जा एकत्र करना और उसे पृथ्वी पर संचारित करना शामिल है। उनका मानना था कि यह भारत की ऊर्जा आवश्यकताओं के लिए एक गेम-चेंजर हो सकता है और उन्होंने इस क्षेत्र में अनुसंधान की वकालत की।

निष्कर्षत: एयरोस्पेस इंजीनियरिंग के क्षेत्र में ए.पी.जे. अब्दुल कलाम का योगदान अतुलनीय है। वे एक दूरदर्शी व्यक्ति थे, जिन्होंने भारत की अंतरिक्ष और मिसाइल प्रौद्योगिकी को विकसित करने के लिए अथक रूप से काम किया। एयरोस्पेस इंजीनियरिंग के क्षेत्र में उनके योगदान ने भारत को अंतरिक्ष अनुसंधान और प्रौद्योगिकी के क्षेत्र में खुद को एक प्रमुख खिलाड़ी के रूप में स्थापित करने में मदद की है।

एयरोस्पेस इंजीनियरिंग के क्षेत्र में कलाम की विरासत नई पीढ़ी के वैज्ञानिकों और इंजीनियरों को नई तकनीकों को विकसित करने की दिशा में काम करने के लिए प्रेरित कर सकती है, जो भारत और दुनिया को बड़े पैमाने पर मदद कर सकती हैं। एयरोस्पेस इंजीनियरिंग के क्षेत्र में उनका योगदान विज्ञान और प्रौद्योगिकी के प्रति उनके जुनून और अपने देश के विकास के प्रति उनकी प्रतिबद्धता का प्रमाण है।

सफलता में कड़ी मेहनत और दृढ़ता का मूल्य

ए.पी.जे. अब्दुल कलाम एक ऐसे व्यक्ति थे, जिन्होंने कड़ी मेहनत और दृढ़ता के मूल्यों को साकार किया। उनका जीवन इस बात की प्रेरक कहानी है कि किस प्रकार दृढ़ संकल्प और कड़ी मेहनत के माध्यम से सभी बाधाओं को दूर किया जा सकता है। इस अध्याय में हम जानेंगे कि कैसे कलाम की कड़ी मेहनत और दृढ़ता के प्रति समर्पण ने उन्हें जीवन में सफलता प्राप्त करने में मदद की।

कलाम का प्रारंभिक जीवन संघर्षों और कष्टों से भरा रहा। उनका जन्म तमिलनाडु के एक छोटे से शहर में हुआ और उनका परिवार आर्थिक रूप से ठीक नहीं था। कलाम को अपने परिवार का भरण-पोषण करने के लिए छोटी उम्र से ही कड़ी मेहनत करनी पड़ी। कठिनाइयों के बावजूद कलाम हमेशा जीवन में सफल होने के लिए दृढ़ रहे।

अपनी शिक्षा पूरी करने के बाद कलाम रक्षा अनुसंधान और विकास संगठन (डीआरडीओ) में शामिल हो गए, जहाँ उन्होंने मिसाइल प्रौद्योगिकी से संबंधित

विभिन्न परियोजनाओं पर काम किया। कलाम की कड़ी मेहनत और अपने काम के प्रति समर्पण ने जल्द ही उन्हें संगठन के लिए एक मूल्यवान संपत्ति बना दिया और उन्हें कई परियोजनाओं में महत्त्वपूर्ण भूमिकाएँ दी गईं।

कलाम की कड़ी मेहनत और लगन के प्रति समर्पण ने उन्हें विज्ञान और प्रौद्योगिकी के क्षेत्र में बड़ी सफलता हासिल करने में मदद की। उनके कुछ उल्लेखनीय योगदानों में शामिल हैं—

कलाम ने भारत के अंतरिक्ष कार्यक्रम के विकास में महत्त्वपूर्ण भूमिका निभाई। वे कई परियोजनाओं में शामिल थे, जिन्होंने भारत को अंतरिक्ष अनुसंधान और प्रौद्योगिकी के क्षेत्र में एक प्रमुख खिलाड़ी के रूप में स्थापित करने में मदद की। कड़ी मेहनत के प्रति कलाम के समर्पण और कभी हार न मानने के उनके रवैये ने उन्हें इन परियोजनाओं में कई बाधाओं को दूर करने में मदद की।

कलाम भारत में बैलिस्टिक मिसाइल प्रौद्योगिकी के विकास में सहायक थे। उन्होंने मिसाइल प्रौद्योगिकी से संबंधित कई परियोजनाओं पर काम किया और अग्नि मिसाइल प्रणाली के सफल विकास में महत्त्वपूर्ण भूमिका निभाई, जो भारत की सबसे उन्नत मिसाइल प्रणालियों में से एक है।

कलाम ने भारत के हलके लड़ाकू विमान, 'तेजस' के विकास में महत्त्वपूर्ण भूमिका निभाई। वे परियोजना के मुख्य वास्तुकार थे और इसकी सफलता सुनिश्चित करने के लिए अथक परिश्रम किया। कलाम की कड़ी मेहनत के प्रति समर्पण और विस्तार पर उनके ध्यान ने विमान के सफल विकास में मदद की।

कलाम भारत के परमाणु हथियार कार्यक्रम के विकास में शामिल थे। उन्होंने परमाणु-सक्षम अग्नि मिसाइलों के विकास में महत्त्वपूर्ण भूमिका निभाई और भारत के परमाणु हथियारों के परीक्षण में भी शामिल रहे।

कलाम का जीवन सफलता प्राप्त करने में कड़ी मेहनत और दृढ़ता के महत्त्व का एक अभिलेख है। अपने शुरुआती जीवन में कठिनाइयों का सामना करने के बावजूद कलाम ने अपने लक्ष्यों को कभी नहीं खोया। उन्होंने अपने चुने हुए क्षेत्र में सफलता प्राप्त करने के लिए अथक परिश्रम किया और विपरीत परिस्थितियों के सामने भी कभी हार नहीं मानी।

कलाम की कड़ी मेहनत और दृढ़ता के प्रति समर्पण ने उन्हें अपने जीवन में कई बाधाओं को दूर करने में मदद की। उनके कभी न हार मानने वाले रवैये और अपनी क्षमताओं में उनके विश्वास ने उन्हें विज्ञान और प्रौद्योगिकी के क्षेत्र में बड़ी

सफलता हासिल करने में मदद की। कलाम का जीवन इस बात का प्रमाण है कि कड़ी मेहनत और लगन किसी भी क्षेत्र में सफलता प्राप्त करने की कुंजी है।

कहा जा सकता है, ए.पी.जे. अब्दुल कलाम का जीवन सफलता प्राप्त करने में कड़ी मेहनत और दृढ़ता के महत्त्व का एक चमकदार उदाहरण है। अपने काम के प्रति समर्पण और कभी हार न मानने के उनके रवैये ने उन्हें विज्ञान और प्रौद्योगिकी के क्षेत्र में बड़ी सफलता हासिल करने में मदद की। कलाम का जीवन दुनिया भर के उन लाखों लोगों के लिए प्रेरणा है, जो अपने लक्ष्यों को प्राप्त करने के लिए संघर्ष करते हैं।

कलाम का दुनिया के लिए सीधा संदेश था—कड़ी मेहनत करो, कभी हार मत मानो और खुद पर भरोसा रखो। ये मूल्य आज भी प्रासंगिक हैं और उनका जीवन और उपलब्धियाँ पीढ़ियों को प्रेरित करती हैं। कलाम का विज्ञान और प्रौद्योगिकी में योगदान और कड़ी मेहनत तथा दृढ़ता के प्रति उनके समर्पण को हमेशा एक उदाहरण के रूप में याद किया जाएगा कि दृढ़ संकल्प और कड़ी मेहनत से क्या हासिल किया जा सकता है। एक नेता के रूप में, कलाम युवा पीढ़ी में इन मूल्यों को स्थापित करने में भी विश्वास करते थे। वे अकसर छात्रों से कड़ी मेहनत और दृढ़ता के महत्त्व के बारे में बात करते थे और उन्हें खुद पर और अपनी क्षमताओं पर विश्वास करने के लिए प्रोत्साहित करते थे।

विज्ञान और प्रौद्योगिकी में कलाम के योगदान को हमेशा याद किया जाएगा, लेकिन यह उनकी कड़ी मेहनत और दृढ़ता के मूल्य हैं, जो दुनिया भर के लोगों को प्रेरित करते हैं। कलाम की विरासत जीवित है और उनका जीवन उन लोगों के लिए प्रेरणा बना हुआ है, जो समर्पण और कड़ी मेहनत के माध्यम से सफलता प्राप्त करना चाहते हैं।

कड़ी मेहनत और दृढ़ता के महत्त्व को कम करके नहीं आँका जा सकता। ए.पी.जे. अब्दुल कलाम का जीवन इन मूल्यों का प्रमाण है और उन सभी के लिए प्रेरणा का काम करता है, जो सफलता प्राप्त करने का प्रयास करते हैं। अपने काम के प्रति कलाम की अटूट प्रतिबद्धता और उनके कभी न हार मानने वाले रवैये ने उन्हें कई बाधाओं को दूर करने और विज्ञान और प्रौद्योगिकी के क्षेत्र में बड़ी सफलता हासिल करने में मदद की। दुनिया को कलाम का संदेश स्पष्ट है—कड़ी मेहनत करो, कभी हार मत मानो और खुद पर विश्वास करो, सफलता आपके कदम चूमेगी।

□

25

लक्ष्य-निर्धारण

"जीवन में सफल होने और परिणाम प्राप्त करने के लिए आपको तीन शक्तिशाली ताकतों—इच्छा, विश्वास और अपेक्षा को समझना और उन पर महारत हासिल करनी चाहिए।"

ए.पी.जे. अब्दुल कलाम एक ऐसे व्यक्ति थे, जो सफलता प्राप्त करने के लिए लक्ष्य निर्धारित करने की शक्ति में विश्वास करते थे। अपने पूरे जीवन में उन्होंने व्यक्तिगत और पेशेवर दोनों तरह से अपने लिए कई लक्ष्य निर्धारित किए और उन्हें हासिल करने के लिए अथक परिश्रम किया। कलाम का जीवन, जीवन और कॅरियर में लक्ष्य-निर्धारण के महत्त्व का प्रमाण है।

छोटी उम्र से ही कलाम को इस बात का स्पष्ट अंदाजा था कि वे जीवन में क्या हासिल करना चाहते हैं। उन्होंने वैज्ञानिक बनने का लक्ष्य रखा और उस सपने को साकार करने के लिए कड़ी मेहनत की। उन्होंने विज्ञान और इंजीनियरिंग में अपनी पढ़ाई की और अंततः एक प्रसिद्ध वैज्ञानिक और भारत के राष्ट्रपति बने। कलाम की यात्रा लक्ष्य-निर्धारण की शक्ति का एक आदर्श उदाहरण है।

किसी भी क्षेत्र में सफलता हासिल करने के लिए लक्ष्य-निर्धारण जरूरी है। यह हमें अपने प्रयासों और ऊर्जा को सही दिशा में केंद्रित करने में मदद करता है और हमें अपने उद्‌देश्यों को प्राप्त करने के लिए कड़ी मेहनत करने के लिए प्रेरित करता है। लक्ष्य हमें उद्‌देश्य और दिशा की भावना भी प्रदान करते हैं, जो व्यक्तिगत और व्यावसायिक विकास के लिए महत्त्वपूर्ण है।

लक्ष्य-निर्धारण के लिए कलाम का दृष्टिकोण सरल, लेकिन प्रभावी था। वे विशिष्ट, मापने योग्य, प्राप्त करने योग्य, प्रासंगिक और समयबद्ध (स्मार्ट) लक्ष्य

निर्धारित करने में विश्वास करते थे। वे यथार्थवादी लक्ष्य निर्धारित करने के महत्त्व को समझते थे, जो एक निश्चित समय-सीमा के भीतर प्राप्त करने योग्य थे। इस दृष्टिकोण ने उन्हें केंद्रित और प्रेरित रहने में मदद की और वे अपने कॅरियर में बड़ी सफलता हासिल करने में सक्षम हुए।

कलाम के लक्ष्य उनके पेशेवर जीवन तक ही सीमित नहीं थे। उनके अपने व्यक्तिगत लक्ष्य भी थे, जो उन्होंने अपने लिए निर्धारित किए थे। उदाहरण के लिए, वे एक शौकीन पाठक थे और उन्होंने हर दिन कम-से-कम एक किताब पढ़ने का लक्ष्य रखा था। उनका मानना था कि पढ़ना व्यक्तित्व विकास और प्रगति के लिए आवश्यक है और उन्होंने हर दिन इसके लिए समय समर्पित करना सुनिश्चित किया।

लक्ष्य-निर्धारण के प्रति कलाम की प्रतिबद्धता उनकी नेतृत्व शैली तक भी विस्तृत थी। भारत के राष्ट्रपति के रूप में उन्होंने 2020 तक भारत को एक विकसित राष्ट्र बनाने का एक राष्ट्रीय लक्ष्य निर्धारित किया। उन्होंने इसे 'विजन 2020' पहल कहा और इसका उद्‌देश्य आर्थिक, सामाजिक और तकनीकी उन्नति के मामले में भारत को एक विकसित राष्ट्र में बदलना था। यह पहल इस लक्ष्य को प्राप्त करने की दिशा में काम करने के लिए सभी भारतीयों के लिए काररवाई का आह्वान थी और इसने कई लोगों को भारत को एक विकसित राष्ट्र बनाने की दिशा में काम करने के लिए प्रेरित किया।

लक्ष्य-निर्धारण पर कलाम के जोर ने दुनिया भर में अनगिनत लोगों को प्रेरित किया है। युवा पीढ़ी के लिए उनका संदेश स्पष्ट था—महत्त्वाकांक्षी लक्ष्य निर्धारित करें, उन्हें प्राप्त करने के लिए कड़ी मेहनत करें और कभी हार न मानें। उनका मानना था कि कोई भी व्यक्ति सफलता प्राप्त कर सकता है, यदि उसके पास स्पष्ट दृष्टि हो कि वह क्या हासिल करना चाहता है और उसे हासिल करने के लिए प्रयास करने को तैयार है।

अंत में, लक्ष्य-निर्धारण व्यक्तिगत और व्यावसायिक विकास का एक अनिवार्य पहलू है। ए.पी.जे. अब्दुल कलाम का जीवन लक्ष्य निर्धारित करने और उन्हें प्राप्त करने के लिए कड़ी मेहनत करने की शक्ति का एक जीवंत अभिलेख है। लक्ष्य-निर्धारण के लिए उनका दृष्टिकोण, जो स्मार्ट सिद्धांत पर आधारित था, ने उन्हें अपने कॅरियर और निजी जीवन में बड़ी सफलता हासिल करने में मदद की। दुनिया के लिए कलाम का संदेश स्पष्ट है—महत्त्वाकांक्षी लक्ष्य निर्धारित करें, उन्हें प्राप्त करने के लिए कड़ी मेहनत करें और कभी हार न मानें, सफलता आपके पीछे आएगी।

शिक्षा और सीखने पर कलाम दर्शन

ए.पी.जे. अब्दुल कलाम शिक्षा और सीखने की शक्ति में दृढ़ विश्वास रखते थे। अपने पूरे जीवन में उन्होंने शिक्षा के उद्देश्य का समर्थन किया और शिक्षा पर उनके दर्शन ने दुनिया भर में अनगिनत लोगों को प्रेरित किया है। कलाम का मानना था कि शिक्षा व्यक्तिगत और राष्ट्रीय विकास की कुंजी है, उन्होंने जनता के बीच शिक्षा और सीखने को बढ़ावा देने के लिए अथक प्रयास किया।

शिक्षा पर कलाम का दर्शन इस विश्वास पर आधारित था कि शिक्षा केवल ज्ञान प्राप्त करने के बारे में नहीं है, बल्कि सही मूल्यों, दृष्टिकोणों और कौशलों को विकसित करने के बारे में भी है, जो व्यक्तियों को पूर्ण जीवन जीने में सक्षम बनाती हैं। उनका मानना था कि शिक्षा समग्र होनी चाहिए और संपूर्ण व्यक्ति के विकास पर ध्यान केंद्रित करना चाहिए, न कि केवल उनकी शैक्षणिक क्षमताओं पर।

शिक्षा के लिए कलाम की दृष्टि उनके अपने निजी अनुभव में निहित थी। उनका जन्म तमिलनाडु के एक सुदूर गाँव में एक गरीब परिवार में हुआ था और उनकी प्रारंभिक शिक्षा चुनौतियों से भरी थी। हालाँकि उन्होंने दृढ़ता दिखाई तथा विज्ञान और इंजीनियरिंग में उच्च शिक्षा प्राप्त करने के लिए आगे बढ़े। कलाम का मानना था कि शिक्षा उनकी सफलता की कुंजी है और उन्होंने भारत में युवाओं के बीच शिक्षा को बढ़ावा देने के लिए अपना जीवन समर्पित कर दिया।

कलाम का शिक्षा के प्रति दृष्टिकोण रचनात्मक़ता, नवाचार और महत्त्वपूर्ण सोच के सिद्धांतों पर आधारित था। उनका मानना था कि शिक्षा केवल रट्टा मारने तक सीमित नहीं रहनी चाहिए, बल्कि छात्रों को आलोचनात्मक और रचनात्मक रूप से सोचने के लिए प्रोत्साहित करना चाहिए। उनका मानना था कि छात्रों को सवाल करना, पारंपरिक ज्ञान को चुनौती देना और लीक से हटकर सोचना सिखाया जाना चाहिए।

कलाम प्रौद्योगिकी-सक्षम शिक्षा के भी प्रबल पक्षधर थे। उनका मानना था कि प्रौद्योगिकी का उपयोग सीखने के अनुभव को बढ़ाने और दूरस्थ क्षेत्रों में लोगों के लिए शिक्षा को सुलभ बनाने के लिए किया जा सकता है। उन्होंने डिजिटल शिक्षा का समर्थन किया और कक्षा में प्रौद्योगिकी के उपयोग की वकालत की।

शिक्षा पर कलाम के दर्शन ने भी अनुभवात्मक अधिगम के महत्त्व पर बल दिया। उनका मानना था कि छात्रों को केवल सुनने या पढ़ने के बजाय, करके सीखने के अवसर दिए जाने चाहिए। उन्होंने इंटर्नशिप, अप्रेंटिसशिप और प्रोजेक्ट

आधारित सीखने जैसे व्यावहारिक, हाथों से सीखने के तरीकों के उपयोग की वकालत की।

कलाम आजीवन सीखने के भी प्रबल पक्षधर थे। उनका मानना था कि औपचारिक शिक्षा के बाद सीखना बंद नहीं होना चाहिए, बल्कि जीवन भर जारी रहना चाहिए। उन्होंने लोगों को अपनी रुचियों और जुनून को आगे बढ़ाने तथा नए कौशल और ज्ञान सीखना जारी रखने के लिए प्रोत्साहित किया।

शिक्षा के लिए कलाम की दृष्टि सिर्फ भारत तक ही सीमित नहीं थी। वे वैश्विक शांति और विकास लाने के लिए शिक्षा की शक्ति में विश्वास करते थे। उनका मानना था कि गरीबी, असमानता और सामाजिक अन्याय से लड़ने के लिए शिक्षा एक महत्त्वपूर्ण उपकरण है और उन्होंने इन लक्ष्यों को प्राप्त करने के साधन के रूप में शिक्षा को बढ़ावा देने के लिए अथक प्रयास किया।

शिक्षा पर कलाम के दर्शन ने दुनिया भर में अनगिनत लोगों को प्रेरित किया है। रचनात्मकता, नवीनता और आलोचनात्मक सोच पर उनके जोर ने शिक्षा के पारंपरिक मॉडलों को चुनौती दी है और शिक्षकों को नई और नवीन शिक्षण विधियों को अपनाने के लिए प्रोत्साहित किया है। प्रौद्योगिकी-सक्षम शिक्षा के लिए उनकी वकालत ने विशेष रूप से दूरस्थ क्षेत्रों में शिक्षा को अधिक सुलभ और किफायती बनाने में मदद की है।

वस्तुतः कलाम का दर्शन जीवन और समाज को बदलने के लिए शिक्षा की शक्ति का एक वसीयतनामा है। शिक्षा के लिए उनकी दृष्टि रचनात्मकता, नवाचार और महत्त्वपूर्ण सोच के सिद्धांतों पर आधारित थी, उनका मानना था कि शिक्षा समग्र होनी चाहिए और संपूर्ण व्यक्ति के विकास पर ध्यान केंद्रित करना चाहिए। दुनिया के लिए कलाम का संदेश स्पष्ट है—शिक्षा व्यक्तिगत और राष्ट्रीय विकास की कुंजी है, हमें जनता के बीच शिक्षा और सीखने को बढ़ावा देने के लिए अथक प्रयास करना चाहिए।

□

26

विज्ञान और प्रौद्योगिकी

"अपने मिशन में सफल होने के लिए आपका अपने लक्ष्य के प्रति एकचित्त समर्पण होना चाहिए।"

ए.पी.जे. अब्दुल कलाम एक वैज्ञानिक, इंजीनियर और राजनेता थे, जिन्होंने राष्ट्रीय विकास हेतु विज्ञान और प्रौद्योगिकी के उपयोग को बढ़ावा देने के लिए अपना जीवन समर्पित कर दिया। इस संबंध में उनका एक प्रमुख योगदान राष्ट्रीय सुरक्षा पर उनका काम था, जहाँ उन्होंने देश के हितों की रक्षा में विज्ञान और प्रौद्योगिकी की भूमिका पर जोर दिया। इस अध्याय में हम राष्ट्रीय सुरक्षा में विज्ञान और प्रौद्योगिकी की भूमिका पर कलाम के विचारों और उन रणनीतियों का पता लगाएँगे, जो उन्होंने यह सुनिश्चित करने के लिए प्रस्तावित की थीं कि देश सुरक्षित रहे।

राष्ट्रीय सुरक्षा में विज्ञान और प्रौद्योगिकी का महत्त्व

कलाम के अनुसार, विज्ञान और प्रौद्योगिकी राष्ट्रीय सुरक्षा के महत्त्वपूर्ण घटक हैं। उनका मानना था कि नई तकनीकों का विकास और परिनियोजन सुरक्षा खतरों को कम करने तथा देश को बाहरी और आंतरिक खतरों से बचाने में मदद कर सकता है। उदाहरण के लिए, कलाम मिसाइल प्रौद्योगिकी के प्रबल समर्थक थे और उन्होंने अग्नि श्रृंखला की मिसाइलों के विकास में महत्त्वपूर्ण भूमिका निभाई, जो अब भारत की रक्षा प्रणाली का एक अभिन्न अंग हैं। उन्होंने तर्क दिया कि मिसाइल प्रौद्योगिकी भारत की राष्ट्रीय सुरक्षा के लिए महत्त्वपूर्ण थी, क्योंकि यह शत्रुतापूर्ण देशों को रोकने और भारत को संभावित मिसाइल हमलों से बचाने में मदद कर सकती है।

मिसाइल तकनीक के अलावा, कलाम ने साइबर सुरक्षा और अंतरिक्ष प्रौद्योगिकी जैसी अन्य तकनीकों के महत्त्व पर भी जोर दिया। उनका मानना था कि ये प्रौद्योगिकियाँ देश के महत्त्वपूर्ण बुनियादी ढाँचे की सुरक्षा और यह सुनिश्चित करने के लिए आवश्यक थीं कि देश साइबर हमलों और इलेक्ट्रॉनिक युद्ध के अन्य रूपों से सुरक्षित रहे। कलाम अंतरिक्ष प्रौद्योगिकी के भी प्रबल पक्षधर थे, जिसे उन्होंने संभावित सुरक्षा खतरों की निगरानी और खुफिया जानकारी एकत्र करने के लिए एक आवश्यक उपकरण के रूप में देखा।

राष्ट्रीय सुरक्षा को बढ़ाने के लिए कलाम की रणनीतियाँ

नई तकनीकों के विकास और परिनियोजन की वकालत करने के अलावा कलाम ने राष्ट्रीय सुरक्षा को बढ़ाने के लिए कई रणनीतियों का प्रस्ताव भी दिया। उनकी प्रमुख रणनीतियों में से एक अनुसंधान और विकास में निवेश बढ़ाना था। कलाम का मानना था कि अन्य देशों पर तकनीकी बढ़त बनाए रखने और संभावित खतरों से आगे रहने के लिए नई तकनीकों और वैज्ञानिक अनुसंधान में निवेश करना महत्त्वपूर्ण था। उन्होंने तर्क दिया कि भारत को प्रतिस्पर्धी बने रहने के लिए अनुसंधान तथा विकास में और अधिक निवेश करने की आवश्यकता है तथा यह सुनिश्चित करना है कि यह उभरते खतरों का जवाब दे सके।

कलाम द्वारा प्रस्तावित एक अन्य रणनीति विज्ञान और प्रौद्योगिकी के क्षेत्र में अंतरराष्ट्रीय सहयोग को बढ़ावा देना था। उनका मानना था कि अन्य देशों के साथ ज्ञान और विशेषज्ञता साझा करने से भारत की तकनीकी क्षमताओं को बढ़ाने और सुरक्षा खतरों का जवाब देने की क्षमता में सुधार करने में मदद मिल सकती हैं। कलाम अंतरराष्ट्रीय सहयोग के प्रबल पक्षधर थे और वे अकसर साझा चुनौतियों से निपटने के लिए भारत द्वारा अन्य देशों के साथ मिलकर काम करने की आवश्यकता के बारे में बात करते थे।

निष्कर्षतः कलाम ने एक मजबूत और सक्षम रक्षा उद्योग की आवश्यकता पर बल दिया। उनका मानना था कि भारत को विदेशी आपूर्तिकर्ताओं पर अपनी निर्भरता कम करने और नवीनतम तकनीकों तक अपनी पहुँच सुनिश्चित करने के लिए अपने स्वयं के रक्षा उद्योग को विकसित करने की आवश्यकता है। कलाम ने तर्क दिया कि राष्ट्रीय सुरक्षा के लिए एक मजबूत रक्षा उद्योग आवश्यक है और

भारत को अपने हितों की रक्षा के लिए एक मजबूत घरेलू रक्षा उद्योग विकसित करने की आवश्यकता है।

ए.पी.जे. अब्दुल कलाम एक दूरदर्शी नेता थे, जो राष्ट्रीय सुरक्षा में विज्ञान और प्रौद्योगिकी की महत्त्वपूर्ण भूमिका को समझते थे। मिसाइल प्रौद्योगिकी और अन्य रक्षा प्रौद्योगिकियों पर उनके काम ने भारत के हितों की रक्षा करने तथा देश को बाहरी खतरों से बचाने में मदद की है। कलाम के अनुसंधान और विकास, अंतरराष्ट्रीय सहयोग और एक मजबूत घरेलू रक्षा उद्योग के विकास पर जोर देने से यह सुनिश्चित करने में मदद मिली है कि भारत विज्ञान और प्रौद्योगिकी के क्षेत्र में एक प्रमुख खिलाड़ी बना हुआ है। कुल मिलाकर, राष्ट्रीय सुरक्षा में कलाम का योगदान देश के हितों की रक्षा में विज्ञान और प्रौद्योगिकी के महत्त्व को उजागर करता है और भविष्य के नेताओं को इस महत्त्वपूर्ण क्षेत्र में कार्य करने के लिए एक रोडमैप प्रदान करता है।

राष्ट्रीय विकास में नेतृत्व का महत्त्व

ए.पी.जे. अब्दुल कलाम न केवल एक महान् वैज्ञानिक के रूप में जाने जाते हैं, बल्कि एक दूरदर्शी नेता के रूप में भी जाने जाते हैं, जो भारत के विकास के लिए प्रतिबद्ध थे। कलाम राष्ट्रीय विकास लक्ष्यों को प्राप्त करने में नेतृत्व की शक्ति में दृढ़ विश्वास रखते थे। इस अध्याय में हम नेतृत्व और राष्ट्रीय विकास में इसकी भूमिका के बारे में कलाम के विचारों का पता लगाएँगे।

नेतृत्व राष्ट्रीय विकास का एक महत्त्वपूर्ण पहलू है और कलाम का विचार था कि विकास लक्ष्यों को प्राप्त करने के लिए प्रभावी नेतृत्व आवश्यक है। उनका मानना था कि एक नेता के पास एक विजन होना चाहिए और यह विजन लोगों की जरूरतों पर आधारित होना चाहिए। कलाम का मानना था कि एक नेता को लोगों को प्रभावित करने वाले मुद्दों की गहरी समझ होनी चाहिए और इन मुद्दों को हल करने के लिए अथक प्रयास करना चाहिए।

कलाम का अपना जीवन नेतृत्व की शक्ति का प्रमाण है। वे एक उत्कृष्ट नेता थे, जिन्होंने दूसरों को एक सामान्य लक्ष्य की दिशा में काम करने के लिए प्रेरित किया। कलाम एक वैज्ञानिक और एक नेता के रूप में बड़ी सफलता हासिल करने में सक्षम थे तथा उन्होंने ऐसा अपनी दृष्टि के प्रति प्रतिबद्ध रहकर और अपने लक्ष्यों को प्राप्त करने के लिए अथक परिश्रम करके किया।

कलाम का मानना था कि नेतृत्व का मतलब केवल दूरदर्शिता होना नहीं है, बल्कि दूसरों को प्रेरित और प्रोत्साहित करने की क्षमता होना भी है। उनका मानना था कि एक नेता को प्रभावी ढंग से संवाद करने में सक्षम होना चाहिए और वह दूसरों को एक समान लक्ष्य की दिशा में काम करने के लिए प्रेरित करने में सक्षम होना चाहिए। कलाम का विचार था कि एक नेता को उदाहरण द्वारा नेतृत्व करना चाहिए तथा निर्धारित लक्ष्यों को प्राप्त करने के लिए उसे कड़ी मेहनत करने और त्याग करने के लिए तैयार रहना चाहिए।

कलाम का यह भी मानना था कि नेतृत्व केवल व्यक्तिगत लक्ष्यों को प्राप्त करने के बारे में नहीं है, बल्कि अधिक अच्छे की दिशा में काम करने के बारे में भी है। उनका मानना था कि एक नेता में सामाजिक जिम्मेदारी की भावना होनी चाहिए, और समाज पर सकारात्मक प्रभाव डालने के लिए प्रतिबद्ध होना चाहिए। कलाम का मानना था कि एक नेता को अपने हितों से परे सोचने में सक्षम होना चाहिए और समग्र रूप से समाज की भलाई के लिए काम करने के लिए प्रतिबद्ध होना चाहिए।

कलाम की अपनी नेतृत्व शैली की विशेषता उनकी विनम्रता, उनकी दृष्टि के प्रति उनकी प्रतिबद्धता और दूसरों को प्रेरित करने और प्रोत्साहित करने की उनकी क्षमता थी। वे लोगों से जुड़ने की क्षमता तथा उनकी चिंताओं और विचारों को सुनने की इच्छा के लिए जाने जाते थे। कलाम सहयोग की शक्ति में भी दृढ़ विश्वास रखते थे और उनका मानना था कि एक साथ काम करना महान् चीजों को प्राप्त करने की कुंजी है।

नेतृत्व राष्ट्रीय विकास का एक महत्त्वपूर्ण पहलू है और ए.पी.जे. अब्दुल कलाम एक महान् नेता थे, जो विकास लक्ष्यों को प्राप्त करने के लिए नेतृत्व की शक्ति में विश्वास करते थे। नेतृत्व के बारे में कलाम के विचार दुनिया भर के लोगों को प्रेरित करते रहे हैं और उनका जीवन प्रभावी नेतृत्व की शक्ति का एक वसीयतनामा है। कलाम का मानना था कि एक नेता के पास एक दृष्टि होनी चाहिए, दूसरों को प्रेरित और प्रोत्साहित करने में सक्षम होना चाहिए तथा बेहतरी के लिए काम करने के लिए प्रतिबद्ध होना चाहिए। उनकी नेतृत्व शैली की विशेषता उनकी विनम्रता, उनकी दृष्टि के प्रति उनकी प्रतिबद्धता और दूसरों के साथ सहयोग करने की उनकी क्षमता थी।

□

27

टिकाऊ कृषि और खाद्य सुरक्षा

"आकाश की ओर देखो। हम अकेले नहीं हैं। पूरा ब्रह्मांड हमारे लिए मित्रवत् है, जो सपने देखते हैं और काम करते हैं, उन्हें सर्वश्रेष्ठ देने की साजिश करता है।"

कलाम विज्ञान और प्रौद्योगिकी के माध्यम से लोगों के जीवन को बेहतर बनाने के लिए जुनूनी थे। उनके फोकस के प्रमुख क्षेत्रों में से एक टिकाऊ कृषि और खाद्य सुरक्षा था, जो उनका मानना था कि भारत के विकास और प्रगति के लिए महत्त्वपूर्ण थे।

कलाम का मानना था कि स्थायी कृषि खाद्य सुरक्षा प्राप्त करने की कुंजी है, जिसे उन्होंने 'देश की अपने लोगों के लिए पर्याप्त भोजन का उत्पादन और आपूर्ति करने की क्षमता' के रूप में परिभाषित किया। उनका मानना था कि एक स्थायी कृषि प्रणाली तीन सिद्धांतों पर आधारित होनी चाहिए। पारिस्थितिकी, अर्थव्यवस्था और इक्विटी। पारिस्थितिकी पर्यावरण की रक्षा करने की आवश्यकता को संदर्भित करती है, अर्थव्यवस्था कृषि को आर्थिक रूप से व्यवहार्य बनाने की आवश्यकता को संदर्भित करती है और इक्विटी यह सुनिश्चित करने की आवश्यकता को संदर्भित करती है कि सभी किसानों के पास फसल उगाने के लिए आवश्यक संसाधनों तक पहुँच हो।

कलाम जैविक खेती के प्रबल पक्षधर थे और उनका मानना था कि टिकाऊ कृषि हासिल करने का यह सबसे अच्छा तरीका है। जैविक खेती कृषि की एक प्रणाली है, जो सिंथेटिक उर्वरकों, कीटनाशकों और आनुवंशिक रूप से संशोधित जीवों (जीएमओ) के उपयोग से बचती है। इसके बजाय, यह मिट्टी की उर्वरता को बनाए रखने तथा कीटों और बीमारियों को नियंत्रित करने के लिए प्राकृतिक

प्रक्रियाओं और तकनीकों पर निर्भर करता है, जैसे फसल रोटेशन, खाद और इंटरक्रॉपिंग।

कलाम का मानना था कि पारंपरिक खेती की तुलना में जैविक खेती के कई फायदे हैं। सबसे पहले, यह अधिक पर्यावरण के अनुकूल है, क्योंकि यह सिंथेटिक इनपुट पर निर्भर नहीं होती, जो पर्यावरण को नुकसान पहुँचा सकता है। दूसरा, यह उपभोक्ताओं के लिए स्वास्थ्यवर्धक है, क्योंकि इसमें हानिकारक रसायन नहीं होते, जो खाद्य श्रृंखला में जमा हो सकते थे। तीसरा, यह आर्थिक रूप से व्यवहार्य है, क्योंकि यह उर्वरकों और कीटनाशकों जैसे आदानों की लागत को कम कर सकती है।

कलाम कृषि में जैव प्रौद्योगिकी के उपयोग के भी प्रबल पक्षधर थे। उनका मानना था कि जैव प्रौद्योगिकी फसल की पैदावार में सुधार करने, भोजन की पोषण गुणवत्ता बढ़ाने तथा कीटनाशकों और उर्वरकों के उपयोग को कम करने में मदद कर सकती है। वे विशेष रूप से फसलों को बनाने के लिए जेनेटिक इंजीनियरिंग के उपयोग में रुचि रखते थे, जो कीटों और बीमारियों से प्रतिरोधी थे, सूखे और अन्य पर्यावरणीय तनावों के प्रति सहिष्णु थे और पोषण सामग्री में वृद्धि करते थे।

कलाम का मानना था कि कृषि में सफल जैव प्रौद्योगिकी की कुंजी सार्वजनिक-निजी भागीदारी है। उनका मानना था कि सरकार को आवश्यक बुनियादी ढाँचा प्रदान करना चाहिए, जैसे अनुसंधान सुविधाएँ और नियामक ढाँचे, जबकि निजी क्षेत्र को अनुसंधान और विकास में निवेश करना चाहिए तथा प्रौद्योगिकी का व्यावसायीकरण करना चाहिए। उनका यह भी मानना था कि जैव प्रौद्योगिकी के लाभों को छोटे और सीमांत किसानों सहित सभी किसानों के बीच समान रूप से साझा किया जाना चाहिए।

कलाम भारत में खाद्य सुरक्षा के मुद्दे को लेकर भी चिंतित थे। दुनिया में भोजन के सबसे बड़े उत्पादकों में से एक होने के बावजूद, भारत अभी भी अपनी बढ़ती आबादी को भोजन उपलब्ध कराने की चुनौती का सामना कर रहा है। कलाम का मानना था कि इस समस्या का समाधान केवल खाद्य उत्पादन को बढ़ाना नहीं है, बल्कि यह भी सुनिश्चित करना है कि भोजन का समान रूप से वितरण हो।

कलाम का मानना था कि सरकार को खाद्य सुरक्षा सुनिश्चित करने में महत्त्वपूर्ण भूमिका निभानी चाहिए। उन्होंने एक राष्ट्रीय खाद्य ग्रिड के निर्माण की

वकालत की, जो देश के सभी क्षेत्रों को जोड़ेगी और यह सुनिश्चित करेगी कि भोजन कुशलता से वितरित किया जाए। उनका यह भी मानना था कि सरकार को किसानों को उन फसलों को उगाने के लिए प्रोत्साहित करने के लिए सब्सिडी प्रदान करनी चाहिए, जो माँग में थीं और यह सुनिश्चित करने के लिए कि भोजन की कीमतें सस्ती रहें।

टिकाऊ कृषि और खाद्य सुरक्षा पर कलाम के विचार भारत और दुनिया भर में नीति-निर्माताओं को प्रेरित और मार्गदर्शित करते रहे हैं। □

28

युवाओं की भूमिका

"आप देखते हैं, भगवान् केवल उन लोगों की मदद करते हैं, जो कड़ी मेहनत करते हैं। यह सिद्धांत बहुत स्पष्ट है।"

ए.पी.जे. अब्दुल कलाम, जिन्हें 'पीपुल्स प्रेसिडेंट' के रूप में भी जाना जाता है, भारत के भविष्य को आकार देने में युवाओं की भागीदारी के प्रबल समर्थक थे। उनका मानना था कि देश के युवाओं के पास इसकी सफलता और विकास की कुंजी है।

युवाओं के लिए कलाम का विजन

ए.पी.जे. अब्दुल कलाम का भारत के युवाओं के लिए एक स्पष्ट दृष्टिकोण था। उनका मानना था कि देश के युवाओं में अपार क्षमता और प्रतिभा है तथा सही मार्गदर्शन और सहयोग से वे बड़ी उपलब्धि हासिल कर सकते हैं। उन्होंने उन्हें देश के भविष्य के नेताओं एवं नवप्रवर्तकों के रूप में देखा और यह सुनिश्चित करना चाहते थे कि उनके पास सफल होने के लिए आवश्यक संसाधन और अवसर हों।

कलाम ने अपनी पुस्तक 'इग्नाइटेड माइंड्स' में लिखा है, 'युवाओं का प्रज्वलित मन पृथ्वी पर, पृथ्वी के ऊपर और पृथ्वी के नीचे सबसे शक्तिशाली संसाधन है।' उनका मानना था कि युवाओं में बदलाव लाने और समाज पर सकारात्मक प्रभाव डालने की क्षमता है। उन्होंने शिक्षा के महत्त्व पर भी जोर देते हुए कहा कि यह युवाओं की क्षमता को अनलॉक करने की कुंजी है।

राष्ट्र निर्माण में युवाओं की भूमिका

कलाम का दृढ़ विश्वास था कि राष्ट्र निर्माण में युवाओं की महत्त्वपूर्ण भूमिका

होती है। उन्होंने उन्हें देश की प्रगति और विकास के पीछे प्रेरक शक्ति के रूप में देखा। उनका मानना था कि उनमें समाज में सकारात्मक बदलाव लाने और राष्ट्र के विकास में योगदान देने की शक्ति है।

कलाम ने शिक्षा, स्वास्थ्य देखभाल और कृषि जैसे विभिन्न क्षेत्रों में युवाओं की भागीदारी के महत्त्व पर बल दिया। उनका मानना था कि युवा नए दृष्टिकोण और विचार ला सकते हैं, जो देश के कुछ सबसे अधिक दबाव वाले मुद्दों को हल करने में मदद कर सकते हैं।

अपने एक भाषण में कलाम ने कहा, "भारत के युवाओं को यह महसूस करना होगा कि वे इस महान् देश का भविष्य हैं और उन्हें एक मजबूत और समृद्ध राष्ट्र बनाने की दिशा में काम करना है।" उन्होंने युवाओं से जिम्मेदारी लेने और राष्ट्र निर्माण गतिविधियों में सक्रिय रूप से भाग लेने का आग्रह किया।

भारत में युवाओं द्वारा सामना की जाने वाली चुनौतियाँ

भारत के युवाओं की अपार क्षमता के बावजूद उन्हें कई चुनौतियों का सामना करना पड़ता है, जो उनकी प्रगति और विकास में बाधक हैं। महत्त्वपूर्ण मुद्दों में से एक गुणवत्तापूर्ण शिक्षा और रोजगार के अवसरों तक पहुँच की कमी है। भारत में कई युवा वित्तीय बाधाओं या शैक्षणिक संस्थानों तक पहुँच की कमी के कारण उच्च शिक्षा प्राप्त करने में असमर्थ हैं।

युवाओं के सामने एक और चुनौती सामाजिक और आर्थिक असमानता है। देश के सीमांत समुदायों को अकसर भेदभाव और बहिष्कार का सामना करना पड़ता है, जो उनके अवसरों और संसाधनों तक पहुँच को सीमित करता है।

कलाम ने इन चुनौतियों को पहचाना और भारत के राष्ट्रपति के रूप में अपने समय के दौरान उन्हें संबोधित करने की दिशा में काम किया। उन्होंने युवाओं के लिए शैक्षिक अवसर और कौशल विकास कार्यक्रम प्रदान करने के उद्देश्य से कई पहलें शुरू कीं। उन्होंने समावेशी विकास के महत्त्व पर भी जोर दिया और वंचित समुदायों के सशक्तीकरण के लिए आग्रह किया।

कलाम का युवाओं के लिए संदेश

ए.पी.जे. अब्दुल कलाम का भारत के युवाओं के लिए एक शक्तिशाली संदेश था। उन्होंने उनसे बड़े सपने देखने, कड़ी मेहनत करने और उत्कृष्टता के लिए

प्रयास करने का आग्रह किया। उनका मानना था कि दृढ़ संकल्प और दृढ़ता के साथ युवा कुछ भी हासिल कर सकते हैं, जिसके लिए वे अपना दिमाग लगाते हैं।

अपने एक भाषण में कलाम ने कहा, "सपना, सपना, सपना! सपने विचारों में बदल जाते हैं और विचार काररवाई में परिणत होते हैं।" उन्होंने युवाओं को बड़े सपने देखने और अपने सपनों को हकीकत में बदलने की दिशा में काम करने के लिए प्रोत्साहित किया।

कलाम ने अखंडता और मूल्यों के महत्त्व पर भी जोर दिया। उनका मानना था कि ये गुण सफलता के लिए आवश्यक हैं और उन्होंने युवाओं से अपने जीवन के सभी पहलुओं में उन्हें बनाए रखने का आग्रह किया। उन्होंने कहा, "मेरे व्यक्तित्व का मूल ईमानदारी और अखंडता है। ये वे मूल्य हैं, जिनके द्वारा मैं जीता हूँ और मैं भारत के युवाओं से भी ऐसा करने का आग्रह करता हूँ।"

डॉ. ए.पी.जे. अब्दुल कलाम का मानना था कि युवा राष्ट्र का भविष्य हैं और उन्हें ज्ञान, कौशल और मूल्यों के साथ सशक्त होना चाहिए, जो उन्हें जिम्मेदार और उत्पादक नागरिक बनने में मदद कर सकते हैं। डॉ. कलाम ने युवाओं में शिक्षा, नवाचार और नेतृत्व के महत्त्व पर जोर दिया तथा उन्हें चुनौतियों का सामना करने और अपने लक्ष्यों को प्राप्त करने की दिशा में काम करने के लिए प्रोत्साहित किया। एक विकसित और समृद्ध भारत की उनकी दृष्टि युवाओं के योगदान पर निर्भर है तथा उनकी विरासत आने वाली पीढ़ियों को प्रेरित और प्रोत्साहित करती रहती है।

□

29

भारतीय अंतरिक्ष कार्यक्रम

"आप अपना भविष्य नहीं बदल सकते, लेकिन आप अपनी आदतें बदल सकते हैं, और निश्चित रूप से आपकी आदतें आपका भविष्य बदल देंगी।"

भारत के अंतरिक्ष कार्यक्रम के लिए डॉ. ए.पी.जे. अब्दुल कलाम के दृष्टिकोण का देश के वैज्ञानिक और तकनीकी विकास पर गहरा प्रभाव पड़ा। भारतीय अंतरिक्ष कार्यक्रम में उनका योगदान उपग्रह प्रौद्योगिकी, अंतरिक्ष अन्वेषण और इंटरप्लेनेटरी मिशनों में महत्त्वपूर्ण उपलब्धियों के साथ भारत को एक वैश्विक अंतरिक्ष शक्ति में बदलने में सहायक था।

भारतीय अंतरिक्ष अनुसंधान संगठन (इसरो) के साथ डॉ. कलाम का जुड़ाव 1960 के दशक की शुरुआत में शुरू हुआ, जब वे एक रॉकेट इंजीनियर के रूप में संगठन में शामिल हुए। उन्होंने भारत के पहले उपग्रह, 'आर्यभट्ट', के विकास में एक महत्त्वपूर्ण भूमिका निभाई, जिसे 1975 में लॉन्च किया गया था। डॉ. कलाम की रॉकेट प्रौद्योगिकी में विशेषज्ञता, उनके नेतृत्व कौशल के साथ, उन्हें 1994 में इसरो के रैंकों के माध्यम से ऊपर उठने और अंततः इसके निदेशक बनने में सक्षम बनाया।

इसरो के निदेशक के रूप में, डॉ. कलाम पोलर सैटेलाइट लॉन्च व्हीकल (पीएसएलवी) और जियोसिंक्रोनस सैटेलाइट लॉन्च व्हीकल (जीएसएलवी) सहित कई लैंडमार्क मिशनों के लिए जिम्मेदार थे। उनके नेतृत्व में इसरो ने उपग्रह प्रौद्योगिकी में महत्त्वपूर्ण सफलताएँ हासिल कीं, जिसमें 1999 में इपसैट-2ई उपग्रह का सफल प्रक्षेपण और 2014 में मार्स ऑर्बिटर मिशन शामिल है।

भारतीय अंतरिक्ष कार्यक्रम में डॉ. कलाम के प्रमुख योगदानों में से एक

स्वदेशी प्रौद्योगिकी विकास पर उनका जोर था। उनका मानना था कि भारत को इस महत्त्वपूर्ण क्षेत्र में आत्मनिर्भर बनने के लिए अपनी स्वयं की अंतरिक्ष प्रौद्योगिकी क्षमताओं को विकसित करने की आवश्यकता है। इस दृष्टि ने इसरो द्वारा क्रायोजेनिक इंजनों सहित कई प्रमुख तकनीकों के विकास का नेतृत्व किया, जिनका उपयोग ळैस्ट रॉकेटों को शक्ति प्रदान करने के लिए किया जाता है और भारत की अपनी उपग्रह नेविगेशन प्रणाली, 'नैविक' का विकास।

डॉ. कलाम अंतरिक्ष अंवेषण में अंतरराष्ट्रीय सहयोग के भी प्रबल पक्षधर थे। उनका मानना था कि अंतरिक्ष प्रौद्योगिकी का उपयोग शांतिपूर्ण उद्देश्यों के लिए तथा जलवायु परिवर्तन और आपदा प्रबंधन जैसी वैश्विक चुनौतियों का समाधान करने के लिए किया जा सकता है। उन्होंने रूस, फ्रांस और संयुक्त राज्य अमेरिका सहित कई देशों के साथ रणनीतिक साझेदारी विकसित करने में महत्त्वपूर्ण भूमिका निभाई, जिसने भारत को उन्नत अंतरिक्ष प्रौद्योगिकी का उपयोग करने और अंतरिक्ष मिशनों में सहयोग करने में सक्षम बनाया है।

भारतीय अंतरिक्ष कार्यक्रम में डॉ. कलाम की विरासत वैज्ञानिकों और इंजीनियरों की भावी पीढ़ियों को प्रेरित करती रहेगी। भारतीय अंतरिक्ष कार्यक्रम भारत के वैज्ञानिक और तकनीकी कौशल का प्रतीक बन गया है तथा देश के अंतरिक्ष मिशनों ने दुनिया भर के लोगों की कल्पना पर कब्जा कर लिया है। उदाहरण के लिए, मार्स ऑर्बिटर मिशन की सफलता ने भारत को पहला ऐसा देश बना दिया, जिसने अपने पहले प्रयास में और अन्य अंतरिक्ष एजेंसियों की तुलना में काफी कम लागत पर सफलतापूर्वक मंगल ग्रह के लिए एक अंतरिक्ष यान लॉन्च किया।

डॉ. कलाम का भारतीय अंतरिक्ष कार्यक्रम पर प्रभाव न केवल इसरो की उपलब्धियों में, बल्कि भारत के एयरोस्पेस उद्योग के विकास में भी देखा जा सकता है। आज, भारत में एक संपन्न एयरोस्पेस उद्योग है, जिसमें कई कंपनियाँ अंतरिक्ष अन्वेषण, उपग्रह निर्माण और अंतरिक्ष से संबंधित अन्य अनुप्रयोगों के लिए उन्नत तकनीकों का विकास कर रही हैं।

भारत के अंतरिक्ष कार्यक्रम के लिए डॉ. ए.पी.जे. अब्दुल कलाम के दृष्टिकोण का देश के वैज्ञानिक और तकनीकी विकास पर गहरा प्रभाव पड़ा है। स्वदेशी प्रौद्योगिकी विकास, अंतरराष्ट्रीय सहयोग और अंतरिक्ष प्रौद्योगिकी के शांतिपूर्ण उपयोग पर उनके जोर ने भारत को वैश्विक अंतरिक्ष शक्ति और अंतरिक्ष अन्वेषण में अग्रणी बनने में सक्षम बनाया है। भारतीय अंतरिक्ष कार्यक्रम में डॉ. कलाम की विरासत अंतरिक्ष

अन्वेषण और तकनीकी नवाचार की सीमाओं को आगे बढ़ाने के लिए वैज्ञानिकों और इंजीनियरों की भावी पीढ़ियों को प्रेरित और प्रोत्साहित करती रहेगी।

समृद्ध और समावेशी भारत के लिए विजन

भारत के लिए ए.पी.जे. अब्दुल कलाम का दृष्टिकोण केवल इसकी वैज्ञानिक और तकनीकी क्षमताओं के विकास तक ही सीमित नहीं था। वे विकास के लिए एक व्यापक दृष्टिकोण में विश्वास करते थे, ज़िसमें आर्थिक विकास, सामाजिक न्याय और राष्ट्रीय सुरक्षा शामिल थी। उन्होंने एक समृद्ध और समावेशी भारत की कल्पना की, जहाँ सभी नागरिकों को सफल होने और राष्ट्र की प्रगति में योगदान करने के समान अवसर हों।

आर्थिक विकास

कलाम का मानना था कि समृद्ध भारत के उनके सपने को साकार करने के लिए आर्थिक विकास आवश्यक है। उन्होंने एक मजबूत औद्योगिक आधार के विकास की वकालत की, जो रोजगार के अवसर पैदा कर सके और देश की जीडीपी में योगदान दे सके। उन्होंने उद्यमिता और नवाचार को बढ़ावा देने के महत्त्व पर भी जोर दिया, जिसके बारे में उनका मानना था कि इससे नए उद्योगों का निर्माण और मौजूदा उद्योगों का विस्तार हो सकता है।

कलाम ने परिवहन नेटवर्क, ऊर्जा प्रणालियों और संचार प्रौद्योगिकियों सहित बुनियादी ढाँचे के विकास के महत्त्व को भी पहचाना। उनका मानना था कि आधुनिक बुनियादी ढाँचा आर्थिक विकास के लिए आवश्यक था और इन क्षेत्रों में निवेश भविष्य में लाभदायक होगा।

सामाजिक न्याय

भारत के लिए कलाम की दृष्टि में सामाजिक न्याय के प्रति प्रतिबद्धता भी शामिल थी। उनका मानना था कि सभी नागरिकों को उनकी सामाजिक या आर्थिक पृष्ठभूमि की परवाह किए बिना सफल होने के समान अवसर होने चाहिए। उन्होंने शिक्षा और कौशल विकास के महत्त्व पर जोर दिया, जिसके बारे में उनका मानना था कि यह व्यक्तियों को उनकी पूरी क्षमता हासिल करने के लिए सशक्त बना सकता है।

कलाम ऐतिहासिक असमानताओं को दूर करने के लिए सकारात्मक काररवाई कार्यक्रमों की आवश्यकता में भी विश्वास करते थे और यह सुनिश्चित करते थे कि

सभी नागरिकों की समान अवसरों तक पहुँच हो। उनका मानना था कि इस तरह के कार्यक्रम खेल के मैदान को समतल करने और सामाजिक सामंजस्य को बढ़ावा देने में मदद कर सकते हैं।

राष्ट्रीय सुरक्षा

कलाम का मानना था कि समृद्ध और समावेशी भारत के उनके सपने को साकार करने के लिए राष्ट्रीय सुरक्षा आवश्यक है। उन्होंने देश की सीमाओं और नागरिकों की रक्षा के लिए एक मजबूत सैन्य और खुफिया तंत्र की आवश्यकता को पहचाना। उनका यह भी मानना था कि राष्ट्रीय सुरक्षा के लिए एक मजबूत अंतरिक्ष कार्यक्रम आवश्यक है, क्योंकि यह संभावित खतरों की प्रारंभिक चेतावनी प्रदान कर सकता है और उभरती चुनौतियों का सामना करने के लिए नई तकनीकों को विकसित करने में मदद कर सकता है।

इसके अलावा, कलाम राष्ट्रीय सुरक्षा सुनिश्चित करने के लिए अंतरराष्ट्रीय सहयोग के महत्त्व में विश्वास करते थे। उनका मानना था कि भारत को वैश्विक मामलों में सक्रिय भूमिका निभानी चाहिए और आम चुनौतियों का समाधान करने के लिए अन्य देशों के साथ मिलकर काम करना चाहिए।

निष्कर्षत: समृद्ध और समावेशी भारत के लिए ए.पी.जे. अब्दुल कलाम का दृष्टिकोण आर्थिक विकास, सामाजिक न्याय और राष्ट्रीय सुरक्षा के सिद्धांतों पर आधारित था। उन्होंने आर्थिक विकास हासिल करने के लिए एक मजबूत औद्योगिक आधार, आधुनिक बुनियादी ढाँचे और उद्यमिता के महत्त्व को पहचाना। उन्होंने ऐतिहासिक असमानताओं को दूर करने और सामाजिक एकजुटता को बढ़ावा देने के लिए सकारात्मक काररवाई कार्यक्रमों की आवश्यकता पर भी जोर दिया।

कलाम का मानना था कि उनकी दृष्टि को प्राप्त करने के लिए राष्ट्रीय सुरक्षा आवश्यक थी और उन्होंने एक मजबूत सैन्य और खुफिया तंत्र के साथ-साथ एक मजबूत अंतरिक्ष कार्यक्रम की वकालत की। उन्होंने वैश्विक चुनौतियों से निपटने के लिए अंतरराष्ट्रीय सहयोग के महत्त्व को भी पहचाना।

भारत के लिए कलाम का दृष्टिकोण सर्वव्यापी था, जिसने आर्थिक, सामाजिक और सुरक्षा मुद्दों की अन्योन्याश्रितता को मान्यता दी। उनकी दृष्टि आज भी कई भारतीयों को प्रेरित करती है और उनके विचार प्रासंगिक बने हुए हैं, क्योंकि भारत विकास और प्रगति के लिए प्रयास कर रहा है। □

30

आर्थिक विकास में नवाचार

"अगर किसी देश को भ्रष्टाचार-मुक्त होना है और सुंदर दिमाग का देश बनना है, तो मुझे दृढ़ता से लगता है कि तीन प्रमुख सामाजिक सदस्य हैं, जो बदलाव ला सकते हैं। वे माता-पिता और शिक्षक हैं।"

नवाचार सदियों से आर्थिक विकास और प्रगति के पीछे प्रेरक शक्ति रहा है। पहिए के आविष्कार से लेकर इंटरनेट के विकास तक, नवप्रवर्तन ने हमारे जीने और काम करने के तरीके को बदल दिया है। ए.पी.जे. अब्दुल कलाम ने आर्थिक विकास में नवाचार की महत्त्वपूर्ण भूमिका को पहचाना और भारत में इसके प्रचार की वकालत की।

कलाम का मानना था कि नवाचार गरीबी और बेरोजगारी सहित भारत की कई आर्थिक समस्याओं को हल करने की कुंजी है। अपनी पुस्तक 'इंडिया 2020 : ए विजन फॉर द न्यू मिलेनियम' में कलाम ने नवाचार और प्रौद्योगिकी पर ध्यान देने के साथ, वर्ष 2020 तक भारत को एक विकसित राष्ट्र बनाने के लिए अपने दृष्टिकोण को रेखांकित किया।

नवाचार को बढ़ावा देने के लिए कलाम के प्रमुख विचारों में से एक भारत में उद्यमिता की संस्कृति का निर्माण करना था। उनका मानना था कि उद्यमशीलता नवाचार को प्रोत्साहित करने और नई नौकरियाँ पैदा करने का सबसे अच्छा तरीका है। कलाम ने युवाओं को अपने सपनों का पीछा करने और अपना खुद का व्यवसाय शुरू करने के लिए प्रोत्साहित किया, उन्हें आवश्यक सहायता और संसाधन प्रदान किए।

नवाचार के लिए कलाम के दृष्टिकोण का एक अन्य महत्त्वपूर्ण पहलू विज्ञान और प्रौद्योगिकी शिक्षा को बढ़ावा देना था। उनका मानना था कि

नवाचार के फलने-फूलने के लिए विज्ञान और प्रौद्योगिकी में एक मजबूत नींव आवश्यक है। कलाम का मानना था कि भारत में शिक्षा प्रणाली को महत्त्वपूर्ण सोच, समस्या समाधान और नवाचार कौशल विकसित करने पर ध्यान देना चाहिए।

कलाम ने नवाचार को बढ़ावा देने में सहयोग और साझेदारी के महत्त्व को भी पहचाना। उनका मानना था कि विश्वविद्यालयों, अनुसंधान संस्थानों और निजी क्षेत्र के बीच सहयोग से नई तकनीकों और उत्पादों का विकास हो सकता है। कलाम ने सरकार को ऐसी नीतियाँ बनाने के लिए प्रोत्साहित किया, जो इस तरह के सहयोग को बढ़ावा दें।

नवाचार और उद्यमिता के लिए कलाम की वकालत का भारत के आर्थिक विकास पर महत्त्वपूर्ण प्रभाव पड़ा। भारत स्टार्टअप्स और उद्यमिता के लिए एक केंद्र के रूप में उभरा है, जहाँ कई युवा अपने सपनों का पीछा कर रहे हैं और अभिनव व्यवसाय बना रहे हैं। भारत सरकार ने नवाचार और उद्यमिता का समर्थन करने के लिए नीतियों को भी लागू किया है, जिसमें स्टार्टअप्स के लिए फंडिंग और कर प्रोत्साहन शामिल हैं।

भारत में नवाचार पर कलाम के प्रभाव का एक उल्लेखनीय उदाहरण भारतीय अंतरिक्ष अनुसंधान संगठन (इसरो) का विकास है। कलाम ने भारत के अंतरिक्ष कार्यक्रम के विकास में महत्त्वपूर्ण भूमिका निभाई और ध्रुवीय उपग्रह प्रक्षेपण यान (पीएसएलवी) के विकास में महत्त्वपूर्ण भूमिका निभाई। पीएसएलवी एक विश्वसनीय और लागत प्रभावी प्रक्षेपण यान बन गया है, जिसका उपयोग कई देश अपने उपग्रहों को लॉन्च करने के लिए करते हैं।

नवाचार और आर्थिक विकास के लिए कलाम के दृष्टिकोण का प्रभाव भारत से बाहर भी पड़ा है। उन्होंने विज्ञान और प्रौद्योगिकी में वैश्विक सहयोग की वकालत की, यह स्वीकार करते हुए कि नवाचार और विकास वैश्विक चुनौतियाँ हैं, जिनके लिए अंतरराष्ट्रीय सहयोग की आवश्यकता है। कलाम विकासशील देशों के प्रबल पक्षधर थे और उनका मानना था कि वे अधिक विकसित देशों के साथ सहयोग करके तकनीकी प्रगति से लाभान्वित हो सकते हैं।

नवाचार और उद्यमिता के लिए कलाम के दृष्टिकोण का भारत के आर्थिक विकास और प्रगति पर महत्त्वपूर्ण प्रभाव पड़ा है। विज्ञान और प्रौद्योगिकी शिक्षा, सहयोग और साझेदारी के लिए उनकी वकालत से नई तकनीकों, उत्पादों और

उद्योगों का विकास हुआ है। कलाम की विरासत भारत और दुनिया भर में युवाओं को अपने सपनों को आगे बढ़ाने और नवाचार के माध्यम से बेहतर भविष्य बनाने के लिए प्रेरित करती है।

पर्यावरण संरक्षण की आवश्यकता

ए.पी.जे. अब्दुल कलाम एक वैज्ञानिक, प्रौद्योगिकीविद् और राजनीतिज्ञ थे, जो पर्यावरण संरक्षण के बारे में गहराई से चिंतित थे। वे सतत विकास के कट्टर समर्थक थे और उनका मानना था कि आर्थिक विकास पर्यावरणीय गिरावट की कीमत पर नहीं आना चाहिए। वह समझ गए थे कि आज हमारे पास जो प्राकृतिक संसाधन हैं, वे सीमित हैं, और अगर हम उनका संरक्षण नहीं करते हैं, तो हम आने वाली पीढ़ियों के लिए एक अंधकारमय भविष्य छोड़ देंगे।

भारत एक विविध पारिस्थितिकी और समृद्ध जैव विविधता वाला देश है। यह वनस्पतियों और जीवों की विभिन्न प्रजातियों का घर है, जिनमें दुनिया की कुछ दुर्लभ और सबसे लुप्तप्राय प्रजातियाँ भी शामिल हैं। हालाँकि हाल के वर्षों में, भारत में पर्यावरण की गुणवत्ता में उल्लेखनीय गिरावट आई है, प्रदूषण का स्तर आसमान छू रहा है और प्राकृतिक संसाधन खतरनाक दर से कम हो रहे हैं।

कलाम का मानना था कि भारत में पर्यावरण संरक्षण को सर्वोच्च प्राथमिकता दी जानी चाहिए। उन्होंने पर्यावरण के संरक्षण के लिए सरकार, नागरिक समाज और व्यक्तियों को एक सक्रिय दृष्टिकोण अपनाने की आवश्यकता पर जोर दिया। उनका मानना था कि यह न केवल ग्रह की भलाई के लिए महत्त्वपूर्ण है, बल्कि देश के दीर्घकालिक आर्थिक विकास और समृद्धि के लिए भी महत्त्वपूर्ण है।

इस संबंध में कलाम की प्रमुख पहलों में से एक नवीकरणीय ऊर्जा स्रोतों का विकास था। उनका मानना था कि नवीकरणीय ऊर्जा में निवेश करके भारत जीवाश्म ईंधन पर अपनी निर्भरता कम कर सकता है, जो न केवल पर्यावरणीय क्षति का कारण बनता है, बल्कि एक सीमित संसाधन भी है। कलाम ने माना कि सौर, पवन और जल विद्युत् जैसे नवीकरणीय ऊर्जा स्रोतों में भारत में लाखों लोगों को स्वच्छ, टिकाऊ ऊर्जा प्रदान करने की क्षमता है तथा उन्होंने ऊर्जा के इन स्रोतों को बढ़ावा देने और विकसित करने के लिए एक राष्ट्रीय प्रयास का आह्वान किया।

एक अन्य क्षेत्र, जहाँ कलाम ने पर्यावरण संरक्षण की आवश्यकता पर जोर दिया, वह था कृषि। भारत एक कृषि प्रधान देश है और खेती अर्थव्यवस्था की रीढ़ है। हालाँकि वर्षों से, पारंपरिक खेती के तरीकों ने गहन कृषि का रास्ता दिया है, जिसमें अत्यधिक मात्रा में रासायनिक उर्वरकों और कीटनाशकों का उपयोग किया जाता है। इससे मिट्टी का क्षरण हुआ है और उत्पादित भोजन की गुणवत्ता में गिरावट आई है।

कलाम ने स्थायी कृषि पद्धतियों की ओर बदलाव की आवश्यकता को पहचाना। उनका मानना था कि जैविक खादों के उपयोग और पर्यावरण के अनुकूल खेती के तरीकों को अपनाने से न केवल पर्यावरण के संरक्षण में मदद मिलेगी, बल्कि स्वस्थ और अधिक पौष्टिक भोजन भी मिलेगा। उन्होंने स्थायी कृषि पद्धतियों को बढ़ावा देने और उन्हें ग्रामीण क्षेत्रों में छोटे किसानों के लिए सुलभ बनाने के लिए एक राष्ट्रीय प्रयास का आह्वान किया।

कलाम भारत के पर्यावरण पर जलवायु परिवर्तन के प्रभाव के बारे में भी बहुत चिंतित थे। उन्होंने माना कि जलवायु परिवर्तन आज ग्रह के सामने सबसे बड़े खतरों में से एक है, उन्होंने इस मुद्दे को हल करने के लिए तत्काल कारवाई करने का आह्वान किया। उनका मानना था कि जलवायु परिवर्तन से निपटने के वैश्विक प्रयास में भारत को एक महत्त्वपूर्ण भूमिका निभानी है तथा उन्होंने देश से स्वच्छ ऊर्जा को बढ़ावा देने और ग्रीनहाउस गैस उत्सर्जन को कम करने में नेतृत्व की भूमिका निभाने का आह्वान किया।

नवीकरणीय ऊर्जा और टिकाऊ कृषि पद्धतियों की वकालत करने के अलावा कलाम पर्यावरण शिक्षा के भी प्रबल समर्थक थे। उनका मानना था कि लोगों को पर्यावरण संरक्षण के महत्त्व के बारे में शिक्षित करना एक स्थायी भविष्य बनाने के लिए महत्त्वपूर्ण था। उन्होंने देशभर के स्कूलों और कॉलेजों के पाठ्यक्रम में पर्यावरण शिक्षा को शामिल करने का आह्वान किया और व्यक्तियों को अपने स्वयं के पर्यावरण पदचिह्न की जिम्मेदारी लेने के लिए प्रोत्साहित किया।

कहा जा सकता है कि एक समृद्ध और समावेशी भारत के लिए ए.पी. जे. अब्दुल कलाम का दृष्टिकोण पर्यावरण संरक्षण के प्रति गहरी प्रतिबद्धता पर आधारित था। उन्होंने माना कि सतत विकास न केवल एक नैतिक अनिवार्यता है, बल्कि देश के दीर्घकालिक आर्थिक विकास और समृद्धि के लिए भी आवश्यक है। उन्होंने पर्यावरण के संरक्षण के लिए सरकार, नागरिक समाज और व्यक्तियों

को एक सक्रिय दृष्टिकोण अपनाने की आवश्यकता पर जोर दिया और आज भारत के सामने आने वाली पर्यावरणीय चुनौतियों का समाधान करने के लिए तत्काल काररवाई करने का आह्वान किया। उनकी विरासत उन सभी के लिए एक प्रेरणा है, जो हमारे ग्रह के भविष्य की परवाह करते हैं और जो अधिक टिकाऊ और न्यायपूर्ण दुनिया के निर्माण के लिए प्रतिबद्ध हैं।

□

31
नेतृत्व में नैतिकता

"लंबा जीवन होना महत्त्वपूर्ण नहीं है, बल्कि जीवन की गहराई अधिक महत्त्वपूर्ण है।"

ए. पी.जे. अब्दुल कलाम एक ईमानदार व्यक्ति थे, जिनका जीवन और कार्य मजबूत नैतिक सिद्धांतों द्वारा निर्देशित थे। अपने पूरे कॅरियर के दौरान कलाम ने एक बेहतर समाज के निर्माण में नैतिक नेतृत्व के महत्त्व पर जोर दिया। इस अध्याय में हम नेतृत्व में नैतिकता के महत्त्व पर कलाम के विचारों का पता लगाएँगे और कैसे उनका अपना जीवन इसके उदाहरण के रूप में कार्य करता है।

नैतिकता और नेतृत्व

नैतिकता नैतिक सिद्धांतों और मूल्यों का अध्ययन है, जो व्यक्तिगत और सामूहिक व्यवहार का मार्गदर्शन करते हैं। नेतृत्व के संदर्भ में, नैतिकता उन सिद्धांतों और मूल्यों को संदर्भित करती है, जो नेताओं के व्यवहार का मार्गदर्शन करते हैं तथा उनके द्वारा लिये गए निर्णयों को प्रभावित करते हैं। नैतिक नेतृत्व में निर्णय लेने में नैतिक सिद्धांतों को लागू करना, दूसरों के लिए एक उदाहरण स्थापित करना तथा अपने कार्यों के लिए खुद को जवाबदेह ठहराना शामिल है।

कलाम का मानना था कि न्यायसंगत और समतामूलक समाज के निर्माण के लिए नैतिक नेतृत्व आवश्यक है। उन्होंने तर्क दिया कि जो नेता मजबूत नैतिक सिद्धांतों द्वारा निर्देशित होते हैं, वे निर्णय लेने में बेहतर होते हैं, जो उन लोगों के हित में होते हैं, जिनकी वे सेवा करते हैं। नैतिक नेताओं पर उन लोगों द्वारा भरोसा और सम्मान किए जाने की भी अधिक संभावना होती है,

जिनका वे नेतृत्व करते हैं, जो मजबूत और स्थायी संबंधों के निर्माण के लिए महत्त्वपूर्ण हैं।

कलाम के नैतिक सिद्धांत

कलाम का जीवन और कार्य नैतिक सिद्धांतों के एक समूह द्वारा निर्देशित थे, जिनके बारे में उनका मानना था कि यह नेतृत्व के लिए आवश्यक हैं। इन सिद्धांतों में शामिल थे—

सत्यनिष्ठा : कलाम का मानना था कि सत्यनिष्ठा नैतिक नेतृत्व का आधार है। उनका मानना था कि नेताओं को अपने कार्यों के लिए ईमानदार, पारदर्शी और जवाबदेह होना चाहिए। जिन नेताओं में ईमानदारी की कमी है, उन पर भरोसा नहीं किया जा सकता और उनकी भूमिका में प्रभावी होने की संभावना नहीं है।

उत्तरदायित्व : कलाम का मानना था कि नेताओं की यह जिम्मेदारी होती है कि वे अपने नेतृत्व वाले लोगों की सेवा करें। नेताओं को अपने फैसलों की जिम्मेदारी लेने और अपने कार्यों के लिए जवाबदेह होने के लिए तैयार रहना चाहिए। जो नेता अपनी जिम्मेदारियों से भागते हैं, उन पर भरोसा नहीं किया जा सकता और उनकी भूमिका में प्रभावी होने की संभावना नहीं है।

करुणा : कलाम का मानना था कि नेताओं को अपने नेतृत्व वाले लोगों के लिए करुणा की गहरी भावना होनी चाहिए। जिन नेताओं में करुणा की कमी है, वे अपने नेतृत्व वाले लोगों की जरूरतों और आकांक्षाओं को समझने की संभावना नहीं रखते हैं और उनकी भूमिकाओं में प्रभावी होने की संभावना नहीं है।

साहस : कलाम का मानना था कि नेताओं में विपरीत परिस्थितियों में भी जो सही है, उसके लिए खड़े होने का साहस होना चाहिए। जिन नेताओं में साहस की कमी होती है, वे कठिन निर्णय लेने में सक्षम नहीं होते हैं और अपनी भूमिकाओं में प्रभावी होने की संभावना नहीं होती है।

विजन : कलाम का मानना था कि नेताओं के पास भविष्य के लिए एक स्पष्ट दृष्टि होनी चाहिए और दूसरों को उस विजन की दिशा में काम करने के लिए प्रेरित करने में सक्षम होना चाहिए। जिन नेताओं में दृष्टि की कमी है, वे अपने लक्ष्यों को प्राप्त करने के लिए आवश्यक संसाधनों और लोगों को जुटाने में सक्षम होने की संभावना नहीं रखते हैं।

कलाम की अपनी मिसाल

कलाम का जीवन और कार्य नैतिक नेतृत्व के प्रति उनकी प्रतिबद्धता का प्रमाण है। अपने पूरे कॅरियर के दौरान कलाम ने ईमानदारी, जिम्मेदारी, करुणा, साहस और दृष्टि की एक मजबूत भावना का प्रदर्शन किया। वे अपनी ईमानदारी, पारदर्शिता और जवाबदेही के लिए जाने जाते थे और उन्होंने हमेशा लोगों की जरूरतों को पहले रखा।

भारत के राष्ट्रपति के रूप में कलाम एक लोकप्रिय और सम्मानित व्यक्ति थे, जो अपनी विनम्रता और करुणा के लिए जाने जाते थे। उन्होंने शिक्षा, विज्ञान और प्रौद्योगिकी को बढ़ावा देने के लिए अथक रूप से काम किया और अपने पद का उपयोग युवाओं को अपने सपनों को पूरा करने के लिए प्रेरित करने के लिए किया।

कलाम की नैतिक नेतृत्व के प्रति प्रतिबद्धता शायद उनके सिद्धांतों से समझौता करने से इनकार करने में सबसे स्पष्ट थी। 2006 में कलाम ने एक विधेयक पर हस्ताक्षर करने से इनकार कर दिया, जो संसद सदस्यों को एक आपराधिक अपराध के लिए दोषी ठहराए जाने पर भी पद धारण करने की अनुमति देता। कलाम ने तर्क दिया कि यह बिल लोकतंत्र के सिद्धांतों के खिलाफ है और इससे भारत के लोगों में गलत संदेश जाएगा। नैतिक नेतृत्व के उदाहरण के रूप में बिल पर हस्ताक्षर करने से इनकार करने की व्यापक रूप से प्रशंसा की गई।

ए.पी.जे. अब्दुल कलाम एक दूरदर्शी नेता थे, जिनका एयरोस्पेस इंजीनियरिंग से लेकर शिक्षा और पर्यावरण संरक्षण तक, विभिन्न क्षेत्रों में भारत के विकास पर गहरा प्रभाव था। नवाचार, रचनात्मकता और लक्ष्य-निर्धारण पर उनके विचारों ने भारतीयों की पीढ़ियों को अपने सपनों को पूरा करने और अपने देश के विकास में योगदान करने के लिए प्रेरित किया है। एक समृद्ध और समावेशी भारत के लिए कलाम का दृष्टिकोण युवाओं को सशक्त बनाने, टिकाऊ कृषि को बढ़ावा देने तथा राष्ट्रीय विकास के लिए विज्ञान और प्रौद्योगिकी की शक्ति का उपयोग करने के महत्त्व पर जोर देता है।

कलाम की नेतृत्व शैली नैतिकता और अखंडता पर आधारित थी, जो दूसरों की सेवा करने और व्यक्तिगत हितों से ऊपर सामान्य भलाई को महत्त्व देने पर जोर देती थी। भारत के अंतरिक्ष कार्यक्रम और रक्षा क्षेत्र में उनके योगदान ने उन्हें एक राष्ट्रीय नायक तथा महत्त्वाकांक्षी वैज्ञानिकों और इंजीनियरों के लिए एक रोल मॉडल के रूप में स्थापित किया है। इसके अलावा, शिक्षा और सीखने पर उनके दर्शन

का भारत की शैक्षिक प्रणाली पर स्थायी प्रभाव पड़ा है, शिक्षा के लिए एक अधिक समग्र दृष्टिकोण को बढ़ावा देना, जो मूल्यों और चरित्र विकास के साथ व्यावहारिक कौशल को एकीकृत करता है।

कुल मिलाकर, ए.पी.जे. अब्दुल कलाम का जीवन और विरासत सफलता प्राप्त करने और समाज पर सकारात्मक प्रभाव डालने में दृढ़ता, कड़ी मेहनत और समर्पण की शक्ति को प्रदर्शित करती है। उनके विचार और आदर्श दुनिया भर में लोगों को अपने सपनों को आगे बढ़ाने तथा सभी के लिए बेहतर भविष्य में योगदान करने के लिए प्रेरित और प्रोत्साहित करते रहे हैं।

□

32

समग्र योगदान की विरासत

"लोकतंत्र में राष्ट्र की समग्र समृद्धि, शांति और खुशी के लिए प्रत्येक नागरिक की भलाई, व्यक्तित्व और खुशी महत्त्वपूर्ण है।"

ए.पी.जे. अब्दुल कलाम न केवल एक वैज्ञानिक और राजनेता थे, बल्कि एक दूरदर्शी भी थे, जिन्हें राष्ट्रीय विकास में विज्ञान और प्रौद्योगिकी की भूमिका की गहरी समझ थी। उन्होंने अपना जीवन भारत के रक्षा और अंतरिक्ष कार्यक्रमों की उन्नति के लिए समर्पित कर दिया तथा उनका योगदान भारत की तकनीकी और सामरिक क्षमताओं को प्रभावित करना जारी रखता है।

भारत के रक्षा कार्यक्रम में कलाम का योगदान

कलाम ने मिसाइल प्रौद्योगिकी पर काम करते हुए भारत के रक्षा कार्यक्रम में एक वैज्ञानिक के रूप में अपना कॅरियर शुरू किया। उन्होंने भारत की पहली स्वदेशी मिसाइल, 'पृथ्वी' के विकास में महत्त्वपूर्ण भूमिका निभाई, जिसका 1988 में सफलतापूर्वक परीक्षण किया गया था। कलाम के नेतृत्व और तकनीकी विशेषज्ञता ने अग्नि मिसाइल श्रृंखला के विकास में महत्त्वपूर्ण भूमिका निभाई थी, जो आज भारत के परमाणु हथियारों की रीढ़ है।

कलाम इंटीग्रेटेड गाइडेड मिसाइल डेवलपमेंट प्रोग्राम (आईजीएमडीपी) के विकास के लिए भी जिम्मेदार थे, एक व्यापक कार्यक्रम, जिसका उद्द्देश्य मिसाइल प्रौद्योगिकियों की एक श्रृंखला विकसित करना था। कार्यक्रम 1983 में शुरू किया गया था और 2008 में पूरा हुआ, जिससे अग्नि, पृथ्वी और आकाश मिसाइलों सहित कई मिसाइल प्रणालियों का विकास हुआ।

कलाम के नेतृत्व में, भारत के रक्षा कार्यक्रम ने मिसाइल प्रौद्योगिकी के विकास में महत्त्वपूर्ण प्रगति की, जिससे अधिक आत्मनिर्भरता और महत्त्वपूर्ण रक्षा उपकरणों के लिए विदेशी आपूर्तिकर्ताओं पर भारत की निर्भरता में कमी आई।

भारत के अंतरिक्ष कार्यक्रम में कलाम का योगदान

भारत के अंतरिक्ष कार्यक्रम में कलाम का योगदान भी उतना ही महत्त्वपूर्ण है। उन्होंने भारत की उपग्रह प्रक्षेपण क्षमता के विकास में महत्त्वपूर्ण भूमिका निभाई, जो तब से देश के लिए गर्व का एक प्रमुख स्रोत बन गया है। उन्होंने भारत के पहले उपग्रह, 'आर्यभट्ट' के विकास में महत्त्वपूर्ण भूमिका निभाई थी, जिसे 1975 में लॉन्च किया गया था। कलाम ने पोलर सैटेलाइट लॉन्च व्हीकल (पीएसएलवी) के विकास में भी महत्त्वपूर्ण भूमिका निभाई थी, जो तब से दुनिया के सबसे विश्वसनीय और लागत वाले उपग्रहों में से एक बन गया है। प्रभावी उपग्रह प्रक्षेपण वाहन।

कलाम के नेतृत्व और दूरदर्शिता ने जियोसिंक्रोनस सैटेलाइट लॉन्च व्हीकल (जीएसएलवी) के विकास को भी प्रेरित किया, जिसने भारत को भारी उपग्रहों को कक्षा में लॉन्च करने में सक्षम बनाया। वे स्वदेशी उपग्रह प्रौद्योगिकियों के विकास के प्रबल पक्षधर थे और भारत के सुदूर संवेदन उपग्रह कार्यक्रम के विकास के लिए जिम्मेदार थे, जिसने देश को प्राकृतिक संसाधनों की निगरानी करने, आपदाओं का प्रबंधन करने और पर्यावरण निगरानी करने में सक्षम बनाया है।

कलाम के योगदान की विरासत

भारत के रक्षा और अंतरिक्ष कार्यक्रमों में कलाम के योगदान का देश की सामरिक क्षमताओं पर महत्त्वपूर्ण प्रभाव पड़ा है। भारत की मिसाइल और उपग्रह प्रौद्योगिकियाँ स्वदेशी रूप से विकसित की गई हैं, जिससे अधिक आत्मनिर्भरता और विदेशी आपूर्तिकर्ताओं पर भारत की निर्भरता में कमी आई है। भारत की मिसाइल तकनीक अब दुनिया की कुछ सबसे उन्नत सैन्य शक्तियों के बराबर है और भारत की उपग्रह प्रक्षेपण क्षमता ने इसे वैश्विक अंतरिक्ष उद्योग में एक प्रमुख खिलाड़ी बनने में सक्षम बनाया है।

भारत के रक्षा और अंतरिक्ष कार्यक्रमों में कलाम का योगदान वैज्ञानिकों और इंजीनियरों की भावी पीढ़ियों के लिए भी प्रेरणा का काम करता है। उनके नेतृत्व और तकनीकी विशेषज्ञता ने दिखाया है कि भारत के पास तकनीकी उत्कृष्टता हासिल

करने तथा वैश्विक वैज्ञानिक समुदाय में एक प्रमुख खिलाड़ी बनने की प्रतिभा और संसाधन हैं। उनकी विरासत वैज्ञानिकों और इंजीनियरों की भावी पीढ़ियों को वैज्ञानिक ज्ञान की सीमाओं को आगे बढ़ाने तथा भारत को विज्ञान और प्रौद्योगिकी के क्षेत्र में अग्रणी बनाने के लिए प्रेरित करती रहेगी।

भारत के रक्षा और अंतरिक्ष कार्यक्रमों में ए.पी.जे. अब्दुल कलाम का जीवन और योगदान समर्पण कड़ी मेहनत और दृढ़ता की एक उल्लेखनीय कहानी है। उनकी विरासत भारत और उससे आगे के युवाओं की पीढ़ियों को विज्ञान और प्रौद्योगिकी में उत्कृष्टता के लिए प्रयास करने तथा जुनून और प्रतिबद्धता के साथ अपने देश की सेवा करने के लिए प्रेरित करती है। एक मजबूत रक्षा और अंतरिक्ष क्षमता के साथ एक आत्मनिर्भर भारत का कलाम का दृष्टिकोण आज भी प्रासंगिक बना हुआ है, क्योंकि देश वैश्विक महाशक्ति बनने का प्रयास कर रहा है।

कलाम के नेतृत्व और प्रबंधन शैली के साथ-साथ टीमवर्क और नवाचार पर उनके जोर ने भारत के वैज्ञानिक समुदाय को प्रभावित किया है तथा रक्षा और अंतरिक्ष प्रौद्योगिकी के लिए देश के दृष्टिकोण को आकार देने में मदद की है। उनकी विरासत उन कई अनुसंधान और विकास संस्थानों में रहती है, जिन्हें उन्होंने स्थापित करने में मदद की, साथ-ही-साथ कई युवा वैज्ञानिकों और इंजीनियरों को विज्ञान और प्रौद्योगिकी में कॅरियर बनाने के लिए प्रेरित किया।

जैसा कि भारत रक्षा और अंतरिक्ष प्रौद्योगिकी में नई चुनौतियों का सामना कर रहा है, कलाम की दृष्टि और योगदान देश के भविष्य के लिए एक महत्त्वपूर्ण मार्गदर्शक हैं। उनका जीवन और विरासत एक अनुस्मारक के रूप में काम करती है कि कड़ी मेहनत, समर्पण और स्पष्ट दृष्टि से कुछ भी संभव है।

□

33

राष्ट्रीय नायक

"आपकी भागीदारी के बिना आप सफल नहीं हो सकते। आपकी भागीदारी के साथ, आप असफल नहीं हो सकते।"

भारत के पूर्व राष्ट्रपति ए.पी.जे. अब्दुल कलाम एक प्रतिष्ठित शख्सियत थे, जो अपनी मृत्यु के बाद भी भारतीयों की पीढ़ियों को प्रेरित करते रहे हैं। तमिलनाडु के रामेश्वरम में एक विनम्र परिवार में जनमे, कलाम भारत के सबसे सम्मानित वैज्ञानिकों और नेताओं में से एक बन गए। उन्होंने 2002 से 2007 तक भारत के राष्ट्रपति के रूप में कार्य किया, अपने कार्यकाल के दौरान उन्होंने अपनी सादगी और लोगों के कल्याण के प्रति अपनी प्रतिबद्धता के कारण 'पीपुल्स प्रेसिडेंट' का उपनाम अर्जित किया।

भारत के अंतरिक्ष और रक्षा कार्यक्रमों में कलाम का योगदान मिथकीय है। उन्होंने 'अग्नि' और 'पृथ्वी' मिसाइलों के विकास में महत्त्वपूर्ण भूमिका निभाई और भारत के पोखरण-2 परमाणु परीक्षणों की सफलता में महत्त्वपूर्ण भूमिका निभाई। उनके नेतृत्व और दृष्टि ने भारत को विज्ञान और प्रौद्योगिकी के वैश्विक क्षेत्र में एक प्रमुख खिलाड़ी बनने में मदद की। कलाम का जीवन और कार्य लाखों युवा भारतीयों को अपने सपनों को पूरा करने तथा देश की बेहतरी के लिए काम करने के लिए प्रेरित करता है।

भारत के लिए कलाम का विजन

कलाम एक दूरदर्शी व्यक्ति थे, जिन्हें भारत के सामने आने वाली चुनौतियों की गहरी समझ थी। उनका मानना था कि भारत 2020 तक एक विकसित राष्ट्र बन

सकता है, यदि वह अपने युवाओं की क्षमता और अपने विशाल प्राकृतिक संसाधनों का दोहन कर सके। कलाम ने एक ऐसे भारत की कल्पना की थी, जो आत्मनिर्भर, तकनीकी रूप से उन्नत और आर्थिक रूप से समृद्ध हो। उनका मानना था कि विज्ञान और प्रौद्योगिकी भारत के विकास के प्रमुख चालक होंगे और उन्होंने शिक्षा और अनुसंधान पर एक मजबूत ध्यान केंद्रित करने की वकालत की।

भारत के लिए कलाम का दृष्टिकोण केवल आर्थिक विकास तक ही सीमित नहीं था। उनका मानना था कि भारत को दुनिया में शांति और स्थिरता के खिलाड़ी के रूप में एक अनूठी भूमिका निभानी है। वे नि:शस्त्रीकरण के प्रबल पक्षधर थे और उनका मानना था कि परमाणु हथियारों से मुक्त दुनिया की दिशा में काम करना भारत का नैतिक दायित्व है। कलाम भारत की 'लुक ईस्ट' नीति के मुखर समर्थक थे, उनका मानना था कि भारत का भविष्य अपने पड़ोसियों और एशिया-प्रशांत क्षेत्र के अन्य देशों के साथ मजबूत साझेदारी बनाने में निहित है।

कलाम का विज्ञान और प्रौद्योगिकी में योगदान

कलाम एक विश्वप्रसिद्ध वैज्ञानिक थे, जिन्होंने भारत के मिसाइल और अंतरिक्ष कार्यक्रमों में महत्त्वपूर्ण योगदान दिया। वे भारत के एकीकृत निर्देशित मिसाइल विकास कार्यक्रम के मुख्य वास्तुकार थे तथा उन्होंने अग्नि और पृथ्वी मिसाइलों के विकास में महत्त्वपूर्ण भूमिका निभाई थी। भारत के अंतरिक्ष कार्यक्रम में कलाम का योगदान समान रूप से महत्त्वपूर्ण था। उन्होंने पोलर सैटेलाइट लॉन्च व्हीकल के विकास और चंद्रमा के लिए भारत के पहले सफल मिशन चंद्रयान-1 में महत्वपूर्ण भूमिका निभाई।

कलाम भारत की विकास चुनौतियों का समाधान करने के लिए प्रौद्योगिकी के उपयोग के प्रबल पक्षधर थे। उनका मानना था कि प्रौद्योगिकी गरीबी कम करने और गरीबों के जीवन को बेहतर बनाने के लिए एक शक्तिशाली उपकरण हो सकती है। कलाम भारत की बढ़ती ऊर्जा जरूरतों को पूरा करने के लिए सौर और पवन ऊर्जा जैसे नवीकरणीय ऊर्जा स्रोतों का उपयोग करने के मुखर समर्थक थे।

कलाम की विरासत

ए.पी.जे. अब्दुल कलाम का निधन 27 जुलाई, 2015 को भारतीय प्रबंधन संस्थान, शिलांग में व्याख्यान देते हुए हुआ था। उनकी अचानक मृत्यु देश के लिए

एक सदमा थी, सभी क्षेत्रों के लोगों ने उनका शोक मनाया। कलाम की विरासत आज भी जीवित है, उनका जीवन और कार्य भारतीयों की पीढ़ियों को प्रेरित करता रहेगा।

अविवाहित रहे कलाम महान् सत्यनिष्ठा और चरित्र के व्यक्ति थे। वे एक सच्चे देशभक्त थे, जिन्होंने अपना जीवन देश की सेवा के लिए समर्पित कर दिया। उनकी विनम्रता और सरलता उन सभी के लिए प्रेरणा थी, जो उन्हें जानते थे। कलाम का जीवन और कार्य उन लाखों युवा भारतीयों के लिए आशा की किरण के रूप में काम करता है, जो दुनिया में बदलाव लाने की आकांक्षा रखते हैं।

कलाम ने अपना जीवन अपने देश की सेवा करने और आने वाली पीढ़ियों को प्रेरित करने के लिए समर्पित कर दिया। उनकी विरासत में भारत के रक्षा और अंतरिक्ष कार्यक्रमों में उनके कई योगदान, शिक्षा और नवाचार के लिए उनकी वक़ालत तथा नैतिक नेतृत्व और पर्यावरण संरक्षण पर उनका जोर शामिल है।

कलाम की जीवनगाथा कड़ी मेहनत, दृढ़ता और लक्ष्य-निर्धारण की शक्ति का एक वसीयतनामा है। एक नाविक के बेटे के रूप में उनकी साधारण शुरुआत ने उन्हें महानता हासिल करने से नहीं रोका और उन्होंने हमेशा अपनी सफलता का श्रेय अपने माता-पिता और गुरुओं द्वारा उनमें डाले गए मूल्यों को दिया।

एक समृद्ध और समावेशी भारत के लिए कलाम का दृष्टिकोण, जहाँ प्रत्येक नागरिक की शिक्षा और अवसरों तक पहुँच हो, आज भी प्रासंगिक है। टिकाऊ कृषि, खाद्य सुरक्षा और पर्यावरण संरक्षण पर उनके विचार अधिक टिकाऊ भविष्य की दिशा में प्रयासों को प्रेरित करते रहते हैं।

इन सबसे ऊपर, कलाम की विरासत आशा और प्रेरणा की है। उनका मानना था कि प्रत्येक व्यक्ति में दुनिया पर सकारात्मक प्रभाव डालने की क्षमता है और उनका जीवन इस बात का उदाहरण है कि कड़ी मेहनत, दृढ़ता और उत्कृष्टता के प्रति प्रतिबद्धता के माध्यम से क्या हासिल किया जा सकता है।

□

उपसंहार

ए.पी.जे. अब्दुल कलाम का जीवन उल्लेखनीय रहा, जिसमें कड़ी मेहनत, समर्पण और दूसरों की सेवा करने की प्रतिबद्धता थी। कलाम की विरासत भारतीयों की पीढ़ियों, विशेष रूप से युवाओं को प्रेरित करती है, जो उन्हें एक आदर्श और प्रेरणास्रोत के रूप में देखते हैं।

कलाम का विज्ञान और प्रौद्योगिकी में योगदान जगजाहिर है। उन्होंने भारत के मिसाइल कार्यक्रम को विकसित करने में महत्त्वपूर्ण भूमिका निभाई, जिसने रणनीतिक रक्षा के क्षेत्र में देश की स्थिति को एक प्रमुख खिलाड़ी के रूप में स्थापित किया। 'अग्नि' मिसाइल पर उनका काम विशेष रूप से अभूतपूर्व था और यह आज तक भारत के रक्षा शस्त्रागार का एक महत्त्वपूर्ण घटक बना हुआ है।

शिक्षा के क्षेत्र में कलाम का योगदान समान रूप से महत्त्वपूर्ण था। उन्होंने शिक्षा की परिवर्तनकारी शक्ति को पहचाना और विशेष रूप से ग्रामीण क्षेत्रों में इसे बढ़ावा देने के लिए अथक प्रयास किया। उनका मानना था कि शिक्षा भारत की क्षमता को अनलॉक करने तथा अधिक समृद्ध और समावेशी समाज बनाने की कुंजी है।

भारत के राष्ट्रपति के रूप में कलाम का समय विज्ञान और प्रौद्योगिकी को बढ़ावा देने तथा स्वच्छ ऊर्जा की वकालत करने की उनकी प्रतिबद्धता से चिह्नित था। वे नवीकरणीय ऊर्जा स्रोतों के प्रबल पक्षधर थे और उनका मानना था कि भारत में इस क्षेत्र में एक वैश्विक नेता बनने की क्षमता है।

विज्ञान और प्रौद्योगिकी द्वारा संचालित एक विकसित और समृद्ध भारत का कलाम का दृष्टिकोण देश के युवाओं को निरंतर प्रेरित करता है। अब्दुल कलाम विजन इंडिया मूवमेंट और स्मार्ट इंडिया हैकथॉन सहित उनके नाम पर स्थापित विभिन्न पहलों और कार्यक्रमों के माध्यम से उनकी विरासत जीवित है।

कलाम का जीवन और कार्य उनकी विनम्रता, सरलता और सत्यनिष्ठा से पहचाना जाता था। अपनी कई उपलब्धियों और प्रशंसाओं के बावजूद वे जमीन से जुड़े रहे और उन्होंने भारत के लोगों की सेवा करने की अपनी प्रतिबद्धता को कभी नहीं छोड़ा।

जैसा कि हम कलाम के जीवन और विरासत पर विचार करते हैं, हमें दृढ़ता, समर्पण और दूसरों की सेवा करने की प्रतिबद्धता के महत्त्व की याद दिलाई जाती है। कलाम का उदाहरण एक अनुस्मारक के रूप में कार्य करता है कि सबसे विनम्र शुरुआत भी महान् उपलब्धियों की ओर ले जा सकती है, यदि कोई कड़ी मेहनत करने के लिए तैयार है और अपने लक्ष्यों के प्रति प्रतिबद्ध है।

कई मायनों में, कलाम ने भारत के सर्वश्रेष्ठ को मूर्त रूप दिया—इसकी बौद्धिक जिज्ञासा, इसकी नवीन भावना और सामाजिक न्याय के प्रति इसकी प्रतिबद्धता। वे एक सच्चे देशभक्त थे, जिन्होंने अपना जीवन अपने देश के लोगों की सेवा के लिए समर्पित कर दिया और उनके योगदान को आने वाली पीढ़ियाँ याद रखेंगी।

जैसे-जैसे हम आगे बढ़ते हैं, हमें उम्मीद है कि कलाम की विरासत भारत के लोगों को एक बेहतर, अधिक समृद्ध और अधिक समावेशी समाज बनाने की दिशा में काम करने के लिए प्रेरित और प्रोत्साहित करती रहेगी। कलाम का जीवन कड़ी मेहनत, समर्पण और दूसरों की सेवा करने की प्रतिबद्धता का एक वसीयतनामा था, उनका उदाहरण भारतीयों की पीढ़ियों के लिए एक प्रेरणा के रूप में काम करता रहेगा।

□

संदर्भ

1. कलाम, ए.पी.जे. अब्दुल। विंग्स ऑफ फायर : एक आत्मकथा। यूनिवर्सिटी प्रेस, 1999।
2. कलाम, ए.पी.जे. अब्दुल। इग्नाइटेड माइंड्स : अनलीशिंग द पावर विदिन इंडिया। पेंगुइन बुक्स इंडिया, 2002।
3. कलाम, ए.पी.जे. अब्दुल। इंडिया 2020 : ए विजन फॉर द न्यू मिलेनियम। पेंगुइन बुक्स इंडिया, 1998।
4. कलाम, ए.पी.जे. अब्दुल और वाई.एस. राजन। इंडिया विंस फ्रीडम : एन ऑटोबायोग्राफिकल नैरेटिव। पेंगुइन बुक्स इंडिया, 2000।
5. हुसैन, सैयद लियाकत। ए.पी.जे. अब्दुल कलाम : जनता के राष्ट्रपति। रूपा प्रकाशन, 2016।
6. किदवई, रशीद। अब्दुल कलाम का मतलब एलेफ बुक कंपनी, 2018।
7. भूषण, के., और जी. कात्याल। ए.पी.जे. अब्दुल कलाम : द विजनरी ऑफ इंडिया। स्टर्लिंग पब्लिशर्स प्रा. लिमिटेड, 2016।
8. झा, प्रदीप के. ए.पी.जे. अब्दुल कलाम : ए लाइफ। पेंगुइन रैंडम हाउस इंडिया, 2015।
9. वेंकटेशन, वी. कलाम प्रभाव : राष्ट्रपति के साथ मेरे वर्ष। रूपा प्रकाशन, 2017।
10. राजन, वाई.एस. कलाम प्रभाव : राष्ट्रपति के साथ मेरे वर्ष। पेंगुइन बुक्स इंडिया, 2011।
11. सृजन, पाल। अब्दुल कलाम : एक दूरदर्शी नेता की यात्रा। टाइम्स ग्रुप बुक्स, 2015।
12. मेहता, जेएन ए.पी.जे. अब्दुल कलाम : भारत के वैज्ञानिक-दार्शनिक राष्ट्रपति। ओशन बुक्स प्रा. लिमिटेड, 2016।

13. रेड्डी, पीवी ए.पी.जे. अब्दुल कलाम : द विजनरी ऑफ इंडिया। ओशन बुक्स प्रा. लिमिटेड, 2015।
14. अनंतरामन, अंबुजा। ए.पी.जे. अब्दुल कलाम : ए लाइफ इन पॉलिटिक्स। एलेफ बुक कंपनी, 2017।
15. बरुआ, अरुणिमा। द मिसाइल मैन ऑफ इंडिया : द लाइफ एंड टाइम्स ऑफ डॉ. ए.पी.जे. अब्दुल कलाम। जगरनॉट बुक्स, 2019।

□□□